El tatuador de Auschwitz

Novela

Biografía

Heather Morris es una guionista neozelandesa residente en Australia. Estudió trabajo social y guion cinematográfico, trabajó como guionista, y uno de sus textos fue seleccionado por la Academia. En 2003, de forma casual, entró en contacto con Lale Sokolov, un octogenario que había sido prisionero en Auschwitz y que, tras haber fundado una familia y un negocio en Australia, quería contar su experiencia como tatuador y prisionero en el campo de concentración y cómo allí conoció al amor de su vida. De la historia de Lale y Gita nació *El tatuador de Auschwitz*, que se ha convertido en uno de los mayores fenómenos editoriales y ha conmovido y emocionado a millones de lectores en más de cincuenta países. La novela también ha sido adaptada a serie audiovisual. Del interés que despertó uno de los personajes, Cilka Klein, y de la pasión investigadora de Heather surgió *El viaje de Cilka*, su segunda novela. Heather Morris también es autora de *Las tres hermanas* y de *Historias de esperanza*.

Heather Morris

El tatuador de Auschwitz

Traducción de Julio Sierra

ESPASA

Título original: *The Tattooist of Auschwitz*

Originalmente publicado en inglés por Zaffre, un sello de Bonnier Zaffre, London y Echo, un sello de Bonnier Publishing, Sidney

Espasa, un sello editorial de Editorial Planeta, S. A.
Avda. Diagonal, 662-664, 08034 Barcelona (España)
www.espasa.com
www.planetadelibros.com

Publicado de acuerdo con Grupo Editorial Planeta, S. A. I. C.

Adaptación de la cubierta: Booket / Área Editorial Grupo Planeta
Primera edición en Colección Booket: julio de 2020
Primera edición en esta presentación: junio de 2024

Depósito legal: B. 9.828-2024
ISBN: 978-84-670-7437-6
Impresión y encuadernación: CPI Black Print
Printed in Spain - Impreso en España

El tatuador de Auschwitz es un extraordinario documento que aparece más de setenta años después de los acontecimientos que relata, y nos recuerda que son muchas las historias que quedarán por siempre sin ser contadas. Nos recuerda que cada una de las ingentes cantidades de víctimas del Holocausto era un individuo con una historia única... Y esta historia es extraordinaria, incluso comparada con los más conocidos relatos del Holocausto, los cuales a su vez nos conmueven, nos enfrentan a los hechos, nos inspiran y, por supuesto, abren una ventana a uno de los acontecimientos más horribles de la historia humana. Heather Morris relata la vida de Lale con dignidad y mesura, sin permitir nunca que su propia voz se entrometa, sin dejar que la historia de amor oculte el contexto más amplio de desplazamientos, trauma y supervivencia. Éste es un relato sobre los extremos de la conducta humana que coexisten uno al lado de otro: la brutalidad calculada junto a impulsivos y desinteresados actos de amor. Me cuesta imaginar a alguien que no se sienta atraído, desafiado y conmovido por ello. Lo recomiendo sin reservas a todo el mundo, tanto si han leído cientos de historias del Holocausto como ninguna.

Graeme Simsion, autor de *El proyecto esposa,*
El efecto matrimonio, The Best of Adam Sharp
y *Two Steps Forward*

Nota de la autora

Ésta es una obra de ficción, basada en el testimonio de primera mano de uno de los supervivientes de Auschwitz; no es un retrato fidedigno de los acontecimientos ocurridos en el Holocausto. Hay muchos relatos que documentan los hechos ocurridos en esa época, con mucho más detalle del que se puede justificar en una novela, y alentaría al lector interesado que los busque. Lale se encontró con muchos guardias y prisioneros durante el tiempo que estuvo preso en Auschwitz-Birkenau, incluso más de los que se describen en estas páginas; en algunos casos he creado personajes que representan a varios individuos y he simplificado algunos hechos. Si bien aquí se han imaginado algunos encuentros y conversaciones, los acontecimientos de esta novela ocurrieron en gran parte como se describe y la información presentada como un hecho se ha obtenido e investigado.

Heather Morris

A la memoria de Lale Sokolov.
Gracias por confiar en mí para
contar tu historia y la de Gita.

Prólogo

Lale trata de no levantar la vista. Extiende la mano para coger el pedazo de papel que alguien le entrega. Debe transferir esos cinco dígitos a la piel de la joven que se lo da. Ya hay un número allí, pero se ha desteñido. Aprieta la aguja contra el brazo izquierdo de la chica y dibuja un «4», tratando de hacerlo con suavidad. Sale sangre. Pero la aguja no ha penetrado lo suficiente y tiene que dibujar de nuevo el número. Ella no se estremece por el dolor que él sabe que le está infligiendo. «Se les ha advertido: "No digáis nada, no hagáis nada".» Lale limpia la sangre y frota tinta verde sobre la herida.

—¡Date prisa! —susurra Pepan.

Lale tarda demasiado. Tatuar los brazos de los hombres es una cosa; profanar los cuerpos de aquellas jóvenes es horrible. Al levantar la vista, ve a un hombre de chaqueta blanca que camina despacio recorriendo la fila de las chicas. Cada tanto se detiene para inspeccionar la cara y el cuerpo de alguna muchacha aterrorizada. Por último llega junto a Lale. Mientras él sostiene el brazo de la joven lo más suavemente que puede, el hombre le coge la cara con la mano y la mueve con brusquedad de un lado a otro. Lale levanta la vista hacia aquellos ojos asustados. Los labios de ella se mueven dispuestos a hablar. Él le aprieta con fuerza el brazo para detenerla. Ella lo mira y Lale le hace un gesto con la boca: «Chisss». El hombre de la chaqueta blanca le suelta la cara y se aleja.

—Bien hecho —susurra Lale mientras se dispone a tatuar los dígitos restantes: 562.

Cuando termina, sigue sujetándole el brazo un momento más de lo necesario y vuelve a mirarla a los ojos. Fuerza una ligera sonrisa. Ella le devuelve una más ligera todavía. Sus ojos, sin embargo, bailan ante él. Al mirarlos, el corazón de él parece detenerse por un instante y comenzar a latir luego por primera vez, golpeando, casi amenazando con estallar y salirse del pecho. Lale dirige la mirada al suelo, que se mueve debajo de él. Le acercan otro pedazo de papel.

—¡Date prisa, Lale! —susurra Pepan con urgencia.

Cuando vuelve a levantar la vista, ella ya se ha ido.

1

Abril de 1942

Lale atraviesa la campiña y, a pesar del traqueteo, mantiene la cabeza erguida. Se concentra en sí mismo. Tiene veinticuatro años y no le ve ningún sentido a prestar atención al hombre que viaja a su lado, que ocasionalmente dormita y apoya la cabeza en su hombro; Lale no lo aparta. Es sólo uno entre un sinfín de jóvenes amontonados en vagones de transporte de ganado. Como no se lo informó acerca de adónde se dirigían, Lale se vistió con su ropa habitual: un traje bien planchado, camisa blanca limpia y corbata. «Vístete siempre bien para dar buena impresión.»

Trata de calcular las dimensiones de su confinamiento. El vagón tiene unos dos metros y medio de ancho, pero no puede ver el final para medir su longitud. Intenta contar el número de hombres que van en ese viaje con él. Sin embargo, con tantas cabezas moviéndose, subiendo y bajando, al final se da por vencido. No sabe cuántos vagones hay. Le duelen la espalda y las piernas. Le pica la cara. La barba crecida le recuerda que no se baña ni se afeita desde que subió al tren hace dos días. Se siente cada vez menos como él mismo.

Cuando los hombres tratan de entablar conversación con él, les responde con palabras de aliento, intentando convertir su miedo en esperanza. «Estamos rodeados de mierda, pero no debemos ahogarnos en ella.» Se murmuran comentarios insultantes hacia él por su apariencia y sus modales. Se lo acusa de provenir de una clase alta. «Y mira dónde has terminado...»

Lale trata de ignorar las palabras y recibe las miradas con sonrisas. «¿A quién estoy tratando de engañar? Estoy tan asustado como todos los demás.»

Un joven lo mira a los ojos y se abre paso hacia él a empellones entre los cuerpos amontonados. Algunos hombres lo empujan mientras avanza. «Sólo es tu propio espacio si lo haces tuyo.»

—¿Cómo puedes estar tan tranquilo? —le pregunta el joven—. Ellos tenían fusiles. Esos bastardos nos apuntaron con fusiles y nos obligaron a subir a este... este tren de ganado.

Lale le sonríe.

—Tampoco era lo que yo esperaba.

—¿Adónde crees que vamos?

—No importa. Sólo recuerda que estamos aquí para mantener seguras a nuestras familias en casa.

—Pero ¿y si...?

—Nada de «y si». Yo no lo sé; tú no lo sabes, ninguno de nosotros lo sabe. Sólo hagamos lo que nos dicen.

—¿Deberíamos intentar atacarlos cuando nos detengamos, ya que somos muchos más que ellos? —La cara pálida del joven está llena de confusa agresividad. Sus puños apretados se mueven de forma patética delante de él.

—Nosotros tenemos puños, ellos tienen fusiles..., ¿quién crees que va a ganar esa pelea?

El joven se queda de nuevo en silencio. Tiene el hombro apoyado en el pecho de Lale, quien puede oler el sudor y el fijador de cabello en su pelo. Deja caer las manos, que quedan colgando flácidas a los lados.

—Me llamo Aron —se presenta.

—Lale.

Otros alrededor de ellos oyen su conversación y levantan la cabeza hacia los dos hombres antes de volver a sus ensoñaciones silenciosas para hundirse profundamente en sus propios pensamientos. Lo que todos comparten es el miedo. Y la juventud. Y su religión. Lale trata de mantener la mente alejada de las teorías sobre lo que podría esperarles. Le han dicho que lo llevan a trabajar para los alemanes, y eso es lo que planea hacer. Piensa en su familia, allá, en su casa. «A salvo.» Él ha hecho el sacrificio, no lo lamenta. Lo haría una y otra vez con tal de mantener a su amada familia en casa, todos juntos.

Más o menos cada hora, según parece, la gente le hace preguntas similares. Cansado, Lale comienza a responder:

—Esperemos a ver.

Se siente perplejo por el hecho de que las preguntas se las dirijan a él. Él no tiene ningún conocimiento especial. Sí, lleva traje y corbata, pero ésa es la única diferencia visible entre él y el resto de los hombres a su lado. «Estamos todos en el mismo barco inmundo.»

En el atestado vagón no pueden sentarse, y mucho menos tumbarse. Dos cubos hacen las veces de inodoros. Cuando se llenan, estalla una pelea mientras los hombres tratan de alejarse del hedor. Los cubos se vuelcan y su contenido se derrama. Lale se aferra a su maleta con la esperanza de que, con el dinero y la ropa que tiene, podrá arreglárselas para salir de a donde sea que se dirijan, o por lo menos para obtener un empleo seguro. «Tal vez haya algún trabajo donde pueda usar los idiomas que sé.»

Se siente afortunado de haber encontrado el modo de llegar a un lado del vagón. Las pequeñas rendijas entre las tablas le permiten ver retazos de la campiña por la que pasan. Las robadas oleadas de aire fresco mantienen a raya la creciente marea de náuseas. Pese a que es primavera, los días están llenos de lluvia y pesadas nubes. De vez en cuando pasan por campos llenos de flores y Lale sonríe para sí. Flores. Gracias a su madre, aprendió desde muy joven que a las mujeres les encantan las flores. ¿Cuándo será la próxima vez que pueda regalarle flores a una chica? Las observa, sus deslumbrantes colores brillan ante sus ojos, campos enteros de amapolas que bailan en la brisa, una masa escarlata. Jura que las siguientes flores que le regale a alguien las cortará él mismo. Nunca se le había ocurrido pensar que crecían silvestres en tanta cantidad. Su madre tenía algunas en el jardín, pero nunca las recogía para llevarlas adentro. Comienza a elaborar una lista en su cabeza de cosas que hacer «cuando vuelva a casa...».

Estalla otra riña. Pelea. Gritos. Lale no puede ver lo que está ocurriendo, pero siente los movimientos y los empujones de los cuerpos. Luego se produce un silencio. Y de la penumbra salen las palabras:

—Lo has matado.

—Bastardo afortunado —murmura alguien.

«Pobre bastardo...

»Mi vida es demasiado buena como para acabar en este agujero hediondo.»

Hay muchas paradas en el viaje, algunas duran unos minutos, otras, horas, siempre cerca de una ciudad o un pueblo. De vez en cuando Lale puede ver los nombres de las estaciones por las que pasan: Zwardoń, Dziedzice, y, un poco más tarde, Dankowice, confirmando que están en Polonia. La pregunta del millón: ¿dónde se van a detener? Lale pasa la mayor parte del tiempo del viaje perdido en pensamientos sobre su vida en Bratislava: su trabajo, su apartamento, sus amigos..., y en particular sus amigas.

El tren se detiene de nuevo. Está totalmente oscuro; las nubes bloquean por completo la luz de la luna y las estrellas. ¿La oscuridad presagia su futuro? «Las cosas son como son. Lo que puedo ver, sentir, oír y oler ahora mismo.» Sólo ve hombres como él, jóvenes y en un viaje hacia lo desconocido. Oye los ruidos de los estómagos vacíos y la aspereza de las gargantas secas. Percibe el hedor a meados y a mierda, y el de cuerpos demasiado tiempo sin lavar. Los hombres aprovechan que nadie los lleva de un lado a otro para descansar sin necesidad de presionar y empujar por un pedazo de suelo. Más de una cabeza en ese momento descansa sobre Lale.

Desde unos cuantos vagones más atrás llegan fuertes ruidos que se van acercando poco a poco. Los individuos allí se han hartado y van a intentar una fuga. Los ruidos de los hombres arrojándose contra los costados de madera del vagón y los golpes de lo que debe de ser uno de los cubos de heces estimulan a todos. En poco tiempo, todos los vagones se rebelan y atacan desde dentro.

—¡Ayúdanos o apártate de en medio! —le grita a Lale un hombre de gran tamaño mientras se lanza contra un costado.

—No malgastes energías —le responde él—. Si estas paredes pudieran romperse, ¿no crees que una vaca ya lo habría hecho?

Varios hombres interrumpen sus acometidas y se vuelven irritados hacia él.

Procesan su comentario. El tren se sacude hacia delante. Tal vez los que están a cargo han decidido que el movimiento detendrá los disturbios. Los vagones se estabilizan. Lale cierra los ojos.

Lale había regresado a casa de sus padres, en Krompachy, Eslovaquia, tras la noticia de que los judíos de las pequeñas ciudades estaban siendo detenidos y transportados para llevarlos a trabajar para los alemanes. Sabía que a los judíos ya no se les permitía trabajar y que sus empresas habían sido confiscadas. Durante casi cuatro semanas estuvo ayudando en tareas para la casa, arreglando cosas con su padre y su hermano, construyendo nuevas camas para sus sobrinos pequeños, que ya no cabían en las cunas. Su hermana era el único miembro de la familia que tenía ingresos, como costurera. Debía ir y volver del trabajo en secreto, antes del amanecer y cuando ya había oscurecido. Su patrona estaba dispuesta a correr el riesgo por su mejor empleada.

Una noche regresó a casa con un cartel que le habían pedido a su patrona que pusiera en el escaparate de la tienda. Se exigía que cada familia judía entregara un hijo de dieciocho años o más para trabajar para el gobierno alemán. Los susurros, los rumores sobre lo que había estado sucediendo en otras ciudades llegaron finalmente a Krompachy. Parecía que el gobierno eslovaco estaba obedeciendo cada vez más a Hitler, concediéndole lo que quisiera. El cartel advertía, en letra negrita, que si alguna familia tenía un hijo de esas características y no lo entregaba, toda la familia sería llevada a un campo de concentración. De inmediato, Max, el hermano mayor de Lale, dijo que iría, pero Lale no quiso ni oír hablar del tema. Max tenía esposa y dos hijos pequeños; lo necesitaban en su casa.

Lale informó al departamento del gobierno local de Krompachy y se ofreció para ser trasladado. Los funcionarios con los que trató habían sido sus amigos; habían ido a la escuela juntos y sus familias se conocían. Le dijeron que fuera a Praga para informar a las autoridades competentes y que esperara nuevas instrucciones.

Después de dos días, el tren de ganado se detiene de nuevo. Esta vez hay una gran conmoción fuera. Los perros ladran, se gritan órdenes en alemán, se corren cerrojos, las puertas de los vagones se abren con mucho ruido.

—¡Bajad del tren, dejad aquí vuestras pertenencias! —gritan los soldados—. ¡Rápido, rápido, daos prisa! Dejad vuestras cosas en el suelo.

Como estaba al fondo del vagón, Lale es uno de los últimos en salir. Al acercarse a la puerta, ve el cuerpo del hombre fallecido en la pelea. Cierra por un momento los ojos y eleva una rápida oración ante su muerte. Luego abandona el vagón, pero lleva consigo el hedor que cubre su ropa, su piel, cada fibra de su ser. Cae al suelo con las rodillas dobladas, apoya las manos en la grava y permanece inclinado por unos momentos. Jadea. Agotado. Dolorosamente sediento. Se levanta despacio, mira a su alrededor a los cientos de hombres que tratan de comprender la escena que se desarrolla delante de ellos. Los perros ladran y muerden a los que son lentos para moverse. Muchos trastabillan, los músculos de sus piernas se niegan a obedecer después de tantos días sin uso. Las maletas, los paquetes de libros, esas escasas posesiones les son arrebatadas a los que no quieren entregarlas o tan sólo no entienden las órdenes. Luego son golpeados por un fusil o por un puño. Lale estudia a los hombres de uniforme. Negro y amenazante. Los rayos gemelos en el cuello de sus chaquetas le dicen con quiénes está tratando. Las SS. En otras circunstancias podría apreciar la confección, la finura de la tela, la precisión del corte.

Deja su maleta en el suelo. «¿Cómo sabrán ellos que ésta es mía?» Con un escalofrío, se da cuenta de que es poco probable que vuelva a ver la maleta o su contenido de nuevo. Apoya la mano sobre su corazón, sobre el dinero escondido en el bolsillo de su chaqueta. Mira al cielo, respira el aire puro y fresco y se recuerda a sí mismo que al menos ya está fuera.

Se oye un disparo y Lale da un brinco. Ante él se alza un oficial de las SS con el arma apuntando al cielo.

—¡Muévete!

Lale mira hacia atrás, al tren vacío. La ropa vuela y los libros se abren al caer. Entonces llegan algunos camiones de los que salen niños pequeños. Cogen las pertenencias abandonadas y las arrojan a los camiones. Un peso se asienta entre los omóplatos de Lale. «Lo siento, mamá, se llevan tus libros.»

Los hombres se dirigen pesadamente hacia los edificios de ladrillo rosado con grandes ventanales. Los árboles flanquean la entrada, cubierta con los nuevos brotes de primavera. Cuando Lale atraviesa los portones de hierro, levanta la vista hacia las palabras alemanas forjadas en hierro:

ARBEIT MACHT FREI
«EL TRABAJO OS HARÁ LIBRES»

No sabe dónde está ni qué trabajo se espera que haga, pero la idea de que lo hará libre tiene el sabor de una broma perversa.

Oficiales de las SS, fusiles, perros, despojado de sus pertenencias..., no podría haber imaginado tales cosas.

—¿Dónde estamos?

Se vuelve para ver a Aron a su lado.

—Al final de las vías del tren, diría yo.

Aron se demuda.

—Haz lo que te digan y estarás bien. —Lale sabe que no suena demasiado convincente.

Le dirige a Aron una rápida sonrisa, que es correspondida. Luego, en silencio, se dice que debe seguir su propio consejo: «Haz lo que te ordenen. Y siempre observa».

Una vez dentro del complejo, los hombres son formados en filas. Al frente de la fila de Lale hay un recluso con el rostro abatido sentado a una mesa pequeña. Lleva una chaqueta y pantalones de rayas verticales azules y blancas, con un triángulo de color verde en el pecho. Detrás de él se encuentra un oficial de las SS con el fusil listo para ser usado.

Las nubes se amontonan. Se oye un trueno a lo lejos. Los hombres esperan.

Un oficial superior, acompañado por una escolta de soldados, llega al frente del grupo. Tiene la mandíbula cuadrada, los labios finos y los ojos cubiertos por unas frondosas cejas negras. Su uniforme es simple en comparación con los que lo rodean. No lleva los rayos gemelos. Su actitud demuestra claramente que él es el que está a cargo de todo.

—Bienvenidos a Auschwitz.

Lale oye las palabras, que salen de una boca que apenas se mueve, sin poder creerlas. Después de haber sido forzado a abandonar su casa y transportado como un animal, en ese momento, rodeado por SS fuertemente armados, le están dando la bienvenida..., ¡la bienvenida!

—Soy el comandante Rudolf Hoess. Estoy al mando aquí, en Auschwitz. Las puertas por las que acabáis de entrar dicen: «El trabajo os hará libres». Ésa es vuestra primera lección, vuestra única lección. Trabajo duro. Haced lo que os digan y seréis libres. Si desobedecéis, habrá consecuencias. Seréis procesados aquí y luego seréis llevados a vuestro nuevo hogar: Auschwitz Dos-Birkenau.

El comandante observa sus rostros. Comienza a decir algo más, pero es interrumpido por el estruendo de un fuerte trueno. Mira al cielo, murmura unas palabras entre dientes, mueve una mano con gesto despectivo hacia los hombres y da media vuelta para alejarse. La actuación ha terminado. Su escolta de seguridad se apresura a seguirlo. Una exhibición torpe, pero aun así intimidante.

Comienza el trámite. Lale observa mientras los primeros prisioneros son empujados hacia delante, en dirección a las mesas. Está demasiado lejos como para oír los breves intercambios de palabras, sólo puede ver que los hombres sentados y en pijama anotan los detalles y le entregan a cada preso un pequeño recibo. Finalmente llega su turno. Tiene que dar su nombre, su dirección, decir cuál es su ocupación y los nombres de sus padres. El curtido hombre junto a la mesa anota sus respuestas con prolija y ordenada letra de imprenta y luego le entrega un pedazo de papel con un número escrito. En ningún momento levanta la cabeza para encontrarse con sus ojos.

Lale mira el número: 32407.

Avanza junto con el flujo de hombres hacia otras mesas, donde hay otro grupo de presos con trajes rayados que llevan el triángulo verde y más SS custodiándolos. El deseo de beber agua amenaza con abrumarlo. Sediento y agotado, es sorprendido cuando el pedazo de papel le es arrebatado de la mano. Un oficial de las SS le quita entonces la chaqueta, le arranca la manga de la camisa y empuja su antebrazo izquierdo sobre la mesa. Lale mira sin poder creer lo que ve mientras los números 32407 son tallados en su piel, uno después del otro, por el prisionero. El pedazo de madera con la aguja incrustada en ella se mueve rápida y dolorosamente. Luego, el hombre coge un trapo mojado en tinta verde y lo frota con brusquedad sobre la herida de Lale.

El tatuaje ha tardado sólo unos segundos, pero el shock hace que el tiempo se detenga para Lale. Se agarra el brazo, con la mirada fija en el número. «¿Cómo puede alguien hacerle esto a otro ser humano?» Se pregunta si durante el resto de su vida, ya sea corta o larga, él será definido por ese momento, por ese número irregular: 32407.

Un empujón con la culata de un fusil rompe el trance en el que está sumido. Lale recoge la chaqueta del suelo y trastabilla hacia delante, siguiendo a los hombres que lo preceden hacia un gran edificio de ladrillo con bancos para sentarse a lo largo de las paredes. Le recuerdan al gimnasio de la escuela de Praga donde durmió cinco días antes de comenzar su viaje allí.

—Desnudaos.

—Más rápido, más rápido.

Los oficiales de las SS gritan órdenes que la mayoría de los hombres no entienden. Lale traduce para los que están cerca, quienes, a su vez, lo van repitiendo para los demás.

—Dejad la ropa en el banco. Seguirá ahí después de pasar por la ducha.

Pronto, todos en el grupo se están quitando los pantalones, las camisas, las chaquetas y los zapatos, doblando su ropa mugrienta y colocándola de forma ordenada en los bancos.

Lale se anima un poco ante la perspectiva del agua, pero sabe que es probable que no vuelva a ver su ropa otra vez, ni el dinero dentro de ella.

Se quita sus prendas y las coloca en el banco, pero la indignación amenaza con abrumarlo. Del bolsillo de su pantalón saca una fina caja de cerillas, un recuerdo de pasados placeres, y echa una fugaz mirada al oficial más cercano. El hombre está mirando hacia otro lado. Lale raspa una cerilla. Éste podría ser el último acto realizado por propia voluntad. Sostiene el fósforo sobre el forro de su chaqueta, la cubre con los pantalones y se apresura a unirse a la fila de hombres en las duchas. Detrás de él, en cuestión de segundos, oye gritos de:

—¡Fuego!

Lale mira hacia atrás. Ve hombres desnudos que empujan y se abren camino a la fuerza para poder escapar mientras un oficial de las SS intenta apagar las llamas dando golpes.

Todavía no ha llegado a las duchas, pero está temblando. «¿Qué he hecho?» Ha pasado varios días diciéndoles a todos a su alrededor que mantuvieran la cabeza baja, que no contrariasen a nadie, y ahora va e inicia un maldito incendio dentro de un edificio. Tiene pocas dudas respecto a qué podría sucederle si alguien lo señalara como el incendiario. «Estúpido. Estúpido.»

Una vez en las duchas, se tranquiliza, respira profundamente. Cientos de hombres temblorosos están hombro con hombro bajo los chorros de agua fría que caen sobre ellos. Inclinan la cabeza hacia atrás y beben con desesperación, a pesar de su olor rancio. Muchos tratan de reducir su vergüenza y se cubren los genitales con las manos. Lale se lava el sudor, la suciedad y el hedor de su cuerpo y su cabello. El agua silba a través de las tuberías y golpea el suelo. Cuando deja de caer, las puertas del vestuario vuelven a abrirse y, sin orden alguna, regresan a lo que ha sustituido a sus ropas: viejos uniformes y botas del ejército ruso.

—Antes de vestiros debéis ir a ver al peluquero —les ordena un oficial de las SS con gesto de superioridad—. Fuera..., ¡rápido!

Una vez más, los hombres se colocan en filas. Avanzan hacia el prisionero que espera listo con una navaja en la mano. Cuando le toca el turno a Lale, se sienta en la silla con la espalda recta y la cabeza bien erguida. Observa a los oficiales de las SS que recorren la fila, golpeando a los prisioneros desnudos con los extremos de sus armas, insultándolos y soltando crueles risotadas. Lale se endereza más en su asiento, levanta la cabeza a medida que ésta va quedando rapada y ni se mueve cuando la navaja le araña el cuero cabelludo.

Un empujón en la espalda propinado por un oficial le indica que está listo. Sigue la fila que regresa al sector de las duchas, donde se suma a los que buscan ropa y zapatos de la talla adecuada. Lo que hay está sucio y con manchas, pero se las arregla para encontrar zapatos que más o menos le queden bien y espera que el uniforme ruso que ha cogido le sirva. Una vez vestido, sale del edificio tal como le han ordenado.

Está oscureciendo. Camina bajo la lluvia, un hombre entre muchos otros, durante lo que le parece una eternidad. El barro cada vez más espeso hace que le resulte difícil levantar los pies, pero sigue avanzando con firmeza. A algunos de los hombres les cuesta más moverse o caen sobre manos y rodillas, y los golpean para que vuelvan a levantarse. Si no lo hacen, les disparan.

Lale trata de separar el pesado y empapado uniforme de su cuerpo. Le raspa y le irrita la piel, y el olor de la lana mojada y la suciedad lo llevan de vuelta al tren de ganado. Mira al cielo tratando de tragar tanta agua de lluvia como puede. El sabor dulce es lo mejor que ha recibido en días, lo único que ha tenido en días. La sed, agravada por su debilidad, le enturbia la visión. Traga el agua. Ahueca las manos y sorbe salvajemente. A lo lejos ve reflectores que rodean un amplio espacio. En su estado de semidelirio, le parece ver una especie de faros que centellean y bailan en la lluvia y le señalan el camino a casa. Lo llaman. «Ven a mí. Te daré refugio, calor y alimento. Sigue caminando.» Pero cuando atraviesa los portones, éstos sin ningún mensaje, sin ofrecer trato alguno, sin ninguna promesa de libertad a cambio de trabajo, Lale se da cuenta de que el centelleante espejismo ha desaparecido. Está en otra prisión.

Más allá de ese patio, perdiéndose en la oscuridad, siguen las instalaciones. La parte alta de las cercas está coronada con alambre de espino. Arriba, en los puestos de vigilancia, ve fusiles de las SS que apuntan en su dirección. Un rayo golpea una cerca contigua. «Están electrificadas.» El trueno no es lo bastante fuerte como para ahogar el ruido de un disparo, otro hombre caído.

—Hemos llegado.

Lale se vuelve para ver a Aron abriéndose paso a empujones para acercársele. Empapado y embarrado. Pero vivo.

—Sí, parece que ya estamos en casa. Tienes buen aspecto.

—Tú no te has visto. Imagina que soy tu espejo.

—No, gracias.

—Y ¿ahora qué? —quiere saber Aron. Suena como un niño.

Siguen el flujo constante de hombres y cada uno muestra su brazo tatuado a un oficial de las SS de pie fuera de un edificio, quien registra cada número en un portapapeles. Después de un fuerte empujón en la espalda, Lale y Aron se encuentran dentro del bloque 7, un gran barracón con literas triples a lo largo de una pared. Docenas de hombres son obligados a entrar en el edificio. Se amontonan y se empujan unos a otros para abrirse paso y reclamar un espacio para sí. Si tienen suerte o son lo suficientemente agresivos, tal vez lleguen a compartir el lugar sólo con uno o dos más. La suerte no está del lado de Lale. Él y Aron suben a una litera de nivel superior, ya ocupada por otros dos prisioneros. Después de no haber comido nada durante días, no les queda mucha fuerza para pelear. Lo mejor que puede, Lale se acurruca sobre el saco relleno de paja que pasa por ser un colchón. Aprieta las manos contra el estómago en un intento de calmar los calambres que invaden sus tripas. Varios hombres les gritan a los guardias:

—¡Necesitamos comida!

Llega la respuesta:

—Se os dará algo mañana por la mañana.

—Todos estaremos muertos de hambre por la mañana —replica alguien en la parte trasera del bloque.

—Y en paz —añade una voz hueca.

—Estos colchones están llenos de heno —sugiere alguien más—. Tal vez deberíamos seguir actuando como ganado y comernos eso.

Retazos de risa silenciosa. Ninguna respuesta del oficial.

Y luego, desde el fondo del dormitorio, se oye un vacilante:

—Muuuuuu.

Risas. Silenciosas pero reales. El oficial, presente pero invisible, no interrumpe, hasta que al final los hombres se quedan dormidos, con sus estómagos rugiendo.

Todavía está oscuro cuando Lale se despierta con necesidad de orinar. Pasa por encima de sus compañeros dormidos, baja al suelo y camina a tientas hasta la parte posterior del bloque, pensando que podría ser el lugar más seguro para orinar. Al acercarse, oye voces: eslovaco y alemán. Se siente aliviado al ver que hay allí instalaciones, aunque rústicas, para que puedan defecar. Zanjas largas se extienden detrás del edificio con tablones de madera colocados sobre ellas. Tres prisioneros están sentados sobre la zanja, defecando y charlando tranquilamente entre sí. En el otro extremo del edificio Lale ve a dos SS que se acercan en la semioscuridad, fumando, riendo, con los fusiles colgando sueltos en la espalda. Los parpadeantes reflectores perimetrales producen perturbadoras sombras de ellos y Lale no puede distinguir lo que están diciendo. Su vejiga está llena, pero vacila.

A la vez, los oficiales hacen girar sus cigarrillos en el aire, cogen los fusiles con rapidez y disparan. Los cuerpos de los tres que estaban defecando caen de espaldas a la zanja. La respiración de Lale se le atasca en la garganta. Apoya con fuerza la espalda contra la pared del edificio mientras los oficiales pasan junto a él. Puede ver el perfil de uno de ellos: un chico, sólo un maldito muchacho.

Cuando desaparecen en la oscuridad, Lale se hace un juramento a sí mismo. «Voy a vivir para dejar este lugar. Saldré para ser un hombre libre. Si hay un infierno, veré a esos asesinos ardiendo en él.» Piensa en su familia, allá en Krompachy, y espera que su presencia en ese lugar sirva al menos para salvarlos de un destino similar.

Lale orina y vuelve a su litera.

—Los disparos —dice Aron—, ¿qué eran?

—No he visto nada.

Aron pasa la pierna por encima de Lale en su camino hacia el suelo.

—¿Adónde vas?

—A mear.

Lale se inclina por un lado de la cama y agarra la mano de Aron.

—Espera.

—¿Por qué?

—Ya has oído los disparos —explica—. Sólo aguanta hasta la mañana.

Aron no dice nada mientras regresa a la cama y se tumba, sus puños apretados contra la entrepierna con miedo y desafío.

Su padre había ido a recibir a un cliente a la estación de tren. El señor Sheinberg se preparó para subir con elegancia al carruaje mientras el padre de Lale dejaba su equipaje de cuero fino en el asiento. ¿Desde dónde había viajado? ¿Praga? ¿Bratislava? ¿Viena quizá? Vestido con un caro traje de lana, los zapatos recién lustrados, sonrió e intercambió unas breves palabras con el padre mientras subía delante. Su padre hizo que el caballo se pusiera en marcha. Como la mayoría de los hombres que el padre de Lale llevaba de un lado a otro con su servicio de taxis, el señor Sheinberg regresaba a casa de un viaje de negocios importante. Lale quería ser como él y no como su padre.

La esposa del señor Sheinberg no estaba con él ese día. A Lale le encantaba observar a la señora Sheinberg y a las otras mujeres que viajaban en los carruajes de su padre, sus pequeñas manos con guantes blancos, sus elegantes pendientes de perlas haciendo juego con los collares. Adoraba a las hermosas mujeres bien vestidas y con elegantes joyas que a veces acompañaban a los hombres importantes. La única ventaja de ayudar a su padre era la de abrir la puerta del carruaje para ellas, tomándoles la mano para ayudarlas a bajar, inhalando su perfume, soñando con las vidas que ellas llevaban.

2

—¡Fuera! ¡Todo el mundo fuera!

Suenan los silbatos y ladran los perros. La luz del sol de la clara mañana entra por la puerta del bloque 7. Los hombres se desenredan unos de otros, bajan de sus literas y salen arrastrando los pies. Una vez fuera del barracón, se detienen. Nadie está dispuesto a ir demasiado lejos. Esperan. Y esperan. Los que estaban gritando y haciendo sonar los silbatos han desaparecido. Los hombres van y vienen sin alejarse demasiado, dirigen susurros a la persona que tienen más cerca. Al mirar hacia los otros barracones ven la misma escena. ¿Ahora qué? Espera.

Finalmente, un oficial de las SS y un prisionero se acercan al bloque 7, que queda en silencio. No se hacen presentaciones. El prisionero lee algunos números en un portapapeles. El SS permanece a su lado, dando golpes de impaciencia con el pie, golpeándose el muslo con el bastón de mando. Pasa un momento hasta que los prisioneros se dan cuenta de que esos números se refieren a los tatuajes que cada uno lleva en el brazo izquierdo. La lista termina. Dos números no han recibido ninguna respuesta.

—Tú —el hombre que ha leído los números llama al

prisionero que está al final de la fila—, vuelve dentro y mira si hay alguien allí todavía.

El hombre lo mira con expresión interrogativa. No ha entendido una palabra. El hombre a su lado susurra la orden y el otro se apresura a entrar. Momentos después, regresa, levanta la mano derecha y extiende el índice y el dedo medio: dos muertos.

El oficial de las SS se adelanta. Habla en alemán. Los prisioneros ya han aprendido a mantener la boca cerrada y a aguardar obedientemente con la esperanza de que algunos de ellos puedan traducir. Lale lo entiende todo.

—Recibiréis dos comidas al día. Una por la mañana y otra por la noche. Si sobrevivís hasta la noche. —Hace una pausa con una sonrisa sombría en el rostro—. Después de la comida de la mañana, trabajaréis hasta que os digamos que dejéis de hacerlo. Seguiréis con la construcción de este campo. Tenemos que transportar a muchas más personas a este lugar. —Su sonrisa se convierte en un gesto de orgullo—. Obedeced las instrucciones de vuestro *kapo* y de los encargados del programa de construcción y veréis la puesta de sol.

Se oyen ruidos de objetos metálicos que chocan entre sí y los prisioneros se vuelven para ver a un grupo de hombres que se acerca. Llevan dos calderos y un montón de tazas de hojalata. Desayuno. Algunos presos empiezan a dirigirse hacia el grupo más pequeño, para ofrecer su ayuda.

—¡Si alguien se mueve, le disparo! —grita el oficial de las SS al tiempo que levanta su fusil—. No habrá segundas oportunidades.

Luego se marcha y el prisionero que ha leído la lista de números se dirige al grupo.

—Ya lo habéis oído —dice en alemán con acento polaco—. Yo soy vuestro *kapo*, vuestro jefe. Deberéis formar dos filas para recibir la comida. Cualquiera que se queje sufrirá las consecuencias.

Los hombres corren para tener una buena posición en la fila y varios comienzan a susurrar entre sí, preguntando si alguien ha entendido lo que ha dicho «el alemán». Lale traduce para aquellos que están más cerca de él y les pide que lo hagan circular. Va a traducir todo lo que pueda.

Al llegar al frente de la fila, acepta con gratitud una pequeña taza de hojalata, cuyo contenido salpica las manos ásperas que se lo entregan. Se aparta y examina su comida. Es marrón, no contiene nada sólido y tiene un olor que no puede identificar. No es ni té, ni café, ni sopa. Teme que, si lo bebe lentamente, termine vomitando ese líquido asqueroso. Entonces cierra los ojos, se tapa la nariz con los dedos y lo traga. Otros no tienen tanta suerte.

Aron, que está cerca de él, levanta su taza en un simulacro de brindis.

—A mí me ha tocado un trozo de patata, ¿y a ti?

—La mejor comida que he probado en años.

—¿Siempre eres tan optimista?

—Vuelve a preguntarme al final del día —responde Lale con un guiño.

Al devolverle la taza vacía al prisionero que se la ha entregado, Lale le da las gracias con un rápido movimiento de la cabeza y una media sonrisa.

—¡Cuando hayáis terminado vuestra comida volved a la fila, bastardos perezosos! —grita el *kapo*—. ¡Hay trabajo que hacer!

Lale traduce la instrucción.

—¡Me seguiréis a mí —continúa gritando el *kapo*—, y obedeceréis las órdenes del capataz! Yo me entero de inmediato de cualquier muestra de holgazanería.

Lale y los demás se encuentran frente a un edificio a medio terminar, una réplica de su propio bloque. Ya hay allí otros prisioneros: carpinteros y albañiles, todos atareados en silencio al ritmo establecido de personas acostumbradas a trabajar juntas.

—Tú. Sí, tú. Sube al tejado. Puedes trabajar allí.

La orden va dirigida a Lale. Mira a su alrededor y ve una escalera que sube al tejado. Dos prisioneros esperan allí en cuclillas para recibir las tejas que les van alcanzando. Ambos hombres se apartan cuando él sube. El tejado consiste sólo en unas vigas de madera donde se apoyan las tejas.

—Ten cuidado —le advierte uno de los obreros—. Sube un poco más y obsérvanos. No es difícil..., aprenderás rápido. —El hombre es ruso.

—Me llamo Lale.

—Las presentaciones las haremos más tarde, ¿de acuerdo? —Ambos hombres intercambian una mirada—. ¿Me entiendes?

—Sí —responde él en ruso. Los otros dos sonríen.

Lale observa mientras reciben las pesadas tejas de barro del par de manos que aparecen en el borde del tejado, gatea hasta donde se han colocado las últimas y, con mucho cuidado, las superpone antes de volver a la escalera para recibir la siguiente. El ruso tenía razón, no es un trabajo difícil, y no pasa mucho tiempo antes de que Lale se una a ellos para recibir y colocar las tejas. En el tibio día de primavera, sólo los dolores y los calambres causados por el hambre le impiden ponerse a la altura de los trabajadores más experimentados.

Pasan unas cuantas horas antes de que se les permita hacer un descanso. Lale se dirige hacia la escalera, pero el ruso lo detiene.

—Es más seguro quedarse aquí a descansar. Nadie puede vernos bien a esta altura.

Lale sigue a los hombres, que obviamente saben cuál es el mejor lugar para sentarse y tumbarse: el rincón donde se ha usado la madera más fuerte para reforzar el tejado.

—¿Cuánto tiempo lleváis aquí? —pregunta cuando terminan de acomodarse.

—Unos dos meses, creo. Es difícil precisarlo después de un tiempo.

—¿De dónde venís? Quiero decir, ¿cómo terminasteis aquí? ¿Sois judíos?

—Una pregunta cada vez. —El ruso ríe entre dientes, y el otro obrero, más joven y corpulento, pone los ojos en blanco ante la ignorancia del recién llegado, que todavía tiene que conocer su lugar en el campo de concentración.

—No somos judíos. Somos soldados rusos. Quedamos separados de nuestra unidad y los malditos alemanes nos atraparon y nos pusieron a trabajar. ¿Y tú? ¿Eres judío?

—Sí. Soy parte de un grupo grande que llegó ayer de Eslovaquia..., todos judíos.

Los rusos intercambian una mirada. El hombre mayor gira la cabeza hacia otro lado y cierra los ojos, levanta el rostro hacia el sol y deja que su compañero continúe la conversación.

—Mira a tu alrededor. Desde aquí arriba puedes ver cuántos bloques se están construyendo y cuánto terreno tienen que seguir limpiando.

Lale se apoya sobre los codos y observa la vasta superficie contenida dentro de la cerca electrificada. Barracones como el que está ayudando a construir se multiplican en la distancia. Experimenta una sacudida de horror ante lo que ese lugar podría llegar a ser. No sabe muy bien qué decir a continuación, ya que no quiere expresar su angustia. Vuelve a reclinarse y aparta la mirada de sus compañeros, tratando desesperadamente de controlar las emociones. No debe confiar en nadie, debe revelar poco sobre sí mismo, ser cauteloso...

El hombre lo observa de cerca. Y dice:

—He oído a los SS alardear acerca de que éste va a ser el campo de concentración más grande de todos.

—Y ¿eso es así? —dice Lale, forzando la voz por encima de un susurro—. Bueno, si lo vamos a construir juntos, bien podrías decirme cómo te llamas.

—Andor —responde—. Y este patán grandote que está a mi lado es Boris. No es muy hablador.

—Aquí, hablar puede hacer que te maten —murmura Boris cuando le da la mano a Lale.

—¿Qué más puedes decirme sobre la gente de aquí? —quiere saber él—. Y ¿quiénes diablos son esos *kapos*?

—Díselo tú —sugiere Boris bostezando.

—Bueno, hay otros soldados rusos como nosotros, pero no son muchos, y luego están todos esos triángulos diferentes.

—¿Como el triángulo verde que lleva mi *kapo*? —pregunta Lale.

Andor se ríe.

—Oh, los verdes son los peores. Son criminales: asesinos, violadores, ese tipo de gente. Se convierten en buenos guardias porque son gente terrible. —Continúa—: Otros están aquí por sus opiniones políticas antialemanas. Ésos usan un triángulo rojo. También verás algunos, no muchos, con un triángulo negro. Ésos son unos bastardos perezosos y no duran mucho tiempo. Y por último estáis tú y tus amigos.

—Llevamos la estrella amarilla.

—Sí, llevas la estrella. Tu crimen es ser judío.

—¿Por qué tú no tienes color? —pregunta Lale.

Andor se encoge de hombros.

—Somos simplemente el enemigo.

Boris se ríe.

—Nos insultan obligándonos a llevar los mismos uniformes que el resto de vosotros. No pueden hacer mucho más daño que ése.

Suena un silbato y los tres hombres vuelven a trabajar.

Esa noche, los hombres del bloque 7 se reúnen en pequeños grupos para hablar, para compartir lo que han aprendido, y para hacerse preguntas. Varios de ellos se trasladan al extremo más alejado del edificio, donde ofrecen oraciones a su Dios. Éstas se mezclan y se convierten en algo ininteligible. «¿Son plegarias en busca de guía, de venganza, de aceptación?» A Lale le parece que, sin un rabino para guiarlos, cada hombre reza por lo que es más importante para él. Y decide que así es como debe ser. Se mueve entre los grupos de hombres escuchando pero sin intervenir en ninguno.

Al final de su primer día, Lale ha agotado los conocimientos de sus dos compañeros rusos. Durante el resto de la semana sigue su propio consejo: mantiene la cabeza baja, hace lo que se le pide, nunca discute. Al mismo tiempo, observa a todos y todo lo que sucede a su alrededor. Le resulta claro, al contemplar el diseño de los nuevos edificios, que los alemanes carecen de inteligencia arquitectónica. Cada vez que se le presenta la oportunidad, escucha las conversaciones y los chismes de los SS, que no saben que él entiende lo que dicen. Le proporcionan la única munición disponible para él, un conocimiento que Lale almacena para más adelante. Los SS andan por ahí la mayor parte del día, apoyados contra las paredes, fumando, vigilándolo todo con un solo ojo. Él escucha a escondidas y, gracias a eso, se entera de que el comandante del campo, Hoess, es un maldito holgazán al que casi nunca se le ve el pelo, y que el alojamiento para los alemanes en Auschwitz es mejor que el de Birkenau, donde no tienen acceso a cigarrillos ni a cerveza.

Lale observa que un grupo de trabajadores destaca entre los demás. Sólo se comunican entre sí, visten ropas de civil y hablan con los SS sin temer por su seguridad. Lale decide averiguar quiénes son esos hombres. Otros prisioneros nunca cogen un trozo de madera ni una teja, sino que caminan tranquilamente por todo el campo ocupándose de lo suyo. Su *kapo* es uno de ellos. «¿Cómo se puede conseguir un trabajo así?» Una posición como ésa le ofrecería una mejor oportunidad de descubrir lo que ocurre en el campo, cuáles son los planes para Birkenau y, más importante todavía, los planes para él.

Lale está en el tejado, poniendo tejas al sol, cuando ve a su *kapo*, que avanza en dirección a ellos.

—¡Vamos, bastardos perezosos, trabajad más rápido! —grita Lale—. ¡Tenemos que terminar un bloque!

Sigue gritando órdenes cuando el *kapo* aparece abajo. Lale ha cogido la costumbre de saludarlo con un respetuoso movimiento de la cabeza. En una ocasión recibió un breve asentimiento en respuesta. Se dirige a él en polaco. Por lo menos, su *kapo* lo ha aceptado como un prisionero obediente que no va a causar problemas.

Con una media sonrisa, el *kapo* establece contacto visual con él y le hace señas para que baje del tejado. Lale se le acerca con la cabeza gacha.

—¿Te gusta lo que estás haciendo en el tejado? —pregunta el *kapo*.

—Haré todo lo que me digan que haga —responde Lale.

—Pero todo el mundo quiere una vida más fácil, ¿no es así?

Lale no dice nada.

—Necesito un asistente —anuncia el *kapo*, jugando con el borde deshilachado de su camisa del ejército ruso. Es demasiado grande para él, elegida para hacer que ese hombre pequeño parezca más grande y poderoso que aquellos a quienes debe controlar. De su boca muy abierta y con pocos dientes Lale percibe el olor penetrante de la carne digerida a medias—. Harás todo lo que te pida. Traerme la comida, limpiarme las botas, y debes estar a mi lado siempre que yo lo desee. Si lo haces, yo puedo lograr que tu vida sea más fácil; si me fallas, habrá consecuencias.

Lale se coloca junto a su *kapo* como respuesta a la oferta de trabajo. Se pregunta si al pasar de ser albañil a ser un asistente personal no estará haciendo un trato con el diablo.

Un hermoso día de primavera, no demasiado caluroso, Lale observa que un camión grande, cerrado, sigue más allá del punto habitual para la descarga de materiales de construcción y da la vuelta por la parte de atrás del edificio de la administración. Lale sabe que la cerca que limita el lugar no se encuentra mucho más allá y nunca se ha atrevido a entrar en esa área, pero en ese momento la curiosidad puede más que él. Sigue al camión y camina tras él con aire de «Yo soy de aquí, puedo ir a donde me dé la gana».

Espía desde una esquina de la parte de atrás del edificio. El camión se detiene junto a lo que parece una furgoneta de prisioneros. Ha sido adaptado para ser una especie de búnker, con placas de acero claveteadas sobre los marcos de las ventanillas. Lale observa mientras docenas de hombres desnudos salen del camión para ser conducidos a la furgoneta. Algunos entran voluntariamente. Los que se resisten son golpeados con la culata de algún fusil. Sus compañeros de prisión arrastran a los rebeldes semiconscientes hacia su destino.

La furgoneta está tan llena que los últimos hombres en subir se apoyan en el escalón con las puntas de los pies y sus traseros desnudos sobresalen por la puerta. Algunos oficiales los empujan con todo el peso de su cuerpo hacia dentro. Luego las puertas se cierran de golpe. Un SS camina alrededor de la furgoneta y golpea las placas de metal, revisando que todo esté seguro. Otro trepa ágil al techo con una lata en la mano. Sin poder moverse de su sitio, Lale ve que abre una pequeña escotilla en el techo del vehículo y da la vuelta al recipiente. Luego cierra la escotilla y la asegura. Mientras el guardia se desliza hacia abajo, la furgoneta se sacude con violencia y se oyen gritos amortiguados.

Lale cae de rodillas, vomitando. Permanece allí, descompuesto, en el suelo, mientras los gritos se desvanecen.

Cuando la furgoneta queda inmóvil y en silencio, las puertas se abren. Los hombres muertos caen como bloques de piedra.

Un grupo de prisioneros aparece por la otra esquina del edificio. El camión retrocede y los hombres empiezan a trasladar los cuerpos del autobús al camión. Trastabillan bajo el peso mientras tratan de ocultar su angustia. Lale ha sido testigo de un acto inimaginable. Se pone de pie tambaleante, en el umbral del infierno; dentro de él se agita un torbellino de sentimientos de furia.

A la mañana siguiente no puede levantarse. Está ardiendo.

Lale tarda siete días en recuperar la consciencia. Alguien le está echando agua con suavidad en la boca. Se da cuenta de que tiene un trapo húmedo y fresco en la frente.

—Tranquilo, muchacho —susurra una voz—. Tómatelo con calma.

Abre los ojos y ve a un extraño, un hombre mayor que lo mira con dulzura. Se yergue un poco sobre los codos y el extraño lo ayuda a sentarse. Mira a su alrededor confuso. ¿Qué día es? ¿Dónde está?

—El aire fresco te sentará bien —le dice el hombre mientras lo agarra por el codo.

Lo llevan fuera. Es un día soleado, uno que parece hecho para la alegría, y él se estremece con el recuerdo del último día como ése. Su mundo gira y él se tambalea. El extraño lo sostiene y lo conduce hasta una pila de madera cerca de ellos.

Levanta la manga de Lale y señala el número tatuado.

—Me llamo Pepan. Yo soy el *Tätowierer*. ¿Qué te parece mi obra?

—¿*Tätowierer?* —pregunta Lale—. ¿Quieres decir que tú me hiciste esto?

Pepan se encoge de hombros y lo mira directamente a los ojos.

—No me dieron a elegir.

Lale sacude la cabeza.

—Este número no es lo que yo habría elegido para un tatuaje.

—¿Qué habrías preferido? —interroga Pepan.

Él muestra una sonrisa pícara.

—¿Cómo se llama ella?

—¿Mi novia? No lo sé. Todavía no nos conocemos.

Pepan ríe entre dientes. Ambos hombres permanecen sentados en silenciosa compañía. Lale pasa un dedo por encima de sus números.

—¿De dónde es tu acento? —quiere saber.

—Soy francés.

—Y ¿qué es lo que me ha pasado? —inquiere por último.

—Tifus. Estabas destinado a una muerte temprana.

Lale se estremece.

—Entonces ¿por qué estoy aquí sentado contigo?

—Yo pasaba junto a tu bloque justo cuando tu cuerpo era arrojado al carro de los muertos y los moribundos.

Un joven le estaba suplicando al SS que te dejaran. Le decía que él se ocuparía de ti. Cuando entraron en el siguiente bloque te empujó fuera del carro y comenzó a arrastrarte de nuevo hacia dentro. Yo fui y lo ayudé.

—¿Cuánto hace de eso?

—Siete, ocho días. Desde entonces, los hombres de tu bloque te han cuidado durante la noche. Yo he pasado tanto tiempo como he podido durante el día para cuidarte. ¿Cómo te encuentras?

—Estoy bien. No sé qué decir, cómo darte las gracias.

—Dale las gracias al hombre que te sacó del carro. Fue su valentía la que te arrancó de las fauces de la muerte.

—Lo haré cuando averigüe quién fue. ¿Tú lo sabes?

—No, lo siento. No nos dijimos los nombres.

Lale cierra los ojos unos instantes, dejando que el sol le caliente la piel, dándole la energía, la voluntad, para continuar. Levanta sus hombros caídos y el valor vuelve a filtrarse en él.

Sigue vivo. Se pone de pie con las piernas temblorosas, estirándose, tratando de respirar nueva vida para dar fuerza a un cuerpo enfermo que necesita descanso, nutrición e hidratación.

—Siéntate, todavía estás muy débil.

Obedece a lo que es obvio y se sienta. Ahora su espalda está más recta, su voz es más firme. Le dirige una sonrisa a Pepan. El viejo Lale está de vuelta, casi tan ansioso por recibir información como lo está por recibir comida.

—Veo que llevas una estrella roja —dice.

—Ah, sí. Era profesor en París y, para mi desgracia, no tenía pelos en la lengua.

—¿Qué enseñabas?

—Economía.

—Y ¿por ser profesor de economía terminaste aquí? ¿Cómo?

—Bueno, Lale, un hombre que da clases sobre impuestos y tipos de interés no puede dejar de involucrarse en la política de su país. La política ayuda a entender el mundo hasta que uno ya no entiende nada, y entonces hace que te arrojen a un campo de prisioneros. Tanto la política como la religión.

—Y ¿vas a volver a esa vida cuando salgas de aquí?

—¡Qué optimista! No sé lo que me depara el futuro, ni tampoco a ti.

—No hay ninguna bola de cristal.

—En efecto, no la hay.

Entre los ruidos de la construcción, de los perros que ladran y de los guardias que gritan, Pepan se inclina hacia delante y pregunta:

—¿Eres tan fuerte de carácter como lo eres físicamente?

Lale le devuelve la mirada.

—Soy un superviviente.

—Tu fuerza puede ser una debilidad, dadas las circunstancias en las que nos encontramos. La simpatía y una sonrisa fácil te meterán en problemas.

—Soy un superviviente.

—Bueno, entonces tal vez yo pueda ayudarte a sobrevivir aquí.

—¿Tienes amigos en las altas esferas?

Pepan se ríe y palmea a Lale en la espalda.

—No, no tengo amigos en las altas esferas. Como te he dicho, yo soy el *Tätowierer*. Y me han informado de que el número de personas que vienen a este lugar se incrementará muy pronto.

Ambos permanecen pensativos un momento. Lo que hay en la mente de Lale es que en algún lugar alguien está tomando decisiones, arrancando números de... ¿dónde? «¿Cómo decides quién viene aquí? ¿En qué información se basan esas decisiones? ¿Carrera, religión o política?»

—Me intrigas, Lale. Me sentí atraído por ti. Tenías una fuerza que ni siquiera tu cuerpo enfermo podía esconder. Te trajo hasta este punto, sentado hoy frente a mí.

Lale oye las palabras, pero lucha contra lo que Pepan está diciendo. Están sentados en un lugar donde la gente muere cada día, cada hora, cada minuto.

—¿Quieres trabajar conmigo? —Pepan lo saca de su desolación—. ¿O estás feliz haciendo lo que sea que ellos te dicen que hagas?

—Hago lo que puedo para sobrevivir.

—Entonces acepta mi oferta de trabajo.

—¿Quieres que tatúe a otros hombres?

—Alguien tiene que hacerlo.

—No creo que pueda hacer eso. Dejar cicatrices en el cuerpo de alguien, causar dolor a alguien..., porque eso duele, tú lo sabes.

Pepan se arremanga para mostrar su propio número.

—Duele como el demonio. Si no aceptas el trabajo, alguien con menos alma que tú lo aceptará, y hará sufrir más a esas personas.

—Trabajar para el *kapo* no es lo mismo que herir a cientos de personas inocentes.

Se produce un largo silencio. Lale vuelve a entrar en su oscuro espacio. «Quienes toman las decisiones, ¿tienen familia, esposa, hijos, padres? No puede ser.»

—Por más que te digas eso, sigues siendo un títere nazi. Ya sea conmigo o con el *kapo*, o construyendo bloques, siempre estás haciéndoles el trabajo sucio.

—Visto de esa manera...

—¿Entonces...?

—Entonces, sí. Si puedes arreglarlo, trabajaré para ti.

—No para mí. Conmigo. Pero debes trabajar rápido y de manera eficaz. Y no causar problemas a los oficiales.

—De acuerdo.

Pepan se pone de pie dispuesto a marcharse. Lale lo agarra de la manga de la camisa.

—Pepan, ¿por qué me elegiste a mí?

—Vi a un joven medio muerto de hambre que arriesgaba su vida para salvarte. Imaginé que debías de ser alguien al que merecía la pena salvar. Vendré a buscarte mañana por la mañana. Ahora trata de descansar.

Esa noche, cuando sus compañeros de bloque regresan, Lale se da cuenta de que falta Aron. Les pregunta qué ha ocurrido con él a los otros dos que comparten su cama, cuánto tiempo hace que no lo ven.

—Más o menos una semana —es su respuesta.

A Lale se le encoge el estómago.

—El *kapo* no conseguía encontrarte —explica el hombre—. Aron podría haberle dicho que estabas enfermo, pero temía que te metiera otra vez en el carro de los muertos si se enteraba, por lo que le dijo que ya habías muerto.

—Y ¿el *kapo* descubrió la verdad?

—No. —El hombre bosteza, exhausto por el trabajo—. Pero estaba tan furioso que se llevó a Aron de todos modos.

Lale se esfuerza por contener las lágrimas.

El segundo compañero de cama gira para apoyarse sobre un codo.

—Tú le metiste grandes ideas en la cabeza. Quería «salvar a uno».

—Si salvas a uno, salvas al mundo. —Lale completa la frase.

Los hombres se sumen en el silencio por un tiempo. Lale mira al techo, parpadea para apartar las lágrimas. Aron no es la primera persona en morir allí y no será la última.

—Gracias —dice.

—Tratamos de continuar lo que Aron comenzó, para ver si podíamos salvar a uno.

—Nos turnábamos —explica un joven desde abajo— para escamotear agua y compartir nuestro pan contigo empujándolo por tu garganta.

Otro sigue con el relato. Se levanta de la litera de abajo, demacrado, con unos nublados ojos azules y voz inexpresiva, pero todavía llena de la necesidad de contar su parte de la historia.

—Te cambiábamos la ropa sucia. La reemplazábamos con la de alguien que hubiera muerto durante la noche.

Lale ya no consigue contener las lágrimas, que ruedan por sus macilentas mejillas.

—No puedo...

No puede hacer otra cosa que estar agradecido. Sabe que tiene una deuda que no puede pagar, no ahora, no allí, y, para ser realista, jamás podrá.

Se duerme con el sonido de los conmovedores cánticos hebreos de aquellos que todavía se aferran a la fe.

A la mañana siguiente, Lale está en la fila para el desayuno cuando Pepan aparece a su lado, lo coge silenciosamente del brazo y lo lleva hacia el sector principal del campo. Allí, los camiones hacen descender su carga humana. Se siente como si hubiera entrado en una escena de una tragedia clásica. Algunos de los actores son los mismos, la mayoría son nuevos, su parte no está escrita todavía, su papel aún no ha sido determinado. Su experiencia de vida no lo ha preparado para entender lo que está sucediendo. Tiene el recuerdo de haber estado ahí antes. «Sí, no como observador, sino como participante. ¿Cuál será mi papel ahora?» Cierra los ojos e imagina que está frente a otra versión de sí mismo, mirando el brazo izquierdo. Sin número. Abre los ojos de nuevo, mira el tatuaje en su brazo izquierdo real, y luego otra vez la escena que tiene ante sí.

Observa a los centenares de nuevos prisioneros que hay reunidos allí. Muchachos, hombres jóvenes, con el terror grabado en cada uno de sus rostros. Aferrados unos a otros. Abrazándose a sí mismos. Los SS y los perros los conducen como a corderos rumbo al matadero. Ellos obedecen. Si viven o mueren ese día es algo que está a punto de ser decidido. Lale deja de seguir a Pepan y se queda congelado. Pepan se da la vuelta y lo guía hacia unas mesitas con el equipo para tatuar en ellas. Aquellos que pasan la selección son colocados en una fila delante de su mesa. Serán marcados. Otros recién llegados —los viejos, los enfermos, aquéllos sin habilidades identificadas— son muertos vivientes.

Suena un disparo. Los hombres se estremecen. Alguien cae. Lale mira en dirección al ruido, pero Pepan le agarra la cara y lo obliga a torcer la cabeza.

Un grupo de SS, en su mayoría jóvenes, caminan hacia ellos escoltando a un oficial más viejo. De cuarenta y tantos años largos, erguido en su inmaculado uniforme, la gorra colocada con precisión en su cabeza. Un maniquí perfecto, piensa Lale.

Los SS se detienen ante ellos. Pepan se adelanta y saluda al oficial con una inclinación de cabeza mientras Lale observa.

—*Oberscharführer* Houstek, he reclutado a este prisionero para que me ayude —informa, señalando a Lale, a su espalda.

Houstek se vuelve hacia él.

—Creo que aprenderá rápido —continúa Pepan.

Con mirada de acero, Houstek observa a Lale antes de mover un dedo para que dé un paso adelante. Él obedece.

—¿Qué idiomas hablas?

—Eslovaco, alemán, ruso, francés, húngaro y un poco de polaco —contesta Lale mirándolo a los ojos.

—Ajá. —Houstek se aleja.

Lale se inclina y le susurra a Pepan:

—Un hombre de pocas palabras. Supongo que el trabajo es mío, ¿no?

Pepan se vuelve hacia él, tiene fuego en sus ojos y en su voz, aunque habla en voz baja.

—No lo subestimes. Olvida tu bravuconería o perderás la vida. La próxima vez que hables con él, no levantes los ojos por encima del nivel de sus botas.

—Lo siento —responde Lale—. No lo haré.

«¿Cuándo aprenderé?»

3

Junio de 1942

Lale despierta con lentitud, abrazado a un sueño que ha puesto una sonrisa en su cara. «Quiero quedarme, quiero quedarme, dejad que me quede aquí un momento más, por favor...»

A Lale le gusta conocer a todo tipo de gente, pero sobre todo le gusta conocer mujeres. Para él, todas son hermosas, más allá de su edad, de su apariencia, de la manera en que se visten. Lo más destacado de su rutina diaria es caminar por la sección femenina donde trabaja. Allí es donde coquetea con las mujeres jóvenes y no tan jóvenes que trabajan detrás del mostrador.

Oye que se abren las puertas principales de la tienda. Levanta la vista y una mujer entra corriendo. Detrás de ella, dos soldados eslovacos se detienen en la puerta y no la siguen adentro. Lale se acerca presuroso a ella con una sonrisa tranquilizadora.

—Todo va bien —le dice—. Está a salvo aquí, conmigo.

Ella acepta su mano y entonces Lale la conduce hacia un mostrador lleno de extravagantes frascos de perfume. Mira varios, se decide por uno y se lo ofrece a ella. La mujer gira el cuello de manera juguetona. Él le rocía con suavidad primero un lado y luego el otro. Sus miradas se encuentran cuando ella vuelve la cabeza. Adelanta las dos muñecas y cada una recibe su recompensa. Ella se lleva una muñeca a la nariz, cierra los ojos y olfatea ligeramente. Le ofrece a Lalc la misma muñeca. Él le sostiene la mano con delicadeza, la acerca a su rostro mientras se inclina e inhala la embriagadora mezcla de perfume y juventud.

—Sí. Éste es perfecto para usted —afirma.

—Me lo llevo.

Lale entrega el frasco a la asistente de la tienda, que empieza a envolverlo.

—¿Hay algo más en lo que pueda ayudarla? —pregunta.

Aparecen caras fugaces delante de él, mujeres jóvenes y sonrientes que bailan a su alrededor, felices, disfrutando de la vida al máximo. Lale sostiene el brazo de la joven que ha conocido en la sección para mujeres de la tienda. Su sueño parece acelerarse. Lale y la dama entran en un exquisito restaurante, apenas iluminado por unos apliques mínimos. Una vela parpadeante en cada mesa se apoya sobre pesados manteles de *jacquard*. Valiosas joyas proyectan colores en las paredes. El ruido de los cubiertos de plata sobre la porcelana fina es apagado por los dulces sonidos del cuarteto de cuerda ubicado en un rincón. El recepcionista lo saluda con calidez mientras toma el abrigo de su acompañante y los conduce a una mesa. Una vez sentados, el maître le muestra a Lale una botella de vino. Sin apartar los ojos de su compañera, él asiente con la cabeza y el camarero descorcha la botella para luego servir el vino. Lale y la dama cogen sus copas. Con sus miradas todavía fijas en el otro, las levantan y beben. El sueño de Lale vuelve a saltar hacia delante. Está cerca de despertarse. «No.» En ese momento está revisando su armario, eligiendo un traje, una camisa, evaluando y rechazando corbatas hasta que encuentra la adecuada y se la pone para anudarla a la perfección. Se calza los zapatos bien lustrados. Coge las llaves y la billetera de la mesilla de noche antes de agacharse y apartar un mechón de pelo de la cara de su compañera dormida, para luego besarla. Ella se estira y sonríe. Y con voz áspera dice:

—Esta noche...

Los disparos de fuera arrojan a Lale a la vigilia. Es empujado por sus compañeros de cama, quienes a su vez buscan de dónde proviene la amenaza. Con el recuerdo del cuerpo cálido de la mujer todavía presente, Lale se levanta despacio y es el último en alinearse para que pasen lista. El prisionero a su lado le da un codazo al ver que no responde cuando gritan su número.

—¿Qué te pasa?

—Nada... Todo. Este lugar.

—Es el mismo de ayer. Y será el mismo mañana. Tú me enseñaste eso. ¿Qué ha cambiado para ti?

—Tienes razón..., el mismo, el mismo. Es sólo que, bueno, he soñado con una chica que conocí en otro tiempo.

—¿Cómo se llamaba?

—No lo recuerdo. No importa.

—¿No estabas enamorado de ella, entonces?

—Las amaba a todas, pero de alguna manera ninguna capturó jamás mi corazón. ¿Tiene sentido eso?

—En realidad, no. Yo me conformaría con una chica a la que amar y con la que pasar el resto de mi vida con ella.

Ha estado lloviendo durante días, pero esa mañana el sol amenaza con arrojar un poco de brillo y luz en el sombrío campo de Birkenau mientras Lale y Pepan preparan su lugar de trabajo. Tienen dos mesas, frascos de tinta, un montón de agujas.

—Prepárate, Lale, aquí vienen.

Lale levanta la vista y se sorprende al ver docenas de mujeres jóvenes que avanzan escoltadas hacia él. Sabía que había chicas en Auschwitz, pero no ahí, no en Birkenau, ese infierno de infiernos.

—Algo un tanto diferente hoy, Lale... Han trasladado a unas chicas de Auschwitz hasta aquí y algunas de ellas necesitan que les hagan otra vez los números.

—¿Qué?

—Sus números, se los hicieron con un sello que resultó poco eficaz. Tenemos que hacerlos bien. No hay tiempo para admirarlas, Lale. Sólo haz tu trabajo.

—No puedo.

—Haz tu trabajo, Lale. No le digas ni una palabra a ninguna de ellas. No hagas ninguna estupidez.

La fila de chicas jóvenes serpentea hasta más allá de su visión.

—No puedo hacer esto. Por favor, Pepan, no podemos hacer esto.

—Sí que puedes, Lale. Debes hacerlo. Si no lo haces,

otro lo hará, y entonces que yo te salvara no habrá servido para nada. Sólo haz el trabajo, Lale. —Pepan le sostiene la mirada.

El miedo se asienta profundamente en los huesos de Lale. Pepan tiene razón. O sigue las reglas o se arriesga a que lo maten.

Lale empieza «el trabajo». Trata de no levantar la vista. Extiende la mano para coger el pedazo de papel que alguien le entrega. Debe transferir esos cinco dígitos a la piel de la joven que se lo da. Ya hay un número allí, pero se ha desteñido. Aprieta la aguja contra el brazo izquierdo de la chica y dibuja un «4», tratando de hacerlo con suavidad. Sale sangre. Pero la aguja no ha penetrado lo suficiente y tiene que dibujar de nuevo el número. Ella no se estremece por el dolor que él sabe que le está infligiendo. «Se les ha advertido: "No digáis nada, no hagáis nada".» Lale limpia la sangre y frota tinta verde sobre la herida.

—¡Date prisa! —susurra Pepan.

Lale tarda demasiado. Tatuar los brazos de los hombres es una cosa; profanar los cuerpos de aquellas jóvenes es horrible. Al levantar la vista, ve a un hombre de chaqueta blanca que camina despacio recorriendo la fila de las chicas. Cada tanto se detiene para inspeccionar la cara y el cuerpo de alguna muchacha aterrorizada. Por último llega junto a Lale. Mientras él sostiene el brazo de la joven lo más suavemente que puede, el hombre le coge la cara con la mano y la mueve con brusquedad de un lado a otro. Lale levanta la vista hacia aquellos ojos asustados. Los labios de ella se mueven dispuestos a hablar. Él le aprieta con fuerza el brazo para detenerla. Ella lo mira y Lale le hace un gesto con la boca: «Chisss».

El hombre de la chaqueta blanca le suelta la cara y se aleja.

—Bien hecho —susurra Lale mientras se dispone a tatuar los tres dígitos restantes: 562.

Cuando termina, sigue sujetándole el brazo un momento más de lo necesario y vuelve a mirarla a los ojos. Fuerza una ligera sonrisa. Ella le devuelve una más ligera todavía. Sus ojos, sin embargo, bailan ante él. Al mirarlos, el corazón de él parece detenerse por un instante y comenzar a latir luego por primera vez, golpeando, casi amenazando con estallar y salirse del pecho. Lale dirige la mirada al suelo, que se mueve debajo de él. Le acercan otro pedazo de papel.

—¡Date prisa, Lale! —susurra Pepan con urgencia.

Cuando vuelve a levantar la vista, ella ya se ha ido.

Varias semanas más tarde, Lale se presenta a trabajar como de costumbre. Su mesa y su equipo ya están listos y mira a su alrededor buscando ansioso a Pepan. Muchos hombres se dirigen hacia donde está él. Se sorprende al ver que el *Oberscharführer* Houstek se acerca acompañado por un joven oficial de las SS. Lale inclina la cabeza y recuerda las palabras de Pepan: «No lo subestimes».

—Hoy trabajarás solo —murmura Houstek.

Cuando Houstek se vuelve para alejarse, Lale pregunta en voz baja:

—¿Dónde está Pepan?

Houstek se detiene, se vuelve y le devuelve una fría mirada. El corazón de Lale se sobresalta.

—Ahora tú eres el *Tätowierer*. —Houstek se dirige hacia el oficial de las SS—. Y tú responderás por él.

Cuando el *Oberscharführer* se aleja, el oficial se lleva el fusil al hombro y apunta a Lale. Él le devuelve la mirada, fijándola en los ojos negros de un muchacho delgado con una cruel sonrisa de suficiencia. Finalmente, Lale baja la mirada. «Pepan, dijiste que este trabajo podía ayudarme a salvar la vida. Pero ¿qué ha pasado contigo?»

—Parece que mi destino está en tus manos —gruñe el oficial—. ¿Qué te parece?

—Intentaré no decepcionarlo.

—¿Lo intentarás? Harás más que eso. No me vas a decepcionar.

—Sí, señor.

—¿En qué bloque estás?

—En el número siete.

—Cuando termines aquí, te mostraré tu habitación en uno de los bloques nuevos. A partir de ahora te quedarás allí.

—Estoy conforme en mi bloque, señor.

—No seas estúpido. Necesitarás protección ahora que eres el *Tätowierer*. Ahora trabajas para el ala política de las SS... Mierda, tal vez *yo* debería tener miedo de ti. —De nuevo muestra su sonrisa de suficiencia.

Después de sobrevivir a esa ronda de preguntas, Lale pone a prueba su suerte.

—El proceso iría mucho más rápido, ya sabe, si tuviera un ayudante.

El oficial de las SS da un paso y se acerca a él, mirándolo de arriba abajo con desprecio.

—¿Qué?

—Si usted permite que alguien me ayude, el proceso irá más rápido y su jefe estará satisfecho.

Como si la orden la hubiera dado Houstek, el oficial

da media vuelta y recorre la fila de hombres jóvenes a la espera de ser numerados; todos, salvo uno, tienen la cabeza inclinada. Lale teme por el que mira directamente al oficial y se sorprende cuando éste es arrastrado del brazo y conducido hasta él.

—Tu ayudante. Haz su número primero.

Lale coge el pedazo de papel de la mano del joven y le tatúa el brazo deprisa.

—¿Cómo te llamas? —le pregunta.

—Leon.

—Leon, yo soy Lale, el *Tätowierer* —se presenta, con voz firme como la de Pepan—. Ahora, quédate a mi lado y mira lo que yo hago. A partir de mañana trabajarás para mí como mi ayudante. Eso podría salvarte la vida.

El sol ya se ha puesto cuando el último prisionero ha sido tatuado y empujado hacia su nuevo hogar. El guardia de Lale —cuyo nombre, ya lo averiguó, es Baretski— no está a más de unos pocos metros de él. Se acerca a Lale y a su nuevo ayudante.

—Llévalo a tu bloque y luego vuelve aquí.

Lale conduce rápidamente a Leon al bloque 7.

—Espera fuera del bloque por la mañana y yo vendré a buscarte. Si tu *kapo* quiere saber por qué no vas con los demás a la obra de construcción, dile que ahora trabajas para el *Tätowierer*.

Cuando Lale vuelve a su puesto de trabajo, sus herramientas han sido guardadas en un maletín y su mesa ha sido plegada. Baretski está ahí, esperándolo.

—Lleva todo esto a tu nueva habitación. Todas las mañanas, preséntate en el edificio de la administración para recibir suministros e instrucciones acerca de dónde trabajarás ese día.

—¿Puedo conseguir una mesa y materiales de trabajo adicionales para Leon?

—¿Quién?

—Mi ayudante.

—Pide en la administración todo lo que necesites.

Conduce a Lale a un área del campo que aún está en construcción. Muchos de los edificios están sin terminar, y el inquietante silencio hace que Lale se estremezca. Uno de esos nuevos barracones está acabado, y Baretski lo lleva a una habitación individual situada inmediatamente detrás de la puerta.

—Dormirás aquí —le informa.

Lale deja su maletín de herramientas en el suelo duro y observa la habitación pequeña y aislada. Ya echa de menos a sus amigos del bloque 7.

Después, mientras sigue a Baretski, se entera de que a partir de ese momento recibirá sus comidas en un área cerca del edificio de la administración. En su función de *Tätowierer*, obtendrá raciones adicionales. Se dirigen a cenar mientras el oficial explica:

—Queremos que nuestros trabajadores tengan fuerzas. —Le indica con una seña a Lale que ocupe un lugar en la fila de la cena—. Aprovéchalo al máximo.

Mientras Baretski se aleja, le sirven a Lale un cucharón de sopa acuosa y un trozo de pan. Los devora, y está a punto de alejarse cuando oye una voz quejumbrosa:

—Puedes pedir más si quieres.

Lale coge una segunda porción de pan, mirando a los

prisioneros alrededor de él que comen en silencio, sin compartir conversación alguna y sólo intercambiando miradas subrepticias. Los sentimientos de desconfianza y miedo son obvios. Al alejarse, con el pan metido en la manga, se dirige a su viejo hogar, el bloque 7. Cuando entra, saluda con un movimiento de la cabeza al *kapo*, que parece haber recibido el mensaje de que él ya no está a sus órdenes. Al entrar, Lale responde a los saludos de muchos de los hombres con los que ha compartido bloque, con los que ha compartido sus miedos y sus sueños de otra vida. Cuando llega a su vieja litera, ve a Leon sentado allí, con los pies colgando por el costado. Mira el rostro del joven. Sus grandes ojos azules tienen una dulzura y una honestidad que Lale encuentra entrañables.

—Ven conmigo fuera un momento.

Leon salta al suelo y lo sigue. Todos los ojos están fijos en ellos. Mientras caminan por un lado del bloque, Lale saca el trozo de pan rancio de su manga y se lo ofrece al muchacho, que lo devora. Nada más terminar, le da las gracias.

—Sabía que debías de haberte perdido la cena. Ahora recibo raciones adicionales. Trataré de compartirlas contigo y con los demás cada vez que pueda. Vuelve dentro. Diles que te he arrastrado hasta aquí para retarte. Y mantén la cabeza baja. Te veré por la mañana.

—¿No quieres que ellos sepan que puedes conseguir más raciones?

—No. Déjame ver cómo se desarrollan las cosas. No puedo ayudarlos a todos a la vez, y ellos no necesitan una razón adicional para pelearse.

Lale observa a Leon cuando entra en su viejo bloque con una mezcla de sentimientos que encuentra difícil de expresar. «¿Debo tener miedo ahora que soy un privilegiado? ¿Por qué me siento triste por dejar mi antigua posición en el campo, a pesar de que no me ofrecía ninguna protección?» Deambula entre las sombras de los edificios a medio acabar. Está solo.

Esa noche, duerme tumbado por primera vez en meses. Nadie que lo patee, nadie que lo empuje. Se siente como un rey en el lujo de su propia cama. Y, al igual que un rey, él ahora debe desconfiar de los motivos de la gente para entablar amistad con él o para incluirlo en su círculo de confianza. «¿Están celosos? ¿Quieren mi trabajo? ¿Corro el riesgo de ser acusado injustamente de algo?»

Ahí ha visto las consecuencias de la codicia y la desconfianza. La mayoría de la gente cree que, si hay menos hombres, habrá más comida para repartir. La comida es moneda. Con ella, uno sigue con vida. Uno tiene la fuerza para hacer lo que se le pide. Uno logra vivir un día más. Sin ella, uno se debilita hasta el punto de que ya no le importa nada. Su nueva posición se suma a la complejidad de sobrevivir. Está seguro de que, al salir de su bloque y pasar junto a las literas de hombres golpeados, ha oído a alguien murmurar la palabra *colaboracionista*.

A la mañana siguiente, Lale está esperando con Leon fuera del edificio de la administración cuando Baretski aparece y lo felicita por llegar temprano. Lale sujeta su maletín y tiene su mesa en el suelo junto a él. Baretski le dice a Leon que se quede donde está y a él que lo siga adentro. Lale recorre con la mirada la gran zona de recepción. Puede ver corredores que se extienden en diferentes direcciones con lo que parecen oficinas a lo largo de ellos. Detrás de la gran recepción hay varias hileras de escritorios pequeños con chicas jóvenes que trabajan con diligencia archivando, transcribiendo. Baretski lo presenta a un oficial de las SS.

—Le presento al *Tätowierer* —y, de nuevo, le ordena a él que busque ahí su material y sus instrucciones todos los días.

Lale pide una mesa y herramientas extras, ya que tiene un ayudante esperando fuera. La solicitud es aceptada sin comentarios. Él exhala un suspiro de alivio. Por lo menos ha salvado a un hombre del trabajo duro. Piensa en Pepan y le da las gracias en silencio. Coge la mesa y guarda los suministros adicionales en su maletín. Cuando ya se está alejando, el empleado de la administración se dirige a él en voz alta.

—Lleva ese maletín contigo en todo momento, identifícate con las palabras «*Politische Abteilung*» y nadie te molestará. Devuélvenos el papel con los números todas las noches, pero quédate con el maletín.

—Es verdad —agrega Baretski, resoplando junto a Lale—, con ese maletín y esas palabras estás a salvo, excepto de mí, por supuesto. Si la fastidias y me pones en problemas no habrá maletín ni palabras que te salven. —Su mano se dirige hacia su pistola, la apoya en la funda, quita el seguro. Lo pone. Lo quita. Lo pone. Su respiración se hace más intensa.

Lale hace lo más inteligente: baja la mirada y se aleja.

Los cargamentos llegan a Auschwitz-Birkenau constantemente. No es raro que Lale y Leon trabajen día y noche sin parar. En esos días, Baretski muestra su lado más desagradable. Insulta a voces o golpea a Leon, culpándolo a él por mantenerlo lejos de su cama con su lentitud. Lale aprende con rapidez que el maltrato empeora si intenta impedirlo.

Al terminar durante las primeras horas de una mañana en Auschwitz, Baretski se vuelve dispuesto a alejarse antes de que Lale y Leon hayan recogido sus cosas. Luego se vuelve de nuevo con una expresión de indecisión en el rostro.

—Ah, mierda, vosotros dos podéis regresar a Birkenau por vuestra cuenta. Yo dormiré aquí esta noche. Os quiero de vuelta aquí a las ocho de la mañana.

—¿Cómo vamos a saber qué hora es? —pregunta Lale.

—No me importa cómo lo hagas, pero quiero verte aquí. Y ni se os ocurra pensar en huir. O yo mismo os daré caza, os mataré y disfrutaré con ello.

Se aleja con paso cansado.

—¿Qué hacemos? —dice Leon.

—Lo que nos ha dicho ese imbécil. Vamos..., te despertaré a tiempo para regresar aquí.

—Estoy muy cansado. ¿No podemos quedarnos aquí?

—No. Si no te ven en tu bloque por la mañana, saldrán a buscarte. Venga, venga.

Lale se levanta con el sol, y él y Leon hacen la caminata de cuatro kilómetros de regreso a Auschwitz. Esperan durante lo que les parece una hora hasta que aparece Baretski. Es obvio que anoche no se fue directo a la cama, sino que estuvo bebiendo. Cuando su aliento es malo, su malhumor es peor.

—¡Vamos! —ruge.

Como no hay señal alguna de nuevos prisioneros, Lale se ve obligado a preguntar:

—¿Adónde?

—De vuelta a Birkenau. Los camiones de transporte han depositado allí la última carga.

Mientras los tres hombres recorren los cuatro kilómetros de regreso a Birkenau, Leon tropieza y cae. La fatiga y la falta de alimento se adueñan de él. Se levanta de nuevo. Baretski camina con más lentitud, aparentemente esperando a que Leon los alcance. Cuando el joven lo consigue, Baretski estira una pierna y lo hace caer de nuevo. Varias veces más durante el trayecto, Baretski hace su jueguecito. La caminata y el placer que le causa hacer tropezar a Leon parecen terminar de despertarlo. Cada vez que lo hace, mira a Lale para observar su reacción. No consigue nada.

Cuando llegan a Birkenau, Lale se sorprende al ver a Houstek supervisando la selección de quién le será enviado a él y a Leon para vivir otro día. Comienzan su trabajo mientras Baretski marcha de un lado a otro por la fila de hombres, tratando de mostrarse competente frente a su superior. El sonido de un joven que grita cuando Leon intenta marcarle el brazo sobresalta al agotado muchacho, que deja caer su instrumento para tatuar. Cuando se inclina para recogerlo, Baretski le pega por detrás con el fusil, enviándolo boca abajo al suelo. Le apoya un pie en la espalda y lo empuja hacia el suelo.

—Podemos hacer el trabajo más rápido si deja que se levante y continúe —dice Lale, viendo que a Leon comienza a faltarle el aire bajo la bota de Baretski.

Houstek camina hasta los tres hombres y murmura algo a este último. Cuando desaparece, Baretski, con una ácida sonrisa, empuja con fuerza el pie contra el cuerpo de Leon antes de soltarlo.

—Yo soy un humilde servidor de las SS. Tú, *Tätowierer*, has sido colocado bajo los auspicios del ala política, que sólo debe rendir cuentas a Berlín. Fue tu día de suerte cuando el francés te presentó a Houstek y le dijo lo inteligente que eres y que hablas todos esos idiomas.

No hay una réplica correcta para eso, por lo que Lale se ocupa de su trabajo. Leon, todo embarrado, se levanta tosiendo.

—Así pues, *Tätowierer* —prosigue Baretski, otra vez con su sonrisa enfermiza—, ¿qué te parece si somos amigos?

Una ventaja de ser *Tätowierer* es que Lale sabe en qué fecha están. Viene escrita en el papeleo administrativo que se le entrega todas las mañanas y que él devuelve por la noche. Aunque no es sólo el papeleo lo que le da esa información. El domingo es el único día de la semana en que los otros presos no están obligados a trabajar y pueden pasar el día deambulando por todo el campo o permanecer cerca de sus barracones formando pequeños grupos: amistades que han llegado al campo, amistades que se han hecho en el campo.

Es un domingo cuando él la ve. La reconoce de inmediato.

Caminan uno hacia el otro, Lale solo, ella con un grupo de chicas, todas con las cabezas rapadas, todas con la misma ropa sin la menor gracia. No hay nada que la distinga a ella, salvo sus ojos. Negros..., no, castaños. El marrón más oscuro que jamás haya visto. Por segunda vez se miran directamente al alma. El corazón de Lale se sobresalta. La mirada queda fija.

—*Tätowierer!* —Baretski pone una mano en su hombro, y con ello rompe el hechizo.

Los prisioneros se apartan. No quieren estar cerca de un oficial de las SS ni del prisionero al que le está hablando. El grupo de las muchachas se dispersa, dejándola a ella con la vista fija en Lale, que sigue mirándola. Los ojos de Baretski van de uno a otro. Los tres forman un triángulo perfecto, cada uno esperando a que el otro se mueva. Baretski muestra una sonrisa cómplice. Con decidido coraje, una de las amigas de ella avanza y la arrastra de nuevo a su grupo.

—Es muy guapa —afirma Baretski mientras él y Lale se alejan.

Lale lo ignora y se esfuerza por controlar el odio que siente.

—¿Te gustaría conocerla?

Una vez más, Lale se niega a responder.

—Escríbele, dile que te gusta.

«¿Acaso cree que soy tan estúpido?»

—Te consigo papel y lápiz y le llevo tu carta. ¿Qué te parece? ¿Sabes cómo se llama?

«4562.»

Lale sigue caminando. Sabe que la pena para cualquier prisionero atrapado con pluma o papel es la muerte.

—¿Adónde vamos? —Cambia de tema.

—A Auschwitz. *Herr Doktor* necesita más pacientes.

Un escalofrío recorre a Lale. Recuerda al hombre de chaqueta blanca, sus manos peludas en la cara de aquella hermosa chica. Nunca se ha sentido tan incómodo con un médico como aquel día.

—Pero es domingo.

Baretski se ríe.

—Ah, ¿crees que porque los otros no trabajan el domingo, tú también debes tenerlo libre? ¿Quieres discutir eso con *Herr Doktor*? —Su risa se hace más estridente, lo que acrecienta los escalofríos en la columna vertebral de Lale—. Por favor, hazlo por mí, *Tätowierer*. Dile a *Herr Doktor* que es tu día libre. Me va a encantar.

Lale sabe cuándo callarse. Se adelanta, poniendo distancia entre él y Baretski.

4

Mientras caminan hacia Auschwitz, Baretski parece estar de muy buen humor y bombardea a Lale a preguntas.

—¿Qué edad tienes? ¿Qué hacías antes, ya sabes, antes de que te trajeran aquí?

La mayoría de las veces, él responde con otra pregunta, y descubre que a Baretski le gusta hablar de sí mismo. Se entera así de que es sólo un año menor que él, pero ahí es donde las semejanzas terminan. Habla de las mujeres como un adolescente. Lale decide que puede hacer que esa diferencia sea útil para él y empieza a explicarle su manera de ganarse a las chicas: básicamente, todo consiste en respetarlas y en saber lo que a ellas les importa.

—¿Le ha reglado flores a una chica alguna vez? —le pregunta.

—No, ¿por qué habría de hacer tal cosa?

—Porque a ellas les gusta que los hombres les regalan flores. Mejor aún si las corta uno mismo.

—Bueno, yo no voy a hacer eso. Se reirían de mí.

—¿Quiénes?

—Mis amigos.

—¿Se refiere a otros hombres?

—Bueno, sí..., pensarían que soy un mariquita.

—Y ¿qué cree que pensaría la chica que recibe las flores?

—¿Qué importa lo que ella piense? —Comienza a sonreír con superioridad y se lleva una mano a la ingle—. Esto es todo lo que quiero de ellas, y eso es lo que ellas quieren de mí. Yo sé de qué va esto.

Lale se adelanta. Baretski lo alcanza.

—¿Qué? ¿He dicho algo malo?

—¿De verdad quiere que responda a eso?

—Sí.

Lale se vuelve.

—¿Tiene usted alguna hermana?

—Sí —responde Baretski—, dos.

—¿Le gustaría que otros hombres trataran a sus hermanas de la misma manera que usted trata a las chicas?

—A cualquiera que le haga eso a mi hermana pequeña, lo mato. —Baretski saca la pistola de su funda y dispara varias veces al aire—. Lo mato.

Lale da un salto hacia atrás. Los disparos reverberan a su alrededor. Baretski jadea, su rostro enrojece y sus ojos están oscuros.

Lale levanta las manos.

—Ahí lo tiene. Es algo acerca de lo que pensar.

—No quiero hablar más de eso.

Lale descubre que Baretski no es alemán, sino que nació en Rumanía, en un pequeño pueblo cerca de la frontera con Eslovaquia, a unos cientos de kilómetros de la ciudad natal de Lale, Krompachy. Se escapó de su hogar y fue a Berlín. Allí se unió a las Juventudes Hitlerianas y luego a las SS. Odia a su padre, quien solía golpearlos cruelmente a él y a sus hermanos y hermanas. Sigue todavía preocupado por sus hermanas, una más joven y otra mayor, que viven en su casa.

Más tarde, esa noche, mientras regresan a Birkenau, Lale dice en voz baja:

—Acepto su ofrecimiento de papel y lápiz, si le parece bien. Su número es 4562.

Después de la cena, se dirige en silencio hasta el bloque 7. El *kapo* lo mira lleno de furia, pero no dice nada. Lale comparte sus raciones adicionales de la noche, sólo unos pocos mendrugos de pan, con sus amigos del bloque. Los hombres hablan e intercambian novedades. Como de costumbre, los que son religiosos invitan a Lale a participar en la oración de la noche. Él educadamente declina la invitación y su negativa es aceptada con cortesía. Ésa es la rutina habitual.

Solo en su habitación individual, Lale despierta y ve a Baretski de pie junto a él. No ha llamado antes de entrar —nunca lo hace—, pero hay algo diferente en esa visita.

—Está en el bloque veintinueve. —Le entrega un lápiz y papel—. Vamos, escríbele y yo me aseguraré de que ella lo reciba.

—¿Sabe cómo se llama?

La mirada de Baretski le da a Lale la respuesta: «¿A ti qué te parece?».

—Volveré dentro de una hora y se la llevaré.

—Que sean dos.

Lale sufre hasta encontrar las primeras palabras que escribirá a la prisionera 4562. «¿Cómo empezar? ¿Cómo hablar con ella?» Por fin, decide hacerlo de un modo simple: «Hola, mi nombre es Lale». Cuando Baretski regresa, le entrega la página con apenas unas pocas oraciones escritas. Le ha contado que es de Krompachy, en Eslovaquia, le ha dicho su edad y cómo está compuesta su familia, y que confía en que estén todos a salvo. Le pide que esté cerca del edificio de la administración el próximo domingo por la mañana. Le explica que él intentará estar allí también, y que, si no aparece, será debido a su trabajo, que no está regulado como el trabajo de los demás.

Baretski coge la carta y la lee delante de él.

—¿Eso es todo lo que tienes que decir?

—Cualquier otra cosa se la diré en persona.

Baretski se sienta en la cama de Lale y se inclina para jactarse acerca de lo que él diría, de lo que le gustaría hacer si estuviera en su misma situación, es decir, sin saber si seguirá con vida cuando termine la semana. Lale le agradece sus comentarios, pero le dice que prefiere correr sus propios riesgos.

—Bien. Le entregaré esto que tú dices que es una «carta» a ella y le daré papel y lápiz para responder. Le diré que iré por su respuesta mañana por la mañana..., le daré toda la noche para pensar si tú le gustas o no.

Le sonríe irónico a Lale mientras sale de la habitación.

«¿Qué he hecho?» Ha puesto en peligro a la prisionera 4562. Él está protegido; ella, no. Pero, de todos modos, él quiere, necesita, correr el riesgo.

Al día siguiente, Lale y Leon trabajan hasta bien entrada la noche.

Baretski patrulla no lejos de ellos en todo momento, y

cada tanto ejerce su autoridad en las filas de hombres usando su fusil a modo de garrote cuando no le gusta el aspecto de alguien. Su insidiosa sonrisa de superioridad nunca desaparece de su rostro. Es obvio que disfruta pavoneándose mientras recorre las filas de hombres. Justo cuando Lale y Leon están recogiendo sus cosas, saca un pedazo de papel del bolsillo de su chaquetilla y se lo entrega al primero.

—Eh, *Tätowierer* —le anticipa—, no dice mucho. Creo que deberías buscarte otra novia.

Cuando Lale estira la mano para coger la nota, Baretski juguetea y se la aparta. «Muy bien, si es así como quieres jugar...» Lale da media vuelta y se aleja. Baretski lo sigue y se la entrega. Un breve movimiento con la cabeza es el único agradecimiento que Lale está dispuesto a darle. Mete la nota en su maletín, se dirige a buscar su cena y ve a Leon, que regresa a su bloque, sabiendo que probablemente se habrá perdido la suya.

Queda poca comida para cuando Lale llega. Después de cenar, se mete varios pedazos de pan en la manga, maldiciendo el hecho de que su uniforme ruso ha sido reemplazado por un traje tipo pijama sin bolsillos. Al entrar en el bloque 7 recibe el habitual coro de saludos silenciosos. Él explica que sólo tiene suficiente comida extra para Leon y quizá también para otros dos, y promete que tratará de conseguir más al día siguiente. Acorta su visita y se apresura a volver a su habitación. Necesita leer las palabras sepultadas entre las herramientas.

Se deja caer sobre la cama y sostiene la nota en su pecho, imaginando a la prisionera 4562 en el momento de escribir las palabras que está tan ansioso por leer. Finalmente, la abre.

«Querido Lale», comienza. Al igual que él, la mujer ha escrito sólo unas cuantas líneas muy prudentes. Ella también es de Eslovaquia. Lleva en Auschwitz más tiempo que él, desde marzo. Ella trabaja en uno de los almacenes llamados «Canadá», donde los prisioneros clasifican las pertenencias confiscadas de sus compañeros, víctimas como ellos. Estará en el complejo el domingo. Y lo buscará. Lale relee la nota y le da la vuelta al papel varias veces. Saca un lápiz de su maletín y garabatea en letra de imprenta detrás de la carta de ella: «Tu nombre, ¿cómo te llamas?».

A la mañana siguiente, Baretski acompaña a Lale a Auschwitz, solo.

El nuevo cargamento es pequeño, lo que le da a Leon un día de descanso. Baretski comienza a burlarse de Lale por la nota y señala que seguramente debe de haber perdido su habilidad con las damas. Él ignora sus burlas y le pregunta si ha leído buenos libros últimamente.

—¿Libros? No leo libros —murmura Baretski.

—Debería.

—¿Por qué? ¿De qué sirven los libros?

—Puedes aprender mucho de ellos, y a las chicas les gusta que sepas citar algún texto o declamar poesía.

—No necesito citar libros. Tengo este uniforme; eso es todo lo que necesito para conseguir chicas. Les encanta el uniforme. Tengo una novia, ¿sabes? —se jacta Baretski.

Eso es nuevo para Lale.

—Qué bien. Y ¿le gusta su uniforme?

—Claro que le gusta. Hasta se lo pone y comienza a

marchar saludando..., se cree que es el maldito Hitler. —Con una risa escalofriante, él la imita, pavoneándose, con el brazo levantado—. *Heil Hitler! Heil Hitler!*

—Pero que le guste su uniforme no quiere decir que le guste usted —repone Lale.

Baretski se detiene en seco.

Lale se maldice a sí mismo por su descuidado comentario. Aminora la marcha, pensando en si volverse y pedir disculpas o no. No, seguirá caminando y verá qué pasa. Cierra los ojos, pone un pie delante del otro, un paso cada vez, esperando, esperando oír el disparo. Oye el ruido de alguien que corre detrás de él. Luego el tirón en una manga.

—¿Eso es lo que piensas, *Tätowierer*? ¿Que sólo le gusto por mi uniforme?

Un aliviado Lale se vuelve hacia él.

—¿Cómo voy a saber lo que a ella le gusta? ¿Por qué no me cuenta algo más sobre ella?

No tiene el menor interés en esa conversación, pero ya que se ha librado de recibir una bala, siente que no tiene otra opción. Resulta que Baretski sabe muy poco sobre su «novia», básicamente porque nunca le ha preguntado nada acerca de sí misma. Eso es demasiado como para que Lale lo ignore, y antes de darse cuenta le está ofreciendo consejos sobre cómo tratar a las mujeres. Dentro de su cabeza, se está diciendo a sí mismo que se calle. ¿Por qué debería importarle el monstruo que está a su lado y si es o no capaz de tratar a una chica con respeto? La verdad es que espera que Baretski no sobreviva a ese lugar como para estar de nuevo con una mujer.

5

Ha llegado la mañana del domingo. Lale salta de la cama y se apresura a ir afuera. Ya ha salido el sol. «¿Dónde está todo el mundo? ¿Dónde están los pájaros? ¿Por qué no están cantando?»

—¡Es domingo! —grita sin dirigirse a nadie en particular.

Se vuelve y ve que hay fusiles apuntándolo a él en la torre de guardia más cercana.

—A la mierda. —Vuelve corriendo a su bloque mientras los disparos atraviesan el tranquilo amanecer.

El guardia parece haber decidido asustarlo. Lale sabe que ése es el único día en que los presos «pueden dormir», o al menos no salir de sus barracones hasta que los dolores del hambre los obliguen a dirigirse hacia el café negro y la única pieza de pan rancio. El guardia dispara de nuevo al edificio, sólo para divertirse.

De vuelta en su pequeña habitación, Lale se pasea de un lado a otro, ensayando las primeras palabras que le dirá a ella.

Hace una prueba: «Eres la chica más hermosa que he visto», y la descarta. Está casi seguro de que, con su cabeza rapada y la ropa usada por alguien mucho más grande que ella, la joven no se siente guapa. Aun así, no lo descarta del todo. Pero quizá lo mejor sería hacer lo más simple: «¿Cómo te llamas?», y ver adónde conduce eso.

Lale se obliga a permanecer dentro hasta que empiece a oír los sonidos, tan familiares ya para él, del campo que despierta.

Primero la sirena perfora el sueño de los prisioneros. Luego, trasnochados SS, mal dormidos y de malhumor, gritan órdenes. Se oyen los ruidos metálicos de las ollas del desayuno que son llevadas a cada bloque; los prisioneros que las cargan gimen, ya que están más débiles cada día y las ollas se vuelven más pesadas minuto a minuto.

Lale camina hasta su puesto de desayuno y se une a los otros hombres que tienen derecho a raciones adicionales. Se producen los habituales movimientos de cabeza y de ojos a modo de saludo, así como alguna ocasional y breve sonrisa. No se intercambian palabras. Come la mitad de su pan, mete el resto en la manga y hace un nudo a modo de puño para evitar que se caiga. Si puede, se lo ofrecerá a ella. Si no, será para Leon.

Observa a los que no trabajan mientras se mezclan con los amigos de otros bloques y se dispersan en pequeños grupos para disfrutar del sol de verano mientras dure. El otoño está a la vuelta de la esquina. Se dirige hacia el sector indicado para comenzar su búsqueda, y luego se da cuenta de que le falta su maletín. «Mi salvavidas.» Nunca sale de su habitación sin él, pero esa mañana lo ha olvidado. «¿Dónde tengo la cabeza?» Corre hacia su bloque y reaparece, el rostro tranquilo, maletín en mano..., un hombre con una misión.

Durante lo que le parece mucho rato, Lale camina entre sus compañeros de prisión, charlando con aquellos que conoce del bloque 7. Todo el tiempo sus ojos buscan entre los grupos de chicas. Está hablando con Leon cuando el vello de la nuca se le eriza, con la cosquilleante sensación de ser observado. Se da la vuelta. Ahí está ella.

Está charlando con otras tres jóvenes. Cuando advierte que él la ha visto, se detiene. Lale camina hacia las chicas y las amigas de ella retroceden, poniendo un poco de distancia entre ellas y aquel extraño. Han oído hablar de Lale. Ella permanece allí, inmóvil, sola.

Él se le acerca, atraído de nuevo por sus ojos. Las amigas se ríen en silencio, en segundo plano. Ella sonríe. Una sonrisita tentativa. Lale se queda casi sin habla, pero se arma de valor. Le entrega el pan y la carta. Incapaz de detenerse, le ha escrito que no puede dejar de pensar en ella.

—¿Cómo te llamas? —pregunta—. Tengo que saber tu nombre.

Detrás de él alguien dice:

—Gita.

Antes de poder hacer o decir nada más, las amigas de Gita corren hacia ella y la arrastran alejándola, susurrando preguntas mientras corren.

Esa noche, acostado en su cama, Lale repite una y otra vez ese nombre:

—Gita. Gita. Qué nombre tan bonito.

En el bloque 29, en el sector de mujeres del campo de concentración, Gita se acurruca con sus amigas Dana e Ivana. Un rayo de luz de un reflector se filtra por una pequeña grieta en la pared de madera, y Gita se esfuerza para leer la carta de Lale.

—¿Cuántas veces vas a leerla? —pregunta Dana.

—Ah, no lo sé, hasta que sepa cada palabra de memoria —responde ella.

—Y ¿cuándo será eso?

—Hace unas dos horas —contesta Gita con una risita divertida.

Dana abraza con fuerza a su amiga.

A la mañana siguiente, Gita y Dana son las últimas en dejar su bloque. Salen cogidas del brazo, charlando, ajenas a todo. Sin previo aviso, el oficial de las SS que está fuera del barracón golpea a Gita en la espalda con el fusil. Ambas jóvenes caen al suelo. Gita aúlla de dolor. Él les indica con el arma que se levanten. Se ponen de pie, con la mirada baja.

El SS las mira con desprecio.

—Borrad esa sonrisa de la cara —gruñe.

A continuación, saca la pistola de su funda y, con ella, golpea con fuerza a Gita en la sien.

—No hay comida para ellas hoy —ordena, dirigiéndose a otra oficial.

Mientras él se aleja, la *kapo* de las chicas avanza y las abofetea a ambas rápidamente.

—No olvidéis dónde estáis.

Cuando se marcha, Gita apoya la cabeza en el hombro de Dana.

—Te he dicho que Lale hablará conmigo el próximo domingo, ¿no?

Domingo. Los prisioneros se pasean por todo el campo, solos o en pequeños grupos. Algunos se sientan apoyados en los edificios, demasiado cansados y débiles como para moverse. Unos cuantos SS caminan charlando y fumando, ignorando a los prisioneros. Gita y sus amigas pasean sin ninguna expresión en sus caras. Todos menos Gita hablan en voz baja. Ella no deja de mirar a su alrededor.

Lale observa a Gita y a sus amigas. Le sonríe a Gita, que mira preocupada. Cada vez que sus ojos casi se posan en él, Lale se esconde detrás de otros prisioneros. Avanza despacio hacia ella.

Dana es la primera que lo ve y está a punto de decir algo cuando él se lleva un dedo a los labios. Sin perder el ritmo, estira el brazo, coge la mano de Gita y sigue caminando. Sus amigas dejan escapar unas risitas y se toman del brazo entre ellas mientras Lale conduce en silencio a Gita a la parte de atrás del edificio de la administración, vigilando para estar seguro de que el guardia de la torre cercana está relajado y no mira en su dirección.

Desliza la espalda contra la pared del edificio, arrastrando a Gita consigo. Desde allí pueden ver el bosque más allá de la cerca perimetral. Gita mira al suelo mientras Lale la mira a ella con atención.

—Hola... —dice él con timidez.

—Hola —contesta ella.

—Espero no haberte asustado.

—¿Estamos seguros? —Ella echa un vistazo a la torre de guardia cercana.

—Probablemente no, pero no puedo seguir sólo viéndote. Necesito estar contigo y hablarte como la gente normal.

—Pero no estamos seguros...

—Nunca estaremos a salvo. Háblame. Quiero oír tu voz. Quiero saberlo todo acerca de ti. Lo único que sé es tu nombre. Gita. Es bonito.

—¿Qué quieres que te diga?

Lale trata de encontrar la pregunta correcta. Se decide por algo habitual.

—¿Qué tal, cómo ha sido tu día?

En ese momento ella levanta la cabeza y lo mira directa a los ojos.

—Bueno, ya sabes cómo es. Levantarse, tomar un gran desayuno, despedirse de mamá y papá con un beso antes de coger el autobús para ir a trabajar. El trabajo ha sido...

—Está bien, está bien. Lo siento, ha sido una pregunta tonta.

Están sentados uno junto al otro, pero miran hacia otro lado. Lale oye la respiración de Gita. Ella se golpetea el muslo con el pulgar. Por último, ella dice:

—¿Qué tal tu día?

—Bueno, ya sabes. Nos hemos levantado, después un gran desayuno...

Se miran y se ríen en voz baja. Gita empuja con suavidad a Lale. Sus manos se tocan accidentalmente por un instante.

—Bueno, si no podemos hablar de nuestro día, cuéntame algo sobre ti —sugiere él.

—No hay nada que contar.

Lale se sorprende.

—Por supuesto que sí. Dime tu apellido.

Gita lo mira a la vez que niega con la cabeza.

—Sólo soy un número. Deberías saberlo. Tú me lo diste.

—Sí, pero eso es sólo para este lugar. ¿Quién eras fuera de aquí?

—El exterior ya no existe. Sólo el aquí.

Lale se levanta y fija la mirada en ella.

—Me llamo Ludwig Eisenberg, pero todos me llaman Lale. Vengo de Krompachy, Eslovaquia. Tengo una madre, un padre, un hermano y una hermana. —Hace una pausa—. Ahora es tu turno.

Gita lo mira desafiante a los ojos.

—Soy la prisionera 4562 en Birkenau, Polonia.

La conversación se desvanece en un silencio incómodo. Él la observa, observa sus ojos bajos. Ella está luchando con sus pensamientos: qué decir, qué no decir.

Lale se sienta de nuevo, frente a ella esta vez. Estira el brazo como para cogerle la mano, pero lo retira de inmediato.

—No quiero molestarte, pero ¿me prometes una cosa?

—¿Qué?

—Antes de salir de aquí, me dirás quién eres y de dónde vienes.

Ella lo mira a los ojos.

—Sí, te lo prometo.

—Me conformo con eso por ahora. Así que te tienen trabajando en el Canadá, ¿no?

Gita asiente con la cabeza.

—¿Estás bien allí?

—No está mal. Pero los alemanes se limitan a arrojar todas juntas las posesiones de los prisioneros. Comida podrida mezclada con ropa. Y el moho..., odio tocarlo..., apesta.

—Me alegra que no estés fuera. He hablado con algunos hombres que conocen a chicas de su pueblo que también trabajan en el Canadá. Me dicen que a menudo encuentran joyas y dinero.

—Eso me han dicho. Parece que yo sólo encuentro pan mohoso.

—Tendrás cuidado, ¿verdad? No hagas ninguna tontería, y siempre debes estar atenta a los SS.

—He aprendido bien esa lección, confía en mí.

Suena una sirena.

—Será mejor que vuelvas a tu bloque —dice Lale—. La próxima vez te traeré algo de comida.

—¿Tienes comida?

—Puedo conseguir comida extra. Te la traeré y te veré el próximo domingo.

Se levanta y le tiende la mano a Gita. Ella se la coge. Él la ayuda a ponerse de pie y retiene su mano un momento más de lo que debería. No puede quitarle los ojos de encima.

—Deberíamos irnos. —Ella rompe el contacto visual, pero mantiene su embrujo sobre él con una sonrisa que hace que a Lale le tiemblen las rodillas.

6

Han pasado algunas semanas; los árboles alrededor del campo han perdido sus hojas, los días se hacen más cortos a medida que avanza el invierno.

«¿Quiénes son esas personas?» Lale se ha estado preguntando eso desde que llegó al campo de concentración. Esos grupos de hombres que trabajan en las construcciones, que aparecen todos los días vestidos con ropas de civil y nunca se los ve después de dejar las herramientas. Con acelerar un poco sus pasos después de estar un rato con Gita, está seguro de poder hablar con un par de esos hombres sin poner nerviosos a los SS y que le disparen. Además, lleva consigo su escudo en forma de maletín. Lale se dirige con indiferencia hacia uno de los nuevos edificios de ladrillo en construcción. Éstos no parecen ser bloques para alojar prisioneros, pero su uso no es lo que le interesa a Lale en ese momento. Se acerca a dos hombres, uno más viejo que el otro, muy ocupados en su tarea, y se pone en cuclillas junto a la pila de ladrillos a la espera de ser colocados. Los dos hombres lo miran con interés y aminoran su ritmo de trabajo. Lale coge un ladrillo y simula estar estudiándolo.

—No lo entiendo —susurra en voz baja.

—¿Qué es lo que no entiendes? —pregunta el hombre mayor.

—Soy judío. Me han marcado con una estrella amarilla. A mi alrededor veo presos políticos, asesinos y hombres perezosos que no trabajan. Pero vosotros... no lleváis marca alguna.

—Eso no es asunto tuyo, muchacho judío —dice el más joven, apenas poco más que un niño.

—Sólo trato de ser amable. Ya sabes cómo funciona esto: observo lo que me rodea, y me ha picado la curiosidad respecto a vosotros y vuestros amigos. Me llamo Lale.

—¡Largo de aquí! —exclama el chico.

—Tranquilo, muchacho. No te preocupes por él —le dice a Lale el hombre mayor. Su voz es áspera debido al exceso de cigarrillos—. Me llamo Victor. Y este bocazas es mi hijo Yuri. —Victor extiende la mano, que Lale estrecha.

Lale le ofrece a su vez la mano a Yuri, pero éste no le devuelve el saludo.

—Vivimos cerca —explica Victor—, y venimos aquí a trabajar todos los días.

—Sólo quiero aclarar eso. ¿Venís aquí todos los días voluntariamente? Quiero decir, ¿os pagan por estar aquí?

Yuri interviene:

—Correcto, muchacho judío, nos pagan y volvemos a casa todas las noches. Mientras que vosotros...

—Te he dicho que te callaras, Yuri. ¿No ves que el hombre sólo trata de mostrarse amistoso?

—Gracias, Victor. No estoy aquí para causar problemas. Como he dicho, sólo observo cómo son las cosas.

—¿Para qué sirve el maletín? —pregunta Yuri, molesto por haber sido reprendido delante de Lale.

—Llevo mis herramientas. Las herramientas para tatuar los números en los prisioneros. Soy el *Tätowierer*.

—Un trabajo intenso —bromea Victor.

—Algunos días, sí. Nunca se sabe cuándo llegan los cargamentos ni lo grandes que son.

—He oído que lo peor está por llegar.

—¿Estás dispuesto a contármelo?

—Este edificio. He visto los planos. No te va a gustar saber para qué es.

—Supongo que no puede ser peor que lo que ya ocurre aquí. —Lale se levanta y se apoya en el montón de ladrillos.

—Se llama *crematorio uno* —informa Victor en voz baja, y mira hacia otro lado.

—Crematorio. Uno. ¿Con la posibilidad de un número dos?

—Lo siento. Te he dicho que no te iba a gustar.

Lale da un puñetazo sobre el último ladrillo colocado, que sale volando, y el dolor le hace sacudir la mano.

Victor coge una bolsa cercana y saca un trozo de salchicha seca envuelta en papel encerado.

—Anda, toma, sé que os están matando de hambre, y tengo mucho más en el lugar de donde procede esto.

—Ése es nuestro almuerzo —protesta Yuri, y se apresura a arrebatar la salchicha de la mano extendida de su padre.

Victor aparta a Yuri de un empujón.

—No te hará daño no comer por un día. Este hombre lo necesita más que tú.

—Se lo voy a contar a mamá cuando lleguemos a casa.

—Será mejor que reces porque no le hable yo de tu actitud. Tienes mucho que aprender acerca de ser civilizado, jovencito. Que ésta sea tu primera lección.

Lale todavía no ha cogido la salchicha.

—Lo siento. No era mi intención causar problemas.

—Pues lo has hecho —replica Yuri en tono petulante.

—No, no es así —dice Victor—. Lale, coge la salchicha y vuelve mañana. Tendré más para ti. Demonios, si podemos ayudar aunque sea tan sólo a uno de vosotros, lo haremos. ¿Verdad, Yuri?

A regañadientes, Yuri extiende la mano en dirección a Lale, que la estrecha.

—Si salvas a uno, salvas al mundo —dice Lale en voz baja, más para sí que para los otros.

—No puedo ayudaros a todos.

Lale coge la comida.

—No tengo nada con que pagarte.

—No hay ningún problema.

—Gracias. Sin embargo, tal vez haya una forma de pagarte. Si encuentro la manera, ¿podrías conseguirme algo más, como por ejemplo chocolate? —Quería chocolate. Eso es lo que le regalas a una chica si puedes conseguirlo.

—Estoy seguro de que podemos hacer algo al respecto. Ahora será mejor que te vayas. Hay un oficial que empieza a fijarse en nosotros.

—Nos vemos —se despide Lale al tiempo que mete la salchicha en su maletín.

Copos de nieve dispersos vuelan a su alrededor mientras regresa a su bloque. Los copos atrapan los últimos rayos del sol y lanzan haces estroboscópicos que le recuerdan a un caleidoscopio con el que jugaba cuando era niño. «¿Qué está mal en esta imagen?» La emoción lo embarga cuando se apresura a regresar a su barracón. En su rostro, la nieve derretida no se distingue de las lágrimas. El invierno de 1942 ha llegado.

De vuelta en su habitación, Lale coge el pedazo de salchicha y lo corta con mucho cuidado en partes iguales. Rasga el papel encerado y envuelve cada trozo con firmeza, para luego meterlos de nuevo en su maletín. Cuando llega a la última pieza, se detiene y observa la pequeña y satisfactoria porción de comida junto a sus dedos ásperos y sucios. Esos dedos que solían ser suaves, limpios y rechonchos, que usaba para administrar ricos alimentos, los mismos que usaba levantándolos para decirles a los anfitriones: «No, gracias, no podría comer un bocado más». Mientras niega con la cabeza, mete también esa porción en el maletín.

Se dirige hacia uno de los edificios Canadá. Una vez le preguntó a un hombre en el bloque 7 si sabía por qué llamaban a esos almacenes de clasificación con ese nombre. «Las muchachas que trabajan allí sueñan con un lugar muy lejano donde hay mucho de todo y la vida puede ser lo que uno quiera. Decidieron que Canadá era ese lugar.»

Lale ha hablado con un par de chicas que trabajan en ese Canadá. Ha observado muchas veces a todas las que salen de ese lugar y sabe que Gita no trabaja ahí. Hay otros edificios a los que no puede acceder fácilmente. Ella debe de trabajar en uno de ellos. Observa a dos jovencitas que caminan juntas y con las que ha hablado antes. Mete la mano en su maletín, saca dos paquetes y se acerca a ellas sonriendo. Da media vuelta y sigue caminando a su lado.

—Quiero que estiréis una mano, pero hacedlo despacio. Os voy a dar un pedazo de salchicha. No lo abráis hasta que estéis solas.

Las dos hacen lo que él dice, sin cambiar el ritmo de sus pasos, los ojos atentos a cualquier SS que pudiera estar observándolas. Una vez que la salchicha está en sus manos, cruzan los brazos sobre el pecho, tanto para mantenerse calientes como para proteger aquel regalo.

—Chicas, me han dicho que algunas veces encontráis joyas y dinero..., ¿es así?

Ellas intercambian una mirada.

—En fin, no quiero poneros en peligro, pero ¿creéis que hay alguna forma de que podáis sacar algo de eso de estraperlo para mí?

—No debería ser muy difícil —dice una de ellas nerviosamente y añade—: Nuestros guardias ya no nos prestan mucha atención. Creen que somos inofensivas.

—Estupendo. Sólo conseguid lo que podáis sin levantar sospechas, y con eso os compraré a vosotras y a los demás alimentos como esta salchicha.

—¿Crees que podrías conseguir un poco de chocolate? —pregunta una de ellas con los ojos brillantes.

—No puedo prometerlo, pero lo intentaré. Recordad, coged sólo pequeñas cantidades cada vez. Trataré de estar aquí mañana por la tarde. Si no puedo venir, ¿hay algún lugar seguro donde podáis esconder las cosas hasta que vuelva a encontrarme con vosotras?

—No en nuestro bloque. No podemos hacer eso. Lo registran a todas horas —responde una de ellas.

—Ya sé —interviene la otra—. La nieve se está acumulando en la parte de atrás del bloque. Podríamos envolverlas en un trapo y ocultarlas allí cuando vayamos al baño.

—Sí, eso servirá —asegura la primera.

—No podéis decirle a nadie lo que estáis haciendo, ni dónde conseguís la comida, ¿de acuerdo? Es muy importante. Vuestras vidas dependen de que no digáis nada. ¿Me comprendéis?

Una de las jóvenes se lleva el dedo a la boca cerrada. Al acercarse al sector de las mujeres, Lale se separa de ellas y da vueltas en las cercanías del bloque 29 durante un rato. No hay señales de Gita, así que no la verá. Pero será domingo otra vez dentro de tres días.

Al día siguiente, Lale termina su trabajo en Birkenau en unas pocas horas. Leon le pide que pase la tarde con él, quiere disponer de la oportunidad de hablar sobre su situación sin tener cerca a un montón de hombres esforzándose por escuchar cada palabra. Lale se disculpa diciendo que no se encuentra bien y que necesita descansar un poco. Se van cada uno por su lado.

Tiene un problema. Quiere desesperadamente recibir cualquier comida que Victor le haya llevado, pero necesita algo con que pagarle. Las chicas terminan de trabajar alrededor de la misma hora en que se van los otros trabajadores, los visitantes. ¿Tendrá tiempo suficiente para comprobar si ellas han logrado reunir algo? Al final, decide visitar a Victor y asegurarle que se está ocupando de encontrar alguna manera de pagarle.

Maletín en mano, Lale se dirige al bloque en construcción. Mira a su alrededor buscando a Victor y a Yuri. Victor lo ve y empuja a su hijo para que lo siga. Se separan de los otros trabajadores. Poco a poco se acercan a Lale, quien finge estar buscando algo en su maletín. Con una mano extendida, Yuri saluda a Lale.

—Su madre habló con él anoche —explica Victor.

—Lo siento, no he podido conseguir nada para pagarte, pero espero tener algo muy pronto. Por favor, no traigas nada más hasta que te haya pagado por lo que ya me has dado.

—No te preocupes, tenemos mucho para repartir —indica Victor.

—No. Estás corriendo un riesgo. Por lo menos, debes recibir algo a cambio. Dame un día o dos.

Victor saca de su bolsa dos paquetes, que deja caer en el maletín abierto de Lale.

—Estaremos aquí a la misma hora mañana.

—Gracias —responde Lale.

—Nos vemos —dice Yuri, lo que hace sonreír a Lale.

—Nos vemos, Yuri.

De vuelta en su habitación, Lale abre los paquetes. Salchichas y chocolate. Se lleva el chocolate a la nariz e inhala.

Otra vez, parte la comida en pedazos pequeños para que a las chicas les resulte fácil esconderlos y repartirlos. Espera, preocupado, que sean discretas. Mejor ni pensar en las consecuencias. Guarda una pequeña cantidad de salchicha para el bloque 7. La sirena que indica el fin del trabajo del día interrumpe sus esfuerzos obsesivos para asegurarse de que cada pedazo de comida sea del mismo tamaño. Lo mete todo en su maletín y se dirige presuroso al bloque Canadá.

No muy lejos del sector de las mujeres, Lale alcanza a sus dos amigas. Ellas ven que él se está acercando, y aminoran el ritmo de su marcha y quedan de nuevo en el grupo de chicas que regresan a «casa». Lleva los bultos de comida en una mano, el maletín abierto en la otra, y se abre paso entre las demás prisioneras. Sin mirarlo, cada una de ellas deja caer algo en su maletín y él, a su vez, pone el alimento en sus manos, que esconden en sus mangas. Lale y las chicas se separan en la entrada del sector de mujeres.

Lale no sabe lo que va a encontrar en los cuatro bultos envueltos en trapos que dispone sobre su cama. Los abre con cuidado. Contienen monedas y billetes de zloty polacos, diamantes, rubíes y zafiros sueltos, anillos de oro y plata con piedras preciosas. Lale retrocede y choca contra la puerta detrás de él. Retrocede al pensar en la triste procedencia de esos objetos, cada uno unido a un hecho trascendental en la vida de su dueño anterior. También teme por su propia seguridad. Si es descubierto con semejante tesoro, seguramente será condenado a muerte. Un ruido en el exterior le hace meter las joyas y el dinero de nuevo en su maletín y tumbarse en la cama. No entra nadie. Por último se levanta, coge su maletín y se va a cenar. En la cantina no deja el maletín en el suelo, como de costumbre, sino que se aferra a él con una mano, tratando de no parecer demasiado sospechoso. Intuye que no lo logra.

Más tarde, esa noche, separa las piedras preciosas del dinero, las gemas sueltas de las joyas, y las envuelve por separado en los harapos en los que iban. Mete la mayor parte del botín debajo del colchón. Guarda un rubí suelto y un anillo de diamantes en su maletín.

A las siete de la mañana siguiente, Lale se ubica cerca de las puertas principales del campo de concentración, por donde entran los trabajadores locales. Se acerca a Victor y abre la mano para mostrarle el rubí y el anillo. El hombre cierra su mano sobre la de él en un apretón y coge las joyas. El maletín de Lale ya está abierto y Victor mete rápidamente algunos paquetes en él. Su alianza queda sellada de esa manera.

—Feliz Año Nuevo —susurra Victor.

Lale se aleja. Es mucha la nieve que está cayendo y va cubriendo el campo de concentración. 1943 ha comenzado.

7

Aunque hace muchísimo frío y el campo se encuentra repleto de nieve y barro, Lale está muy animado. Es domingo. Él y Gita estarán entre las almas valientes que caminarán por el campo de concentración con la esperanza de un encuentro fugaz, una palabra, un roce de las manos.

Anda de un lado a otro en busca de Gita mientras trata de mantener el frío lejos de sus huesos. Pasa por delante del sector de las mujeres con cierta frecuencia, aunque tratando de no levantar sospechas.

Varias jóvenes salen del bloque 29, pero no Gita. Precisamente cuando está a punto de abandonar, aparece Dana, recorriendo con la vista todo el campo. Al ver a Lale, se apresura a ir a su encuentro.

—Gita está enferma —dice ella en cuanto están cerca—. Está enferma, Lale. No sé qué hacer.

El corazón de Lale parece dar un salto hasta la garganta, aterrado a la vez que recuerda el carro de la muerte, la llamada cercana, los hombres que lo cuidaron para sanarlo.

—Tengo que verla.

—No puedes entrar, nuestra *kapo* está de malhumor. Quiere llamar a los SS para que se lleven a Gita.

—No puedes permitir tal cosa. No debes dejar que se la lleven. Por favor, Dana —suplica Lale—. ¿Qué le pasa? ¿Tú lo sabes?

—Creemos que es tifus. Hemos perdido varias chicas en nuestro bloque esta semana.

—Entonces necesita medicamentos.

—Y ¿dónde vamos a conseguir medicamentos, Lale? Si vamos al hospital y pedimos algunos, se la llevarán. No puedo perderla. He perdido a toda mi familia. Por favor, ¿puedes ayudarnos, Lale? —implora Dana.

—No la lleves al hospital. Hagas lo que hagas, no la lleves allí. —La mente de Lale corre a toda velocidad—. Escúchame, Dana..., me llevará un par de días, pero intentaré conseguir medicamentos.

Una sensación de entumecimiento envuelve a Lale. La visión se le nubla. Los latidos resuenan en su cabeza.

—Esto es lo que tienes que hacer —continúa él—. Mañana por la mañana, llévala como puedas al Canadá..., la arrastras, la empujas, lo que sea, pero llévala al Canadá. Escóndela allí entre la ropa durante el día, trata de que beba la mayor cantidad de agua que puedas conseguir, luego llévala de vuelta al bloque para cuando pasen lista. Puede que tengas que hacer esto durante unos días hasta que yo pueda conseguir los medicamentos, pero debes hacerlo. Es la única manera de impedir que la trasladen al hospital. Ahora ve y ocúpate de ella.

—De acuerdo, puedo hacerlo. Ivana me ayudará. Pero Gita tiene que recibir las medicinas.

Lale le agarra la mano.

—Dile...

Dana espera.

—Dile que me ocuparé de ella.

Lale observa a la chica cuando corre de regreso a su barracón. No puede moverse. Muchos pensamientos le invaden la cabeza. El carro de la muerte que ve todos los días..., la Negra María lo llaman..., Gita no puede terminar ahí. Ése no debe ser su destino. Mira a su alrededor, a las valientes almas que se han aventurado a salir. Los imagina cayendo en la nieve y, tumbados allí, le sonríen, agradecidos de que la muerte los haya librado de ese lugar.

—No podrás llevártela. No dejaré que me la quites —exclama.

Los prisioneros se alejan de él. Los SS han decidido permanecer dentro en ese día oscuro y desapacible. Pronto Lale queda solo, paralizado por el frío y el miedo. Finalmente comienza a mover los pies. Su mente vuelve a unirse al resto del cuerpo. Se dirige trastabillando de nuevo a su habitación y se deja caer en la cama.

La luz del día se cuela en su cuarto a la mañana siguiente. La habitación da la impresión de estar vacía, ni siquiera está él. Lale la mira desde arriba y no se ve a sí mismo. Una experiencia extracorpórea. «¿Adónde he ido? Debo volver. Tengo algo importante que hacer» El recuerdo de la reunión del día anterior con Dana lo sacude para hacerlo regresar a la realidad.

Coge su maletín, se pone las botas, se echa una manta sobre los hombros y corre desde su habitación hacia los portones de entrada al campo. No se molesta en comprobar quién anda por allí. Debe llegar de inmediato hasta donde están Victor y Yuri.

Los dos hombres aparecen con otros de su grupo. Se

hunden en la nieve con cada paso rumbo al trabajo. Al ver a Lale, se apartan de los demás para encontrarse con él a medio camino. Él le muestra a Victor las gemas y el dinero en su mano, es una pequeña fortuna. Todo lo que tiene lo mete en la bolsa del hombre.

—Medicamentos para el tifus —dice Lale—. ¿Puedes ayudarme?

Victor deja caer sus paquetes de comida en el maletín abierto y asiente con la cabeza.

—Sí.

Lale se acerca al bloque 29 y mira desde lejos. «¿Dónde están? ¿Por qué no han salido?» Va de un lado a otro, ignorando los ojos en las torres que rodean el campo de concentración. Debe ver a Gita. Tiene que haber sobrevivido a esa noche. Al final ve a Dana y a Ivana, con Gita colgando débilmente de sus hombros. Otras dos chicas ayudan a ocultar la escena para no ser descubiertas. Lale cae de rodillas ante la idea de que ésa podría ser la última vez que la vea.

—¿Qué estás haciendo aquí? —Baretski aparece detrás de él.

Lale se tambalea al ponerse de pie.

—Me encontraba mal, pero ahora ya estoy bien.

—Tal vez deberías ver a un médico. Sabes que tenemos varios en Auschwitz.

—No, gracias, prefiero pedirte que me dispares.

Baretski saca la pistola de su funda.

—Si es aquí donde quieres morir, *Tätowierer*, me encantaría darte el gusto.

—Estoy seguro de que lo harías, pero no hoy —replica Lale—. Supongo que tenemos trabajo por hacer, ¿no?

Baretski guarda la pistola.

—Auschwitz —confirma, y comienza a caminar—. Y lleva esa manta al lugar donde la has encontrado. Estás ridículo.

Lale y Leon pasan la mañana en Auschwitz, tatuando números a los asustados recién llegados e intentando suavizar el impacto de la situación. No obstante, la mente de Lale está con Gita, y varias veces aprieta con demasiada fuerza.

Por la tarde, cuando termina el trabajo, Lale vuelve a Birkenau, a medias caminando y a medias corriendo. Se encuentra con Dana cerca de la entrada del bloque 29 y le da todas sus raciones del desayuno.

—Le hemos hecho una cama con la ropa —explica ella mientras envuelve la comida en unas improvisadas mangas de camisa con los puños cerrados—, y le hemos dado agua con pedazos de nieve. La hemos llevado de vuelta al bloque esta tarde, pero todavía está muy mal.

Lale aprieta la mano de Dana.

—Gracias. Intenta que coma algo. Mañana tendré los medicamentos.

Cuando se va, la mente de Lale es un torbellino. «Apenas conozco a Gita y, sin embargo, ¿cómo podré vivir si ella no lo supera?»

Esa noche, el sueño parece no querer llegar.

A la mañana siguiente, Victor pone los medicamentos junto con la comida, en el maletín de Lale.

Esa misma tarde, él logra hacérselos llegar a Dana.

Por la noche, Dana e Ivana están sentadas junto a Gita, ya del todo inconsciente. La fuerza del tifus es superior a la de ellas. La oscura quietud se ha apoderado por completo de la enferma. Le hablan, pero ella no da ninguna señal de oírlas. Con un cuentagotas, Dana dosifica el líquido en la boca de Gita, que Ivana mantiene abierta.

—No creo que pueda seguir llevándola al Canadá —dice la ya agotada Ivana.

—Se pondrá mejor —insiste Dana—. Sólo serán unos días más.

—¿De dónde saca Lale los medicamentos?

—No necesitamos saberlo. Simplemente agradezcamos que lo haya hecho.

—¿Crees que es demasiado tarde?

—No lo sé, Ivana. Sólo mantengámosla abrigada y que pase la noche.

A la mañana siguiente, Lale ve en la distancia que Gita es llevada una vez más al Canadá. Observa su intento de levantar la cabeza en un par de ocasiones, y esa imagen lo llena de alegría. Ahora tiene que buscar a Baretski.

Las habitaciones principales de los oficiales de las SS están en Auschwitz. En Birkenau hay sólo un pequeño edificio para ellos, y es ahí adonde Lale va con la esperanza de encontrar a Baretski entrando o saliendo. Aparece después de varias horas, y se muestra sorprendido al ver a Lale esperándolo.

—Y tú, ¿no tienes bastante trabajo? —le pregunta.

—Tengo que pedirle un favor —dice de repente Lale.

Baretski entorna los ojos.

—No haré más favores.

—Tal vez algún día yo pueda hacer algo por usted.

Baretski se ríe.

—¿Qué podrías hacer tú por mí?

—Nunca se sabe, pero ¿no le gustaría tener un favor en su haber, por si acaso?

El otro suspira.

—¿Qué quieres?

—Es Gita...

—Tu novia.

—¿Podría usted transferirla del Canadá al edificio de la administración?

—¿Por qué? Supongo que quieres que esté donde hay calefacción.

—Sí.

Baretski da golpecitos en el suelo con un pie.

—Puede llevarme un día o dos, pero veré lo que puedo hacer. No prometo nada.

—Gracias.

—Me lo debes, *Tätowierer*. —La sonrisa de suficiencia vuelve a su rostro a la vez que acaricia su bastón de mando—. Me lo debes.

Con más valentía de la que siente, Lale repone:

—Todavía no, pero espero debérselo.

Luego se aleja con un ligero entusiasmo en su andar. Tal vez pueda hacer que la vida de Gita sea un poco más llevadera.

Al domingo siguiente, Lale camina despacio junto a Gita, que ya se está recuperando. Él quiere rodearle los hombros con un brazo, tal como ha visto que hacen Dana e Ivana, pero no se atreve. Ya es bastante bueno estar cerca de ella. No pasa mucho tiempo antes de que Gita se muestre agotada, y hace demasiado frío como para sentarse. Ella lleva un abrigo largo de lana, sin duda algo que las chicas han escamoteado del Canadá sin objeciones por parte de los oficiales. Tiene unos grandes bolsillos, y Lale los llena de comida antes de enviarla de vuelta a su barracón para que descanse.

A la mañana siguiente, Gita, que no deja de temblar, es acompañada hasta el edificio principal de la administración por un oficial de las SS. A la joven no le han dicho nada y ella automáticamente teme lo peor. Ha estado enferma y ahora está débil..., es obvio que las autoridades han decidido que ya no es útil. Mientras el oficial habla con un colega más veterano, Gita mira a su alrededor en la amplia habitación. Está llena de escritorios y archivadores de un verde apagado. Nada está fuera de lugar. Lo que más la impresiona es el calor. Los miembros de las SS también trabajan ahí, así que, por supuesto, hay calefacción. Una mezcla de prisioneras y mujeres civiles trabajan con rapidez y en silencio, escribiendo y archivando con la cabeza gacha.

El oficial que la escolta conduce a Gita hacia su colega. La joven tropieza, ya que todavía sufre los efectos de haber padecido tifus. El colega detiene su caída antes de arrastrarla con brusquedad. Luego agarra el brazo de Gita e inspecciona su tatuaje antes de conducirla hacia un escritorio vacío y sentarla en una dura silla de madera, al lado de otra prisionera, vestida igual que ella. La muchacha ni siquiera levanta la vista, sólo trata de hacerse más pequeña, de pasar inadvertida, de ser ignorada por el oficial.

—Ponla a trabajar —ordena éste con un gruñido.

Una vez que están a solas, la joven le muestra a Gita una larga lista de nombres y datos. Le entrega una pila de fichas y le indica que debe transcribir los datos de cada persona primero en una ficha y luego en un gran libro encuadernado en cuero que está entre ambas. No pronuncia ni una palabra más, y un rápido vistazo a la habitación le dice a Gita que ella también debe mantener la boca cerrada.

Más tarde, ese mismo día, Gita oye una voz conocida y levanta la vista. Lale ha entrado en la oficina y le está entregando unos papeles a una de las jóvenes civiles que trabajan en la recepción. Al terminar su conversación, recorre lentamente todos los rostros. Cuando su mirada se encuentra con la de Gita, le guiña un ojo. Ella no puede contenerse y reacciona con un gritito ahogado. Algunas mujeres se vuelven para mirarla. La chica a su lado le da un codazo en las costillas mientras Lale sale presuroso del lugar.

Una vez terminado el trabajo del día, Gita ve a Lale a lo lejos, mirando a las chicas que salen del edificio de la administración rumbo a sus barracones. La fuerte presencia de los SS le impide acercarse. Mientras caminan juntas, hablan entre sí.

—Me llamo Cilka —dice la nueva colega de Gita—. Estoy en el bloque veinticinco.

—Yo soy Gita, bloque veintinueve.

Cuando las chicas entran en el campo de las mujeres, Dana e Ivana se apresuran a ir al encuentro de Gita.

—¿Estás bien? ¿Adónde te han llevado? ¿Por qué se te han llevado? —quiere saber Dana, el miedo y el alivio visibles en su rostro.

—Estoy bien. Me han llevado a trabajar a la oficina de la administración.

—¿Cómo...? —pregunta Ivana.

—Lale. Creo que, de alguna manera, él lo arregló.

—Pero estás bien. No te han hecho daño, ¿no?

—Estoy bien. Ésta es Cilka. Trabajo con ella.

Dana e Ivana saludan a Cilka con un abrazo. Gita sonríe feliz de que sus amigas acepten tan rápido a otra chica en el grupo. Toda la tarde se había preocupado pensando cómo reaccionarían al hecho de que ella ahora trabajara en un lugar relativamente cómodo, sin tener que lidiar con el frío o con algún esfuerzo físico. No podía culparlas si se ponían celosas de su nueva función y sentían que ya no era una de ellas.

—Será mejor que me vaya a mi bloque —anuncia Cilka—. Te veo mañana, Gita.

Cilka se va e Ivana la observa mientras se aleja.

—Vaya, es bonita. Incluso vestida con harapos es hermosa.

—Sí, lo es. Me ha estado dirigiendo sonrisas todo el día, para tranquilizarme. Su belleza va más allá de la superficie.

Cilka se vuelve y les sonríe a las tres. Luego, con una mano, se quita el pañuelo de la cabeza y lo sacude a modo de saludo, dejando libre su cabello largo y oscuro, que le cae en cascada sobre la espalda. Se mueve con la gracia de un cisne, una mujer joven que no es consciente de su propia belleza y que, en apariencia, no ha sido tocada por el horror que la rodea.

—Debes preguntarle cómo es que conserva el cabello —sugiere Ivana mientras se toca distraída el pañuelo que lleva en la cabeza.

Gita se quita el suyo y pasa la mano sobre su corto y erizado pelo, sabiendo demasiado bien que pronto se lo cortarán de nuevo y le afeitarán el cuero cabelludo. Su sonrisa desaparece un momento. Luego vuelve a ponerse el pañuelo, les da el brazo a Dana y a Ivana y las tres caminan hacia el carro de la comida.

8

Lale y Leon han estado trabajando las veinticuatro horas del día mientras los alemanes iban invadiendo ciudades, pueblos y aldeas y vaciándolos de judíos; los de Francia, Bélgica, Yugoslavia, Italia, Moravia, Grecia y Noruega se unen a prisioneros ya capturados de Alemania, Austria, Polonia y Eslovaquia. En Auschwitz tatúan a los desafortunados que resultan seleccionados por el «equipo médico» de allí. Los elegidos para trabajar son llevados en trenes a Birkenau, lo que les ahorra a Lale y a Leon una caminata de ida y vuelta de ocho kilómetros. No obstante, con esa cantidad de recién llegados Lale no puede recoger el botín de las muchachas que trabajan en el Canadá, y los lujos gastronómicos de Victor se vuelven con él todos los días. Cada tanto, cuando el número disminuye y la hora del día es propicia, Lale pide un descanso para ir al baño y se dirige al Canadá. El tesoro de gemas, joyas y dinero debajo de su colchón crece.

El día se ha convertido en noche y todavía hay una fila de hombres que esperan a ser marcados de por vida, ya sea ésta corta o larga. Lale trabaja como un robot, recibe el papel, coge el brazo correspondiente y lo numera.

—Sigue adelante. Que pase el próximo. —Lale sabía

que estaba cansado, pero el siguiente brazo es tan pesado que lo deja caer. Delante de él tiene a un hombre gigantesco, puro torso, cuello grueso y enormes extremidades.

—Tengo mucha hambre —susurra el hombre.

Luego, Lale hace algo que nunca ha hecho.

—¿Cómo te llamas? —le pregunta.

—Jakub.

Y comienza a tatuar el número de Jakub. Cuando termina, mira a su alrededor y observa que los SS que los vigilan están cansados y prestan poca atención a lo que está ocurriendo. Lale lleva a Jakub detrás de él, a las sombras donde la luz de los reflectores no llega.

—Espera aquí hasta que termine.

Una vez numerado el último prisionero, Lale y Leon recogen sus herramientas y sus mesas. Lale se despide de su ayudante, se disculpa por haberle hecho perder otra vez la cena y promete llevarle algo de sus reservas al día siguiente. «¿O ya es al día siguiente?» Con Jakub todavía oculto, se entretiene hasta estar seguro de que todos los oficiales se han retirado. Finalmente ya no queda ninguno por ahí. Un rápido vistazo a los puestos en las torres revela que nadie está mirando hacia el lugar donde ellos se encuentran. Le dice a Jakub que lo siga y se apresuran a llegar a la habitación de Lale. Una vez allí, éste cierra la puerta y Jakub se sienta en la cama. Lale levanta una esquina del colchón hundido para sacar pan y salchicha. Se lo ofrece al hombre, y Jakub no tarda en dar buena cuenta de ello. Cuando termina de comer, Lale pregunta:

—¿De dónde eres?

—De Estados Unidos.

—Y ¿cómo has terminado aquí?

—Estaba visitando a mi familia en Polonia y me quedé atrapado ahí... No pude irme, luego nos detuvieron, y aquí estoy. No sé dónde está mi familia. Nos separaron.

—Pero ¿vives en Estados Unidos?

—Sí.

—Mierda, qué mala suerte.

—¿Cómo te llamas? —pregunta Jakub.

—Me llamo Lale. Me llaman *Tätowierer* y, como yo, tú te desenvolverás bien aquí.

—No entiendo. ¿Qué quieres decir?

—Tu tamaño. Los alemanes son los bastardos más crueles que jamás han existido, pero no son del todo estúpidos. Tienen una habilidad especial para encontrar a la persona adecuada para cada trabajo, y estoy seguro de que encontrarán uno para ti.

—¿Qué clase de trabajo?

—No lo sé. Tendrás que esperar y ver. ¿Sabes a qué bloque estás asignado?

—Bloque siete.

—Ah, lo conozco bien. Vamos, te llevaré. Será mejor que estés ahí para que respondas cuando griten tu número dentro de un par de horas.

Dos días más tarde, es domingo. Después de haber tenido que trabajar los últimos cinco domingos seguidos, Lale echa terriblemente de menos a Gita. El sol brilla sobre él mientras recorre el campo buscándola. Al doblar la esquina de un barracón es sorprendido por vítores y aplausos, ruidos que jamás ha oído en el campo. Lale se abre paso entre la gente amontonada para llegar al punto de atención. Allí, en el centro del escenario, rodeado de prisioneros y de miembros de las SS, está Jakub actuando.

Tres hombres le llevan un enorme madero que él agarra para luego lanzarlo lejos. Los prisioneros tienen que apartarse atropelladamente para esquivarlo. Otro prisionero le entrega una gran vara metálica que Jakub se dispone a doblar por la mitad. El espectáculo continúa durante un buen rato mientras objetos cada vez más pesados le son entregados para que demuestre su fuerza.

De pronto, el silencio se apodera del grupo. Se acerca Houstek, custodiado por algunos oficiales. Jakub continúa con su demostración, sin darse cuenta de la llegada de más público. Houstek lo ve alzar una barra de acero por encima de la cabeza y doblarla. Con eso ha visto suficiente. Le hace una seña a los SS más cercanos, que se acercan a él. Ni siquiera intentan tocarlo, tan sólo apuntan con sus fusiles en la dirección en que ellos esperan que vaya Jakub.

Cuando el grupo comienza a dispersarse, Lale ve a Gita. Se apresura a acercarse a ella y a sus amigas. Una o dos de ellas se ríen entre dientes al verlo. Ese sonido está tan fuera de lugar en ese campo de la muerte que Lale se deleita al oírlo. Gita sonríe. Él la toma del brazo y la conduce al lugar de siempre detrás del edificio de la administración. El suelo todavía está demasiado frío como para sentarse, así que Gita se apoya en la pared del edificio e inclina el rostro hacia el sol.

—Cierra los ojos —le dice Lale.

—¿Por qué?

—Sólo haz lo que te digo. Confía en mí.

Gita obedece.

—Abre la boca.

Ella abre los ojos.

—Cierra los ojos y abre la boca.

Gita lo hace. De su maletín, Lale saca un pedacito de chocolate. Se lo pone en los labios, y deja que ella sienta la textura antes de empujarlo un poco más dentro en su boca. Ella lo toca con la lengua. Lale vuelve a sacarlo para apoyárselo en los labios. Así, humedecido, le frota con delicadeza el chocolate sobre los labios, y ella lame con placer. Cuando lo empuja dentro de la boca, ella muerde, separa un trozo y abre mucho los ojos.

—¿Por qué el chocolate sabe mucho mejor cuando alguien te lo pone en la boca? —dice Gita mientras lo saborea.

—No lo sé. Nunca nadie lo ha hecho conmigo.

Ella toma entonces el trocito de chocolate que Lale todavía sostiene en la mano.

—Cierra los ojos y abre la boca.

Se repite el mismo jueguecito. Después de que ella unte los labios de Lale con el último trozo, lo besa con suavidad a la vez que lame el chocolate. Él abre los ojos para encontrar los de ella cerrados. La toma en sus brazos y se besan apasionadamente. Cuando al fin Gita abre los ojos, limpia las lágrimas que corren por la cara de Lale.

—¿Qué más tienes en ese maletín tuyo? —pregunta en tono juguetón.

Lale sorbe por la nariz y se ríe.

—Un anillo de diamante. ¿O prefieres una esmeralda?

—Oh, elijo el diamante, gracias —responde ella siguiendo el juego.

Lale rebusca en su bolso y saca un exquisito anillo de plata con un solo diamante engarzado en él. Se lo entrega diciéndole:

—Es tuyo.

Gita no puede apartar la vista del anillo, cuya piedra refleja la luz del sol.

—¿De dónde has sacado esto?

—Las chicas que trabajan en uno de los almacenes Canadá encuentran joyas y dinero que me entregan a mí. Eso es lo que uso para comprar la comida y los medicamentos que te he estado dando a ti y a los demás. Aquí tienes, cógelo.

Gita extiende la mano como si fuera a probarse el anillo, pero luego la retira.

—No, guárdalo. Dale un buen uso.

—Está bien. —Lale vuelve a meterlo en su maletín.

—Espera. Déjame mirarlo una vez más.

Lo sostiene entre dos dedos, girándolo hacia un lado y hacia otro.

—Es lo más hermoso que he visto en mi vida. Ahora, guárdalo.

—Es la segunda cosa más hermosa que he visto yo —asegura Lale mirando a Gita.

Ella se sonroja y aparta el rostro.

—Quiero un poco más de ese chocolate, si te queda algo.

Lale le da un trozo. Ella parte un pedacito, se lo mete en la boca y cierra los ojos por un momento. Guarda el resto dentro de una manga.

—Vamos —dice él—. Te acompaño para que te encuentres con las chicas, así puedes compartirlo con ellas.

Gita le acaricia la mejilla.

—Gracias.

Lale se balancea. La cercanía de ella le hace perder el equilibrio.

Gita le coge la mano y empieza a caminar. Lale es arrastrado. Cuando entran en el sector principal del campo, Lale ve a Baretski. Se sueltan las manos. Él intercambia una mirada con ella que le dice todo lo que necesita saber. Le duele separarse de ella sin una palabra y sin ninguna certeza acerca de cuándo volverán a encontrarse. Lale camina hacia Baretski, que lo está observando furioso.

—Te he estado buscando —dice Baretski—. Tenemos trabajo que hacer en Auschwitz.

De camino a Auschwitz, Lale y Baretski pasan junto a unos grupos de trabajo de unos pocos hombres cada uno, que deben de ser los que han sido castigados con trabajar en domingo. Varios SS que los observan saludan a Baretski, quien los ignora. Su comportamiento es muy raro ese día. Por lo general no es muy hablador, pero ese día todo su cuerpo parece tenso. Más adelante, Lale ve a tres prisioneros sentados en el suelo, espalda con espalda, apoyados unos en otros, claramente agotados. Los prisioneros miran a Lale y a Baretski, pero no hacen el menor intento de moverse. Sin perder el paso, Baretski coge su fusil de la espalda y les dispara varias veces.

Lale se queda helado, los ojos fijos en los hombres muertos. Al final, al volverse para mirar a Baretski, que retrocede, recuerda la primera vez que vio un ataque tan indiscriminado contra hombres indefensos, sentados en un tablón en la oscuridad. Revive aquella primera noche en la que llegó a Birkenau. Baretski se va alejando cada vez más y Lale teme que luego vaya a descargar su furia sobre él. Se apresura a alcanzarlo, pero sigue habiendo una pequeña distancia entre ambos. Él sabe que Baretski sabe que él está allí. Una vez más, llegan a las puertas de Auschwitz y Lale mira las palabras sobre las puertas: El trabajo os hará libres. Maldice en silencio a cualquier dios que esté escuchando.

9

Marzo de 1943

Lale se dirige a las oficinas de la administración para recibir sus instrucciones. El tiempo está mejorando lentamente. No ha nevado desde hace una semana. Al entrar, recorre con los ojos el lugar para asegurarse de que Gita esté donde debe estar. Allí está ella, como siempre, sentada al lado de Cilka. Ambas se han hecho muy amigas y Dana e Ivana parecen haber recibido a Cilka de buen grado en su pequeño grupo. Su habitual guiño a las dos es respondido con sonrisas disimuladas. Luego se acerca a la joven polaca detrás del mostrador.

—Buenos días, Bella. Bonita mañana.

—Buenos días, Lale —responde Bella—. Aquí tengo tu trabajo. Me han dicho que te diga que todos los números de hoy deben llevar la letra Z delante.

Lale mira la lista de números y, en efecto, cada uno está precedido por la letra Z.

—¿Sabes qué significa eso?

—No, Lale, a mí no me dicen nada. Tú sabes más que yo. Sólo cumplo las órdenes.

—Como yo, Bella. Gracias, te veré más tarde.

Con sus instrucciones en la mano, Lale se dirige a la puerta.

—¡Lale! —grita Bella de pronto.

Se vuelve hacia ella. Con la cabeza vuelta hacia Gita, ella pregunta:

—¿No olvidas algo?

Él le sonríe y mira a Gita con las cejas enarcadas. Varias chicas se tapan la boca con la mano, buscando con los ojos al SS que supervisa su trabajo.

Fuera, Leon está esperando a Lale. Éste le transmite las instrucciones mientras se dirigen a su lugar de trabajo. No lejos de allí, los camiones entregan su cargamento y ambos hombres miran dos veces cuando ven que hay niños a los que ayudan a bajar, junto con hombres y mujeres mayores. Nunca antes se han visto niños en Birkenau.

—Seguramente no marcaremos a los niños. No haré tal cosa —asegura Leon.

—Ahí viene Baretski. Él nos dirá qué hacer. No digas ni una palabra.

Baretski avanza.

—Veo que has advertido algo diferente hoy, *Tätowierer*. Éstos son tus nuevos compañeros. Vivirás con ellos de ahora en adelante, así que será mejor que seas amable. Te superarán mucho en número. Muchísimo, en realidad.

Lale no dice nada.

—Son la escoria de Europa, incluso peores que vosotros. Son gitanos, y por razones que nunca conoceré, el *Führer* ha decidido que van a vivir aquí, con vosotros. ¿Qué te parece, *Tätowierer*?

—¿Tatuaremos a los niños?

—Tatuarás a cualquiera que te entregue un número. Te dejo con tu trabajo. Yo estaré ocupado con la selección, así que no me hagas volver aquí.

Cuando Baretski se marcha, Leon balbucea:

—No lo haré.

—Esperemos y veamos qué es lo que se nos presenta.

No pasa mucho tiempo antes de que hombres y mujeres, desde bebés en brazos hasta ancianos encorvados, comienzan a dirigirse hacia donde están Lale y Leon, quienes se sienten aliviados al ver que los niños no van a ser marcados, aunque algunos de los que se presentan con sus números le parecen a Lale demasiado jóvenes. Hace su trabajo, les dirige sonrisas a los chiquillos que esperan mientras él tatúa los números a sus padres, y le dice a la ocasional madre con un bebé en brazos lo hermoso que es su hijo. Baretski está muy lejos como para poder oírlo. Lo que más le cuesta es ponerles los números a las mujeres mayores, que parecen muertos vivientes: ojos sin expresión, quizá conscientes de su destino inminente. A ellas les dirige un:

—Lo siento.

Sabe que es probable que no entiendan lo que dice.

En el edificio de la administración, Gita y Cilka están trabajando en sus escritorios. Dos oficiales de las SS se les acercan sin previo aviso. Cilka ahoga una exclamación cuando uno de ellos la agarra del brazo y tira de ella hasta ponerla de pie. Gita observa cuando su amiga es sacada del lugar, mirando hacia atrás confusa y suplicante. Gita no ve al oficial de las SS administrativo hasta que recibe el golpe de una mano en la cabeza, un claro mensaje de que vuelva a su trabajo.

Cilka trata de resistirse mientras es arrastrada por un largo pasillo hacia una parte desconocida del edificio. Ella no es rival para los dos hombres, quienes, al detenerse ante una puerta cerrada, la abren y literalmente la arrojan dentro. Cilka se levanta y mira a su alrededor. Una gran cama con dosel domina la habitación. Hay también un tocador, y una mesilla de noche con una lámpara y una silla. Alguien está sentado en la silla. Cilka lo reconoce: *Lagerführer* Schwarzhuber, el comandante principal de Birkenau. Es un hombre imponente, al que rara vez se lo ve en el campo. Está sentado y se golpea las altas botas de cuero con el bastón de mando. Su mirada, del todo inexpresiva, se pierde en algún punto por encima de la cabeza de Cilka. Ella retrocede y se apoya contra la puerta. Su mano va hacia la manija. Como un rayo, el bastón de mando surca el aire y golpea la mano de Cilka, que grita de dolor y se desliza hasta caer al suelo.

Schwarzhuber se acerca a ella y recupera el bastón de mando. Está de pie sobre ella, los orificios nasales muy abiertos. Respira pesadamente y la mira con ferocidad. Se quita la gorra y la arroja al otro lado de la habitación. Con la otra mano sigue golpeándose con fuerza la pierna con el bastón de mando. Con cada golpe, Cilka se encoge, esperando ser azotada. Con el bastón, él le levanta la blusa. Al darse cuenta de lo que se espera de ella, con manos temblorosas, Cilka se desabrocha los dos botones superiores. Schwarzhuber luego le apoya el bastón debajo de la barbilla y la obliga a ponerse de pie. Se ve muy pequeña al lado del hombre. Los ojos de él parecen no ver nada; es un hombre cuya alma ha muerto y cuyo cuerpo está esperando darse cuenta de ello.

Él extiende ambos brazos y ella interpreta ese gesto como «desnúdame». Da un paso acercándose más a él, siempre a un brazo de distancia, y comienza a desabrochar los muchos botones de su chaquetilla. Un golpe en la espalda con el bastón de mando hace que se apresure. Schwarzhuber se ve obligado a dejar caer el bastón para poder quitarse la chaquetilla. Se la quita de las manos a ella y la arroja hacia donde está la gorra. Él mismo se quita la camiseta. Cilka comienza a desabrocharle el cinturón y a abrirle el cierre de la bragueta. Arrodillada, le baja los pantalones hasta los tobillos, pero no puede pasar por encima de las botas.

Cilka pierde el equilibrio y cae pesadamente cuando él la empuja. Él cae de rodillas y se sienta a horcajadas sobre ella. Aterrada, la muchacha intenta cubrirse cuando él le arranca la blusa. Siente el dorso de la mano de él en su rostro mientras cierra los ojos y cede ante lo inevitable.

Esa noche, Gita corre desde la oficina hasta su barracón con las lágrimas cayéndole por el rostro. Dana e Ivana la encuentran sollozando en su litera cuando llegan un poco más tarde. Está inconsolable y sólo puede decirles que se han llevado a Cilka.

Sólo era cuestión de tiempo. Desde que se convirtió en el *Tätowierer*, Lale ha tenido todo un bloque para sí. Cada día, al regresar allí, ha observado los avances producidos en los edificios que se levantan a su alrededor. Está en un campo claramente definido, durmiendo en la habitación individual por lo general reservada en cada bloque para el *kapo*, aunque él no es *kapo* de nadie. Siempre ha dado por supuesto que, tarde o temprano, las literas vacías detrás de él serían ocupadas.

Ese día, Lale vuelve a su barracón y ve a los niños que corren por todos lados, jugando y persiguiéndose unos a otros. La vida no va a ser lo mismo. Varios de los más mayores se le acercan y le hacen preguntas que él no puede entender. Descubren que son capaces de comunicarse a través de una forma bastardeada de húngaro, aunque no siempre con precisión. Les muestra su habitación a quienes desde ese momento comparten su bloque y les dice con su voz más severa que nunca nunca deben entrar ahí. Él sabe que entienden eso, pero ¿lo van a respetar? Sólo el tiempo lo dirá. Reflexiona sobre su limitada comprensión de la cultura gitana y se pregunta si debe replantearse su sistema de almacenamiento pensando en lo que hay debajo de su colchón.

Se dirige al interior del bloque, les da la mano a muchos de los hombres, saluda con un movimiento de la cabeza a las mujeres, a las mayores en particular. Ellos saben qué hace él ahí y él trata de explicarlo un poco más. Quieren saber qué les va a ocurrir a ellos; una pregunta razonable para la que Lale no tiene respuesta. Les promete contarles cualquier cosa de la que se entere y que pueda afectarlos a ellos. Se muestran agradecidos. Muchos le dicen que nunca antes habían hablado con un judío. Él tampoco cree que haya hablado alguna vez con un gitano.

Esa noche tiene problemas para dormir mientras intenta adaptarse a los ruidos de los bebés que lloran y de los niños que piden implorantes algo de comida a sus padres.

10

En pocos días, Lale se ha convertido en un romaní honorario. Cada vez que regresa a lo que ya es oficialmente conocido como «el campamento gitano», es saludado por niños y niñas que lo rodean para pedirle que juegue con ellos o que saque comida de su maletín. Ellos saben que él puede conseguirla, pues ya ha compartido una parte con ellos, pero Lale les explica que dará lo que pueda a los adultos, que la repartirá entre aquellos que más lo necesiten. Muchos hombres se le acercan día a día para preguntarle si tiene alguna información sobre el destino que les espera. Él les asegura que les comunicará cualquier cosa de la que se entere. Les sugiere que acepten su situación lo mejor que puedan, y les recomienda que organicen alguna manera de impartirles enseñanzas a sus hijos, aunque sólo sea contándoles historias sobre su hogar, su familia y su cultura.

Lale se alegra al ver que ellos aceptan sus sugerencias, y le encanta que las mujeres mayores hayan adoptado el rol de maestras. Descubre en ellas una pequeña chispa que no estaba presente antes. Por supuesto, cada vez que él regresa, cualquier lección que se esté dictando es interrumpida. A veces, se sienta con ellos para escuchar, para aprender algo sobre un pueblo y una cultura tan diferentes de los suyos. A menudo hace preguntas, que las mujeres están encantadas de responder, y siguen educando a sus niños, que se muestran más interesados después de que Lale haya hecho alguna pregunta. Como él ha pasado toda su vida en un hogar con su familia, la existencia nómada de los romaníes lo intriga. Su vida llena de comodidades y sin ninguna duda de cuál es su lugar en el mundo, su educación y sus experiencias de vida parecen superficiales y predecibles comparadas con los viajes y los esfuerzos padecidos por el pueblo con el que se encuentra conviviendo en ese momento. Hay una mujer que muchas veces ha visto que está sola. Parece no tener hijos ni familia, nadie que esté con ella o le muestre algún afecto. Con frecuencia ella no es más que un par de manos extras para una madre que debe luchar con demasiados hijos. Parece tener unos cincuenta años, aunque Lale ya ha aprendido que los hombres y las mujeres romaníes muchas veces parecen mayores de lo que son en realidad.

Una noche, después de que ambos hayan ayudado a poner a los niños a dormir, Lale la sigue afuera.

—Gracias por su ayuda esta noche —comienza.

Ella le devuelve una tibia sonrisa y se sienta en una pila de ladrillos a descansar.

—He puesto niños a dormir desde que yo misma era una niña. Podría hacerlo incluso con los ojos vendados.

Lale se sienta junto a ella.

—No lo dudo. Pero usted no parece tener familia alguna aquí...

La mujer niega con la cabeza.

—Mi marido y mi hijo murieron de tifus. Ahora estoy sola. Soy Nadya.

—Lo siento, Nadya. Me gustaría que me hablara de ellos. Yo me llamo Lale.

Lale y Nadya conversan largamente hasta bien entrada la noche. Él es quien más habla, mientras que Nadya prefiere escuchar. Lale le habla de su familia allá en Eslovaquia y de su amor por Gita. Descubre que ella tiene apenas cuarenta y un años. Su hijo tenía seis cuando murió hace tres, dos antes que su padre. Cuando Lale le pide alguna opinión, se da cuenta de que las respuestas de Nadya son similares a las que daría su madre. ¿Es eso lo que lo atrae de ella, lo que hace que quiera protegerla tal como quiere proteger a Gita? Siente que él mismo se va hundiendo en una profunda nostalgia. No puede ignorar sus propios miedos con respecto al futuro; oscuros pensamientos que Lale ha mantenido ocultos, sobre su familia y su seguridad, lo consumen. Ya que él no puede ayudarlos, entonces hará lo que pueda por ayudar a esa mujer que tiene ante sí.

Algunos días después, al regresar a su bloque, un niño se le acerca casi gateando. Lale lo levanta en brazos. El peso y el olor del pequeño le hacen recordar al sobrinito del que se despidió hace ya más de un año. Sobrecogido por la emoción, deja al chiquillo otra vez en el suelo y entra presuroso. Esta vez, ninguno de los niños lo sigue; algo hace que decidan mantenerse a distancia.

Echado en su cama, Lale sigue pensando en la última vez que estuvo con su familia. La despedida en la estación de tren al partir rumbo a Praga. Su madre lo había ayudado a preparar la maleta. Mientras se enjugaba las lágrimas, seguía sacando prendas de ropa que él empaquetaba y ponía libros «para que te den solaz y recuerdes tu hogar, estés donde estés».

En el andén de la estación, cuando Lale estaba a punto de subir al tren, observó por primera vez en su vida lágrimas en los ojos de su padre. Por la ventanilla, ya en el vagón, vio que su hermano y su hermana ayudaban a su padre a marcharse. Su madre corrió a lo largo del andén, con los brazos estirados, tratando con desesperación de abrazar a su hijo menor. Sus dos sobrinitos, ajenos al mundo que estaba cambiando, corrían con inocencia una carrera entre ellos siguiendo al tren.

Abrazado a su maleta, que sólo contenía ropas y los pocos libros que le había permitido incluir a su madre, Lale apoyó la cabeza contra la ventanilla y sollozó. Había estado tan pendiente de las emociones de su familia que no había podido registrar su propia y devastadora pérdida.

Furioso consigo mismo por permitir que esa situación lo domine, vuelve a salir y se pone a perseguir a los niños, dejando que lo atrapen y trepen sobre él. «¿Quién necesita árboles cuando tiene un *Tätowierer* para trepar?» Esa noche se une a un grupo de hombres que están sentados fuera. Comparten recuerdos y anécdotas de vida familiar, cautivados por las diferencias y las semejanzas entre sus culturas. Con la emoción de aquel día todavía intensa, Lale dice:

—Como sabéis, en otra vida yo no tendría nada que ver con vosotros. Es probable que me apartara o cruzara la calle si os viera acercaros a mí.

Se produce un silencio que dura un buen rato antes de que uno de los hombres hable.

—Eh, *Tätowierer*, en otra vida nosotros tampoco habríamos tenido nada que ver contigo. Nosotros cambiaríamos de acera primero.

Las risas que siguen hacen que una de las mujeres salga y les diga que guarden silencio. Van a despertar a los niños y tendrán problemas. Los hombres, conscientes de esa realidad, se retiran cada uno a su sitio. Lale permanece fuera; no está tan cansado como para tener sueño. Percibe la presencia de Nadya y se vuelve para verla detenida en la puerta.

—Acércate —la invita.

Ella se sienta a su lado, con la mirada perdida en la noche. Lale observa el perfil de su rostro. Es muy hermosa. El pelo castaño no rapado cae sobre sus hombros y se mueve alrededor de su cara agitado por la ligera brisa, de modo que ella pasa bastante tiempo recogiéndolo detrás de las orejas. Un gesto que a él le resulta bastante familiar, un gesto que su madre repetía todo el tiempo, todo el día, ya que los mechones de pelo escapaban de su apretado moño o del pañuelo que lo cubría. Nadya habla con la voz natural más silenciosa que él jamás haya oído. No está susurrando. Ésa es su voz. Lale finalmente descubre qué es lo que tiene su voz que a él lo entristece: carece de emoción. Tanto si cuenta historias de tiempos felices con su familia, como la tragedia de estar en ese lugar, no hay ningún cambio en su entonación.

—¿Qué significa tu nombre? —quiere saber él.

—*Esperanza*. Significa *esperanza*. —Nadya se pone de pie—. Buenas noches —se despide.

Desaparece antes de que Lale pueda responder.

11

Mayo de 1943

La vida cotidiana de Lale y Leon sigue regida por la llegada de los cargamentos provenientes de toda Europa. La primavera se convierte en verano, y no dejan de llegar.

Ese día, ambos están trabajando con una larga fila de mujeres prisioneras. El proceso de selección se está realizando a poca distancia. Están demasiado ocupados como para prestar atención. Un brazo y un pedazo de papel aparecen delante de ellos y ellos hacen su trabajo. Una y otra vez. Esas prisioneras se muestran inusualmente silenciosas, tal vez perciban la maldad en el aire. De pronto, Lale oye que alguien comienza a silbar. La melodía le resulta conocida, quizá sea de una ópera. El silbido se hace más fuerte y Lale mira en esa dirección. Un hombre con una bata blanca se acerca a ellos. Lale baja la cabeza, tratando de mantener el ritmo de su trabajo. «No mires directamente a los ojos.» Coge el papel, dibuja el número, tal como ha hecho miles de veces antes.

El silbido se interrumpe. El médico se detiene junto a Lale. Desprende un intenso olor a desinfectante. Se inclina, inspecciona el trabajo de Lale y agarra el brazo que está tatuando en ese momento. Debe de haber quedado satisfecho, porque se retira con tanta rapidez como se ha acercado, estropeando otra melodía. Lale mira a Leon, que se ha puesto pálido.

Baretski aparece entonces junto a ellos.

—¿Qué te parece nuestro nuevo médico?

—En realidad, no se ha presentado —murmura Lale.

Baretski se ríe.

—No quieras que te presenten a ese médico, créeme. Hasta yo le tengo miedo. Me da escalofríos.

—¿Sabe cómo se llama?

—Mengele. *Herr Doktor* Josef Mengele. Recuerda ese nombre, *Tätowierer*.

—¿Qué es lo que hace en la selección?

—*Herr Doktor* ha dicho que estará presente en muchas de las selecciones, pues está buscando pacientes especiales.

—Supongo que el hecho de estar enfermo no es el criterio que sigue para elegir.

Baretski se retuerce de risa.

—Eres tan gracioso a veces, *Tätowierer*...

Lale vuelve a su trabajo. Al poco rato oye de nuevo el silbido detrás de él y ese sonido le provoca tal sensación de miedo en todo el cuerpo que pierde la concentración y pincha a la joven que está tatuando. Ella grita. Lale limpia la sangre que corre por el brazo de la chica.

Mengele se acerca.

—¿Algún problema, *Tätowierer*? —pregunta—. Tú eres el *Tätowierer*, ¿no?

Su voz le produce a Lale escalofríos en la espalda.

—Señor..., digo, sí, señor... Yo soy el *Tätowierer*, *Herr Doktor* —tartamudea.

El médico, ya junto a él, lo observa detenidamente con sus ojos negros como el carbón, sin la menor compasión. Una extraña sonrisa le cruza la cara. Luego sigue su camino.

Baretski se acerca y le da a Lale un fuerte golpe en el brazo.

—Un día difícil, ¿no, *Tätowierer*? Tal vez quieras cambiar un poco de aires y ponerte a limpiar las letrinas, ¿qué te parece?

Esa noche, Lale trata de lavar la sangre seca de su camisa con el agua de un charco. En parte lo logra, pero luego decide que una mancha será un apropiado recordatorio del día en que conoció a Mengele. Un médico, sospecha, que debe de provocar más dolor del que palía, cuya sola existencia resulta amenazadora de maneras que Lale no se atreve siquiera a imaginar. Sí, esa mancha debe quedar como un recordatorio del nuevo peligro que ha entrado en su vida. Debe estar siempre atento a ese hombre cuya alma es más fría que su escalpelo.

Al día siguiente, Lale y Leon están otra vez en Auschwitz, tatuando números a mujeres jóvenes. El médico que silba está presente. Permanece de pie ante el desfile de muchachas, decidiendo su destino con un movimiento de la mano: derecha, izquierda, derecha, derecha, izquierda, izquierda. Lale no puede ver ninguna lógica en esas decisiones. Todas están en la plenitud de sus vidas, perfectamente saludables y en forma. Ve que Mengele lo está mirando, está siendo observado. Lale no puede apartar los ojos de él cuando el médico agarra la cabeza de la siguiente joven con sus grandes manos, la mueve atrás y adelante, arriba y abajo, y le abre la boca. Luego, tras soltarle una bofetada, la empuja hacia la izquierda. Rechazada. Lale sigue con la mirada fija en él. Mengele llama a un oficial y le dice algo. El oficial mira a Lale y echa a andar en su dirección. «Mierda.»

—¿Qué quiere? —inquiere con más confianza de la que siente.

—Cállate, *Tätowierer*. —El oficial de las SS se vuelve hacia Leon—. Deja tus cosas y ven conmigo.

—Espere un momento..., no puede llevárselo. ¿No ve la cantidad de gente que queda por numerar? —pregunta Lale, en ese momento aterrorizado por su joven ayudante.

—Entonces será mejor que sigas con tu trabajo o estarás aquí toda la noche, *Tätowierer*. Y a *Herr Doktor* no le gustará eso.

—Déjelo, por favor. Permítanos continuar con nuestro trabajo. Me disculpo si he hecho algo para molestar a *Herr Doktor* —dice Lale.

El oficial lo apunta con su fusil.

—¿Quieres venir tú también, *Tätowierer*?

—Ya voy —contesta Leon—. No pasa nada, Lale. Volveré tan pronto como pueda.

—Lo siento, Leon. —Lale ya no puede mirar a su amigo.

—No pasa nada. Estaré bien. Vuelve al trabajo.

Se llevan a Leon.

Esa noche, muy angustiado, Lale camina solo, cabizbajo, de regreso a Birkenau. Algo justo al borde del sendero atrae su mirada, un destello de color. Una flor, una única flor que se mueve con la brisa. Pétalos rojos como la sangre alrededor de un centro negro azabache. Busca otras, pero no hay más. De todas maneras, es una flor y se pregunta si habrá alguna próxima vez en que pueda regalar flores a alguien a quien quiera. Las imágenes de Gita y de su madre le vienen a la mente. Son las dos mujeres a las que más ama. Están ahí, flotando fuera del alcance de su mano. La tristeza le llega en oleadas que amenazan con ahogarlo. «¿Llegarán alguna vez a conocerse la una a la otra? ¿Aprenderá la más joven algo de la mayor? ¿Mamá recibirá y amará a Gita como la amo yo?»

Había aprendido y practicado el arte de coquetear con su madre. Aunque estaba bastante seguro de que ella no se daba cuenta de lo que estaba haciendo, él lo sabía; Lale sabía lo que estaba haciendo; había aprendido a distinguir lo que funcionaba con ella y lo que no, y enseguida descubrió cuál era el comportamiento apropiado o inapropiado entre un hombre y una mujer. Sospechaba que todos los hombres jóvenes se embarcaban en ese proceso de aprendizaje con sus madres, aunque a menudo se preguntaba si eran conscientes de ello. Lo había hablado con varios de sus amigos, que habían reaccionado sintiéndose molestos, alegando que ellos no hacían semejante cosa. Cuando él siguió preguntándoles acerca de si conseguían más cosas de sus madres que de sus padres, todos admitieron haber tenido comportamientos que podrían interpretarse como flirteos. Todos pensaban que tan sólo lo conseguían porque mamá era más fácil que papá. Lale sabía exactamente lo que estaba haciendo.

La conexión emocional con su madre había dado forma a la manera en que se relacionaba con chicas y con mujeres. Se sentía atraído por todas ellas, no sólo física, sino también emocionalmente. Le encantaba hablar con ellas; le encantaba hacer que se sintieran bien consigo mismas. Para él, todas las mujeres eran bellas, y creía que no había nada malo en decírselo. Su madre y también su hermana, de forma subliminal, le enseñaron qué era lo que una mujer quería de un hombre, y hasta ese momento había pasado su vida intentando estar a la altura de esas lecciones. «Debes estar atento, Lale; recuerda las pequeñas cosas, y las cosas grandes se resolverán por sí solas.» Oía la dulce voz de su madre.

Se inclina y agarra con suavidad el corto tallo. Ya encontrará alguna forma de dársela a Gita mañana. De vuelta en su habitación, coloca cuidadosamente la preciosa flor al lado de su cama antes de rendirse a un sueño sin sueños, pero a la mañana siguiente, cuando despierta, los pétalos de su flor han caído y yacen enroscados al lado del centro negro. «Sólo la muerte dura en este lugar.»

12

Lale ya no quiere seguir mirando la flor, de modo que abandona su bloque para tirarla. Baretski está allí, pero él lo ignora, prefiere volver a entrar y dirigirse a su habitación. Baretski lo sigue y se apoya en el marco de la puerta. Observa la expresión de desasosiego de Lale. Él es consciente de que está sentado sobre una abultada fortuna de gemas, dinero, salchichas y chocolate. Coge su maletín y aparta a Baretski, forzándolo a dar media vuelta y a seguirlo afuera.

—Espera, *Tätowierer*. Necesito hablar contigo.

Lale se detiene.

—Tengo que pedirte algo.

Lale permanece en silencio, mirando un punto más allá del hombro de Baretski.

—Nosotros..., quiero decir, mis compañeros oficiales y yo..., necesitamos algo de entretenimiento, y como el tiempo está mejorando estaban pensando en un partido de fútbol. ¿Qué te parece?

—Estoy seguro de que será divertido para ustedes.

—Sí, por supuesto.

Baretski espera.

Finalmente, Lale parpadea.

—¿Cómo puedo ayudar yo?

—Bueno, ahora que lo preguntas, *Tätowierer*, necesitamos que busques a once prisioneros para enfrentarse a un equipo de oficiales en un partido amistoso.

Lale tiene ganas de reírse, pero decide mantener la mirada en el punto por encima del hombro de Baretski. Luego piensa largo rato antes de responder a su estrafalaria petición.

—¿Sin suplentes?

—Sin suplentes.

—Claro, ¿por qué no? —«¿De dónde ha salido eso? Hay un millón de cosas que podría haber dicho en cambio, como "que os jodan".»

—Bien, perfecto. Reúne a tu equipo y nos encontraremos en el campo dentro de dos días, el domingo. Ah, nosotros llevaremos la pelota. —Baretski se aleja riéndose de manera escandalosa—. A propósito, *Tätowierer*, tómate el día libre. Hoy no llegará ningún cargamento.

Lale pasa parte del día clasificando su tesoro en pequeños bultos. Comida para los romaníes y para los muchachos del bloque 7 y, por supuesto, para Gita y sus amigas. Las gemas y el dinero son clasificados por tipos. El proceso es surrealista. Diamantes con diamantes, rubíes con rubíes, dólares con dólares, e incluso una pila de una moneda que nunca antes había visto, con las palabras «Banco de la Reserva Sudafricana» en inglés y *«Suid-Afrikaans»*. No tiene ni idea de su valor o de cómo podría haber llegado a Birkenau. Coge varias gemas y va en busca de Victor y Yuri para hacer las compras del día. Luego juega un rato con los niños de su barracón mientras trata de pensar en lo que les dirá a los hombres del bloque 7 al regresar del trabajo.

Por la noche, está rodeado de docenas de hombres que lo miran sin poder creerlo.

—Seguro que se trata de una puta broma tuya —dice uno de ellos.

—No —responde Lale.

—¿Quieres que juguemos al fútbol con los malditos oficiales de las SS?

—Sí. El próximo domingo.

—Bueno, yo no voy a hacer tal cosa. No puedes obligarme —contesta la misma persona.

Desde la parte de atrás del grupo, una voz grita:

—¡Yo voy a jugar. He jugado un poco! —Un hombre pequeño se abre paso entre los demás y se detiene delante de Lale—. Soy Joel.

—Gracias, Joel. Bienvenido al equipo. Necesito otros nueve. ¿Qué podemos perder? Es una oportunidad de ejercer alguna fuerza sobre esos bastardos y salirnos con la nuestra.

—Conozco a un tipo del bloque 15 que jugó en la selección nacional húngara. Le preguntaré, si te parece —sugiere otro prisionero.

—¿Y tú? —dice Lale.

—Sí, claro. Yo también me llamo Joel. Preguntaré por ahí y veré a quién puedo conseguir. ¿Hay alguna posibilidad de que podamos practicar antes del domingo?

—Juega al fútbol y tiene sentido del humor: me gusta este tipo. Volveré mañana por la noche para ver cómo te ha ido. Gracias, Joel *el Grande*. —Lale mira al otro Joel—. Sin ánimo de ofender.

—No me ofendo —contesta el pequeño Joel.

Lale saca pan y salchicha de su maletín y los pone sobre una litera cercana. Mientras se aleja, ve a dos de los hombres compartiendo la comida. Cada uno parte su porción en trozos del tamaño de un bocado y los distribuye. Sin empujones, sin peleas, una distribución ordenada del alimento que salva vidas. Oye a un hombre que dice:

—Aquí tienes mi parte, Joel *el Grande*, necesitarás fuerzas.

Lale sonríe. Un día que ha comenzado mal está terminando con un gesto magnánimo de un hombre hambriento.

Llega el día del partido. Lale deambula por el campo principal y ve a un SS que pinta una línea blanca en lo que está lejos de ser un rectángulo. Oye que gritan su nombre y encuentra a su «equipo» ya reunido. Se une a ellos.

—Eh, Lale, tengo catorce jugadores, contándonos a ti y a mí, una pareja de suplentes en caso de que alguno de nosotros caiga —informa Joel *el Grande* con orgullo.

—Lo siento, me dijeron que sin suplentes. Sólo un equipo. Selecciona a los más fuertes.

Los hombres se miran unos a otros. Se levantan tres manos y esos voluntarios para no jugar se alejan. Lale observa que varios de los elegidos se estiran y saltan a la manera de un precalentamiento profesional.

—Algunos de estos muchachos parecen saber lo que hacen —le dice a Joel *el Pequeño*.

—Lo saben. Seis de ellos han jugado de manera semiprofesional.

—¡¿Estás bromeando?!

—No. Los vamos a aniquilar.

—Pequeño Joel, no podemos. No podemos ganar. Me parece que no lo expresé bien.

—Dijiste que formara un equipo, y lo hice.

—Sí, pero no podemos ganar. No podemos hacer nada para humillarlos. No debemos tentarlos a que abran fuego contra todos. Mira a tu alrededor.

Joel *el Pequeño* ve a cientos de prisioneros reunidos. Hay un aire de emoción en el campo, a la vez que se empujan y se apartan unos a otros para conseguir una mejor ubicación alrededor del perímetro pintado del campo de juego. Suspira.

—Se lo diré a los demás.

Lale recorre los rostros de los allí presentes y su mirada busca una sola cara. Gita está allí con sus amigas y lo saluda furtivamente con la mano. Él responde de la misma manera, con el deseo desesperado de correr hacia ella, envolverla en sus brazos y desaparecer detrás del edificio de la administración. Oye unos fuertes golpes y se vuelve. Ve a varios SS que están clavando grandes postes en el suelo, en cada extremo, para hacer las porterías.

Baretski se le acerca.

—Ven conmigo.

En un extremo del campo de juego, los prisioneros se apartan para dejar entrar al equipo de los SS. Ninguno de ellos viste uniforme. Varios llevan ropa que les hará más fácil jugar un partido de fútbol. Pantalones cortos, camisetas. Detrás del equipo aparecen, fuertemente custodiados, el comandante Schwarzhuber y el jefe de Lale, Houstek, que se acercan a Lale y a Baretski.

—Éste es el capitán del equipo de los prisioneros, el *Tätowierer.* —Baretski presenta a Lale a Schwarzhuber.

—*Tätowierer* —saluda. Luego se vuelve hacia uno de sus guardias—. ¿Tenemos algo por lo que podemos jugar?

Un oficial superior de las SS coge la copa que lleva un soldado a su lado y se la muestra al comandante.

—Tenemos esto —dice presentando una copa con una inscripción que Lale no puede distinguir.

Schwarzhuber coge la copa y la levanta para que todos la vean. Los SS vitorean.

—Que comience el partido y que gane el mejor.

Mientras Lale regresa junto a su equipo, murmura:

—Que el mejor sobreviva para ver salir el sol mañana.

Luego se une a su equipo y todos se congregan en medio del campo de juego. Los espectadores animan a sus respectivos equipos. El árbitro patea la pelota hacia el equipo de los SS y comienza el partido.

Diez minutos después, los prisioneros van ganando por dos goles a cero. Si bien Lale disfruta de los goles, el sentido común prevalece cuando observa los rostros enojados de los SS. Sutilmente les hace saber a sus jugadores que se relajen durante el resto del primer tiempo. Ya han tenido sus momentos de gloria, y es hora de dejar que sus rivales dominen el juego. La primera parte termina con esos dos goles. Mientras a los SS se les dan bebidas durante el breve descanso, Lale y su equipo se reúnen para discutir las tácticas. Al final, Lale logra hacerles comprender que no pueden ganar ese partido. Están de acuerdo en que, para ayudar a levantar la moral de los prisioneros que miran, pueden meter dos goles más, siempre que pierdan por un gol al final.

Cuando comienza el segundo tiempo, llueven cenizas sobre los jugadores y el público. Los crematorios siguen funcionando y esa tarea central de Birkenau no ha sido interrumpida por el partido. Otro gol de los prisioneros y otro de los SS. Cuando la dieta tan terriblemente inadecuada comienza a hacerse sentir, los prisioneros se cansan. Los SS meten dos goles más. Los prisioneros no necesitan dejarse ganar, tan sólo no pueden competir más.

Con los oficiales con dos goles de ventaja, el árbitro hace sonar el silbato. El partido ha terminado. Schwarzhuber se dirige al campo de juego y entrega el trofeo al capitán de los SS, que lo levanta sin que haya gritos de victoria de los miembros de las SS presentes. Mientras los oficiales regresan a sus barracas para celebrarlo, Houstek pasa junto a Lale.

—Bien jugado, *Tätowierer*.

Lale reúne a su equipo y les dice que han hecho un gran trabajo. La gente ha comenzado a dispersarse. Mira a su alrededor en busca de Gita, que no se ha movido de su sitio. Trota hacia ella y la toma de la mano. Se mezclan con los otros prisioneros rumbo al bloque de la administración. Cuando Gita se deja caer al suelo detrás del edificio, Lale echa un vistazo a su alrededor buscando miradas indiscretas. Satisfecho, se sienta a su lado. Observa a Gita, que pasa sus dedos entre la hierba con la mirada fija en el suelo.

—¿Qué estás haciendo?

—Busco un trébol de cuatro hojas. Te sorprendería ver la gran cantidad que hay por aquí.

Lale sonríe encantado.

—Estás bromeando.

—No, he encontrado varios. Ivana los encuentra todo

el tiempo. Pareces sorprendido.

—Lo estoy. Eres la chica que no cree que saldrá de aquí, y ahora estás buscando señales de buena suerte.

—No son para mí. Es cierto que no creo en esas cosas.

—¿Para quién, entonces?

—¿Sabes lo supersticiosos que son los SS? Si encontramos un trébol de cuatro hojas, lo guardamos. Es como dinero para nosotras.

—No lo entiendo.

—Siempre que nos sentimos amenazadas por ellos, se los entregamos y a veces dejan de golpearnos. Si llevamos uno a la hora de la comida, a veces incluso recibimos raciones adicionales.

Lale se pasa una mano por la cara. No poder proteger a la joven que ama lo angustia terriblemente. Gita se inclina otra vez y continúa su búsqueda. Agarra un puñado de hierba y se la arroja a Lale con una sonrisa. Él le devuelve la sonrisa. La empuja jugueteando y ella queda tumbada sobre su espalda. Se inclina sobre ella, arranca un puñado de hierba y poco a poco la deja caer sobre la cara de Gita. Ella sopla para evitarlo. Otro puñado de hierba va a parar al cuello y a la parte superior del pecho. Ella la deja allí. Él le desabrocha el botón superior de la blusa, deja caer más hierba y la ve desaparecer en su escote.

—¿Puedo besarte? —pregunta.

—¿Por qué querrías hacerlo? No sé cuánto tiempo hace que no me he cepillado los dientes.

—Yo tampoco, así que supongo que eso hace que estemos igual.

Gita responde levantando la cabeza hacia la de él. Su anterior beso fugaz encendió el deseo de todo un año. Pasiones exaltadas chocan entre sí mientras se exploran el uno al otro. Quieren, necesitan tener más uno del otro.

El momento se interrumpe con el ladrido cercano de un perro. Saben que el animal debe de tener un cuidador junto a él. Lale se pone de pie y arrastra a Gita a sus brazos. Un último beso antes de volver a la seguridad del campo y del grupo en el que pueden mezclarse.

En el sector de las mujeres, ven a Dana, a Ivana y a Cilka y comienzan a caminar hacia ellas.

Lale nota la palidez de Cilka.

—¿Cilka está bien? —pregunta—. No lo parece.

—Está tan bien como se puede esperar, dadas las circunstancias.

—¿Está enferma? ¿Necesita medicamentos?

—No, no está enferma. Es mejor que no lo sepas.

Cuando se acercan a las chicas, Lale se inclina hacia Gita y le susurra:

—Dímelo. Tal vez yo pueda ayudar.

—Esta vez no, mi amor. —Gita está rodeada por las chicas y se alejan. Cilka, cabizbaja, camina detrás de ellas.

«¡Mi amor!»

13

Esa noche, Lale yace en su cama sintiéndose feliz como nunca se ha sentido desde que tiene memoria.

A su vez, Gita yace en la suya acurrucada junto a Dana con los ojos bien abiertos, mirando hacia la oscuridad, rememorando los momentos vividos mientras yacía con Lale: sus besos, el deseo que su cuerpo sentía de que él continuara, de que fuera más lejos. Su rostro se enciende a medida que las fantasías de su próximo encuentro juguetean en su mente.

Schwarzhuber y Cilka, en una gran cama con dosel, se encuentran uno en brazos del otro. Las manos de él exploran el cuerpo de ella mientras la joven mira fijamente hacia la nada, sin sentir nada. Impasible.

En su comedor privado en Auschwitz, Hoess está sentado a una elegante mesa para uno. La refinada comida descansa sobre delicada porcelana. Se sirve un Château Latour de 1932 en una copa de cristal. Hace girar el vino, lo huele, lo prueba. No va a permitir que las tensiones y las molestias de su trabajo le empañen los pequeños placeres de la vida.

Baretski, borracho, trastabilla al entrar en su habitación del cuartel en Auschwitz. Cierra la puerta con el pie, se tambalea y cae con torpeza sobre la cama. Con dificultad, se quita el cinturón con su arma y lo cuelga en el poste de la cama. Tirado sobre el colchón, se concentra en la luz del techo, que sigue encendida y brilla en sus ojos. Después de un intento infructuoso de levantarse, busca su arma con brazo torpe y la saca de su funda. Con su segundo disparo se deshace de la terca bombilla. El arma cae al suelo cuando él se desmaya.

A la mañana siguiente, Lale le guiña un ojo a Gita cuando retira sus herramientas y Bella le transmite sus instrucciones en la oficina de la administración. Su sonrisa desaparece cuando advierte que Cilka, sentada junto a Gita, con la cabeza gacha, una vez más no lo saluda. «Esto ya lleva demasiado tiempo así.» Decide obligar a Gita a que le diga qué le sucede a Cilka. Una vez fuera, se encuentra con Baretski, con una fuerte resaca y muy malhumorado.

—Date prisa. Tengo un camión esperando para llevarnos a Auschwitz.

Lale lo sigue hasta el camión. Baretski sube a la cabina y cierra la puerta. Lale recibe el mensaje y sube atrás. Soporta el viaje a Auschwitz, zangoloteando de un lado a otro.

Cuando llegan a Auschwitz, Baretski le dice que él se va a acostar y que Lale debe ir al bloque 10. Cuando encuentra el bloque, el oficial de las SS que hace guardia al frente lo envía a la parte de atrás. Lale observa que es distinto de los bloques de Birkenau.

Lo primero que ve al doblar la esquina del edificio es la cerca de alambre que encierra parte del patio trasero.

Poco a poco registra ligeros movimientos en el área cercada.

Se aproxima con paso tembloroso, paralizado ante lo que ve más allá de la valla: mujeres jóvenes, docenas de ellas, desnudas, muchas de ellas tumbadas, otras sentadas, algunas de pie, casi ninguna de ellas se mueve. Paralizado, observa que un guardia entra en el recinto, camina entre las jóvenes y les va levantando el brazo izquierdo en busca de un número, posiblemente hecho por Lale. Cuando encuentra a la que busca, el guardia la arrastra entre los cuerpos. Lale observa los rostros de las mujeres. Son rostros sin expresión. En silencio. Ve algunas apoyadas en la cerca de alambre. A diferencia de las otras vallas de Auschwitz y Birkenau, ésa no está electrificada. La opción de la autodestrucción les ha sido quitada.

—¿Quién eres? —pregunta una voz detrás de él.

Lale se vuelve. Es un oficial de las SS que ha salido por una puerta trasera. Despacio, Lale levanta su maletín.

—*Tätowierer*.

—Entonces ¿qué haces aquí parado? Entra.

Uno o dos de los médicos y las enfermeras con batas blancas lo saludan sin prestar atención mientras él atraviesa una gran sala en dirección a un escritorio. Aquí los prisioneros no parecen personas. Más bien se asemejan a marionetas abandonadas por sus titiriteros. Se acerca a la enfermera que está sentada detrás del escritorio y muestra su maletín.

—*Tätowierer*.

Ella lo mira con desprecio, hace un gesto de desagrado, se pone de pie y se aleja. Él la sigue. La mujer lo conduce por un largo pasillo hasta una gran sala. Allí hay alrededor de cincuenta muchachas de pie, en fila. Silencio. La habitación huele a agrio. En un extremo de la fila, Mengele está examinando a una de las chicas. Le abre con brusquedad la boca, le agarra las caderas, luego los pechos, mientras las lágrimas caen en silencio por el rostro de ella. Al terminar su examen, el médico mueve la mano hacia la izquierda. Rechazada. Otra joven es empujada para ocupar el lugar vacío.

La enfermera lleva a Lale hasta Mengele, que interrumpe su examen.

—Llegas tarde —dice con una sonrisa cruel, disfrutando claramente de su incomodidad. Señala un pequeño grupo de chicas de pie a su izquierda—. A ésas me las reservo para mí. Hazles sus números.

Lale se acerca.

—Un día, pronto, me ocuparé de ti, *Tätowierer*.

Él se vuelve y lo ve. Ese tenso movimiento que constituye esa sonrisa enfermiza. Una vez más, un escalofrío le recorre todo el cuerpo. Le tiemblan las manos. Lale recobra la firmeza de sus pasos y se dirige presuroso a una mesita donde está sentada otra enfermera con las fichas de identificación listas. Ella le deja espacio para que se acerque. Él trata de controlar el temblor de sus manos mientras acomoda sus herramientas y sus frascos de tinta. Mira a Mengele, que tiene a otra muchacha asustada frente a él; le está pasando las manos por el pelo y luego las baja hasta sus pechos.

—No tengas miedo, no te haré daño —oye que él le dice.

Lale ve a la chiquilla, que tiembla de miedo.

—Vamos, vamos. Estás a salvo, esto es un hospital. Aquí cuidamos a la gente.

Mengele se vuelve hacia una enfermera cerca de él.

—Consigue una manta para esta preciosidad. —Y, dirigiéndose a la niña, añade—: Cuidaré bien de ti.

La chica es enviada a donde está Lale. Él baja la cabeza y se prepara para entrar en el ritmo de tatuar los números que le va mostrando la enfermera que lo asiste.

Cuando termina su trabajo, sale del edificio y mira otra vez hacia el área vallada. Está vacía. Cae de rodillas y no puede contener las arcadas. No obstante, no tiene nada que vomitar; el único fluido en su cuerpo son las lágrimas.

Esa noche, Gita regresa a su barracón y ve que hay varias recién llegadas. Las residentes ya establecidas miran a las nuevas con recelo. No quieren tener que hablar de los horrores que les esperan, ni compartir sus raciones.

—Gita. ¿Eres tú, Gita? —la llama una débil voz.

Ella se acerca al grupo de mujeres, muchas de las cuales parecen más viejas. Rara vez se ven mujeres mayores en Birkenau, que es el lugar para las jóvenes que pueden trabajar. Una mujer da un paso adelante con los brazos extendidos.

—Gita, soy yo, tu vecina Hilda Goldstein.

Gita mira con atención y, de repente, reconoce a una vecina de su ciudad natal, Vranov nad Topl'ou, más pálida y más delgada que cuando la vio por última vez.

Los recuerdos la asaltan: olores, texturas y destellos del pasado, un portal conocido, el aroma de la sopa de pollo, una pastilla de jabón resquebrajada junto al fregadero de la cocina, voces felices en cálidas noches de verano, los brazos de su madre.

—Señora Goldstein... —Gita se le acerca, toma la mano de la mujer—. A usted también la han detenido.

La mujer asiente con la cabeza.

—Nos detuvieron a todos hace una semana más o menos. Me separaron de los demás y me subieron a un tren.

Una ráfaga de esperanza.

—¿Mis padres y mis hermanas están con usted?

—No, a ellos los detuvieron hace varios meses. A tus padres y a tus hermanas. Tus hermanos hace mucho que se fueron. Tu madre dijo que se unieron a la resistencia.

—¿Sabe adónde los llevaron?

La señora Goldstein baja la cabeza.

—Lo siento. Nos dijeron que los... los...

Gita cae al suelo mientras Dana e Ivana corren y se sientan junto a ella. La abrazan. Por encima de ellas, la señora Goldstein sigue hablando:

—Lo siento, lo siento.

Dana e Ivana están llorando, sostienen a Gita, que tiene los ojos secos. Balbucean condolencias dirigidas a Gita. «Ya no están.» Ningún recuerdo aparece en ese momento. Siente un terrible vacío en su interior. Se vuelve hacia sus amigas y pregunta con la voz entrecortada, rota:

—¿Creéis que es mejor que llore? ¿Sólo un poco?

—¿Quieres que recemos contigo? —pregunta Dana.

—No, sólo unas pocas lágrimas. Eso es todo cuanto voy a permitir que esos asesinos obtengan de mí.

Ivana y Dana se secan sus propias mejillas con las mangas, mientras lágrimas silenciosas comienzan a rodar por el rostro de Gita. Se turnan para enjugárselas. Gita encuentra en sí misma una fortaleza que ignoraba que poseía y se levanta para abrazar a la señora Goldstein. A su alrededor, puede sentir el reconocimiento de aquellas que presencian su momento de dolor. Miran en silencio, cada una adentrándose en la oscuridad de su propia desesperación, sin saber qué ha sido de sus propias familias. Lentamente, los dos grupos de mujeres —las residentes y las recién llegadas— se unen.

Después de la cena, Gita se sienta con la señora Goldstein, que la pone al día de los acontecimientos ocurridos en lo que alguna vez fue su lugar, su hogar; de cómo poco a poco, familia tras familia, aquello ha sido destruido. Se habían ido filtrando relatos sobre los campos de concentración, pero nadie sabía todavía que habían sido convertidos en cadenas de fabricación de muerte. No obstante, sí sabían que la gente no regresaba. Y, aun así, sólo unos pocos habían dejado sus hogares para buscar un refugio seguro en algún país vecino. A Gita le resulta obvio que la señora Goldstein no va a sobrevivir mucho si la obligan a trabajar ahí. Parece mayor de la edad que tiene; está física y emocionalmente deshecha.

A la mañana siguiente, Gita se acerca a su *kapo* para pedirle un favor. Ella le pedirá a Lale que trate de conseguirle a la *kapo* cualquier cosa que ella desee, si puede evitar que la señora Goldstein haga trabajos pesados y pase el día en el bloque. Sugiere que la señora Goldstein vacíe los cubos de los inodoros todas las noches, una tarea por lo general asignada a una persona elegida cada día por la *kapo*, a menudo alguien que ella cree que ha hablado mal de ella. El precio de la *kapo* es un anillo de diamantes. Ya ha oído rumores sobre el cofre del tesoro de Lale. Llegan a un acuerdo.

Durante las siguientes semanas, Lale va todos los días a Auschwitz. Los cinco crematorios están funcionando al máximo de su capacidad, pero un gran número de prisioneros todavía tienen que ser tatuados. Él recibe sus instrucciones y sus materiales de trabajo en el edificio de la administración en Auschwitz. No tiene tiempo ni necesidad de ir al edificio de la administración en Birkenau, por lo que tampoco tiene oportunidad de ver a Gita. Quiere enviarle un mensaje para avisarla de que está a salvo.

Baretski está de buen humor, incluso de un humor lúdico: tiene un secreto y quiere que Lale adivine qué puede ser. Él le sigue su juego infantil.

—¿Va a dejar que todos volvamos a casa?

Baretski se ríe y golpea a Lale en el brazo.

—¿Lo han ascendido?

—Mejor para ti que no sea así, *Tätowierer*. De lo contrario, alguien no tan bueno como yo terminará ocupándose de ti.

—Está bien, me rindo.

—Te lo diré entonces. A todos se les darán raciones extras y mantas la próxima semana durante unos días. La Cruz Roja vendrá a inspeccionar este campamento de vacaciones.

Lale lo piensa con detenimiento. «¿Qué puede significar eso? ¿El mundo exterior finalmente ve lo que está sucediendo aquí?» Se esfuerza por mantener sus emociones bajo control delante de Baretski.

—Eso estaría muy bien. ¿Cree que este campo pasará la prueba humanitaria de encarcelamiento?

Lale puede ver el cerebro de Baretski funcionando, casi puede oír los ligeros clics. Le parece divertida su falta de comprensión, aunque no se atreve a sonreír.

—Estaréis bien alimentados los días que estéis aquí, bueno, sólo aquellos de vosotros que les permitamos ver.

—¿Será una visita guiada entonces?

—¿Crees que somos estúpidos? —Baretski se ríe.

Lale deja pasar la pregunta.

—¿Puedo pedir un favor?

—Puedes —concede Baretski.

—Si le escribo una nota a Gita diciéndole que estoy bien y tan sólo ocupado en Auschwitz, ¿se la entregará?

—Haré algo mejor. Se lo diré yo mismo.

—Gracias.

Aunque Lale y un selecto grupo de prisioneros en efecto reciben algunas raciones extras durante unos días, éstas pronto se suspenden y Lale no está seguro de que la Cruz Roja haya entrado alguna vez en el campo de concentración. Baretski es muy capaz de haber inventado todo el asunto. Lale tiene que confiar en que su mensaje a Gita será transmitido, aunque tampoco confía en que Baretski lo haga en persona. Sólo puede esperar a que llegue pronto un domingo que no tenga que trabajar.

Al fin llega el día en que Lale termina de trabajar temprano. Corre de un campo a otro y llega al edificio de la administración de Birkenau justo cuando los trabajadores se están retirando. Impaciente, espera. ¿Por qué tiene que ser ella una de las últimas ese día? Por fin aparece. El corazón le da un vuelco. No pierde el tiempo y la coge del brazo. La lleva a la parte de atrás del edificio. Ella tiembla cuando él la empuja contra la pared.

—Pensé que estabas muerto. Pensé que nunca volvería a verte. Yo... —tartamudea.

Él le acaricia el rostro.

—¿Baretski no te dio mi mensaje?

—No. No recibí ningún mensaje de nadie.

—Chisss, está bien —dice él—. He estado en Auschwitz todos los días durante varias semanas.

—Estaba tan asustada...

—Lo sé. Pero estoy aquí ahora. Y tengo algo que decirte.

—¿Qué?

—Primero, déjame besarte.

Se besan, se aferran, se aprietan, apasionadamente, antes de que ella lo aleje.

—¿Qué quieres decirme?

—Mi preciosa Gita. Me has embrujado. Me he enamorado de ti.

Parecen palabras que él ha esperado toda su vida para decirlas.

—¿Por qué? ¿Por qué me dices eso? Mírame. Soy fea, estoy sucia. Mi pelo..., antes tenía un cabello precioso.

—Me encanta tu pelo tal como es ahora, y lo amaré tal como será en el futuro.

—Pero no tenemos futuro.

Lale la abraza con firmeza por la cintura, la obliga a mirarlo a los ojos.

—Sí. Lo tenemos. Habrá un mañana para nosotros. La noche que llegué aquí me hice la promesa de que iba a sobrevivir a este infierno. Sobreviviremos y construiremos una vida en la que podremos besarnos cuando queramos, hacer el amor cuando queramos.

Gita se sonroja y se aparta. Él mueve con suavidad la cara de ella hacia él otra vez.

—Hacer el amor donde sea, cada vez que queramos. ¿Me oyes?

Gita asiente con la cabeza.

—¿Me crees?

—Quiero creerte, pero...

—Nada de peros. Sólo créeme. Ahora, será mejor que vuelvas a tu bloque antes de que tu *kapo* empiece a preguntarse dónde estás.

Cuando Lale comienza a alejarse, ella lo retiene un momento y lo besa con fuerza.

Él interrumpe el beso y dice:

—Tal vez debería permanecer lejos más a menudo.

—No te atrevas —replica Gita, y lo golpea en el pecho.

Esa noche, Ivana y Dana abruman a Gita con preguntas, aliviadas al ver que su amiga está de nuevo sonriendo.

—¿Le has hablado de tu familia? —quiere saber Dana.

—No.

—¿Por qué no?

—No puedo. Es muy doloroso hablar de eso..., y él estaba tan feliz de verme...

—Gita, si te ama como dice, querrá saber que has perdido a tu familia. Querrá consolarte.

—Puede que tengas razón, Dana, pero si se lo digo, entonces ambos estaríamos tristes, y quiero que nuestro tiempo juntos sea diferente. Quiero olvidar dónde estoy y olvidar lo que le sucedió a mi familia. Y cuando él me sostiene en sus brazos, lo olvido, sólo durante esos pocos y breves momentos. ¿Está mal por mi parte querer escapar de la realidad por un instante?

—No, en absoluto.

—Lamento tener mi vía de escape, mi Lale. Sabéis que deseo con todo mi corazón lo mismo para vosotras.

—Estamos muy contentas de que lo tengas —asegura Ivana.

—Es suficiente que una de nosotras tenga un poco de felicidad. La compartimos de algún modo, y tú nos lo permites..., eso es suficiente para nosotras —confirma Dana.

—Pero no te guardes ningún secreto, ¿de acuerdo? —sugiere Ivana.

—Nada de secretos —afirma Gita.

—Nada de secretos —concuerda Dana.

14

A la mañana siguiente, Lale aparece en la oficina de la administración y se acerca a Bella en el mostrador de entrada.

—Lale, ¿dónde has estado? —pregunta ella con una cálida sonrisa—. Creíamos que te había sucedido algo.

—Auschwitz.

—Ah, no digas nada más. Debes de tener pocos materiales. Espera aquí y te los repongo.

—No muchos, Bella.

Bella mira a Gita.

—Por supuesto. Tenemos que estar seguros de que volverás mañana.

—Me conoces demasiado bien, joven Bella. Gracias.

La muchacha va a buscar lo que él necesita. Lale se apoya en el mostrador y mira a Gita. Él sabe que ella lo ha visto entrar, pero se está haciendo la tímida y mantiene la cabeza baja. Ella se pasa un dedo sobre los labios. El deseo de Lale se vuelve doloroso.

También nota que la silla junto a ella, la de Cilka, está vacía.

De nuevo se dice que debe averiguar qué está pasando con ella.

Sale de la oficina y se dirige al área de selección, ya que ha visto que ha llegado un camión con nuevos prisioneros. Mientras prepara su mesa, aparece Baretski.

—Tengo a alguien aquí que quiere verte, *Tätowierer*.

Antes de que Lale pueda levantar la mirada, oye una voz conocida. No es más que un susurro.

—Hola, Lale.

Leon está de pie junto a Baretski, pálido, más delgado, encorvado, poniendo con cuidado un pie delante del otro.

—Os dejo para que os pongáis al día. —Baretski se aleja sonriendo.

—Leon..., ¡oh, Dios mío, estás vivo!

Lale se apresura a abrazarlo. Puede sentir cada hueso a través de la camisa de su amigo. Lo aparta un poco para verlo mejor.

—Mengele. ¿Ha sido Mengele?

Leon sólo puede asentir con la cabeza. Lale pasa las manos con suavidad por los delgados brazos de Leon, le toca el rostro.

—Ese bastardo... Algún día tendrá lo que se merece. En cuanto termine aquí puedo conseguirte abundante comida. Chocolate, salchichas, ¿qué quieres? Te haré engordar.

Leon le sonríe con debilidad.

—Gracias, Lale.

—Sabía que ese malnacido estaba privando de comida a los prisioneros. Pero pensé que sólo se lo estaba haciendo a las chicas.

—Si eso fuera todo lo que hace...

—¿Qué quieres decir?

Leon mira directamente a Lale a los ojos.

—Me cortó las malditas pelotas, Lale —dice, su voz fuerte y firme—. De alguna manera, pierdes el apetito cuando te cortan las pelotas.

Lale retrocede horrorizado y se da la vuelta. No quiere que su amigo vea su estado de shock. Leon lucha por contener un sollozo y se esfuerza para encontrar su voz mientras busca algo en el suelo como para concentrarse en ello.

—Lo siento. No debería haberlo dicho de ese modo. Gracias por tu ofrecimiento. Te lo agradezco.

Lale respira hondo, tratando de controlar la ira. Quiere reaccionar desesperadamente, vengar el crimen cometido contra su amigo.

Leon se aclara la garganta.

—¿Hay alguna posibilidad de que vuelva a tener mi trabajo?

La expresión de Lale se llena de calidez.

—Por supuesto. Me alegro de tenerte de vuelta, pero sólo cuando hayas recuperado las fuerzas —le responde—. ¿Por qué no vas a mi habitación? Si alguno de los gitanos te detiene, dile que eres mi amigo y que yo te he enviado allí. Encontrarás provisiones debajo de mi cama. Te veré cuando termine aquí.

Se acerca un oficial de alto rango de las SS.

—Ahora vete. Apresúrate.

—Apresurarme no es algo que pueda hacer en este momento.

—Lo siento.

—Está bien. Me voy. Nos vemos más tarde.

El oficial observa cómo Leon se aleja y vuelve a lo que estaba haciendo antes: decidir quién debe vivir y quién debe morir.

Al día siguiente, Lale se presenta en la oficina de la administración, donde le dicen que tiene el día libre. No se espera la llegada de ningún cargamento en Auschwitz ni en Birkenau y no hay ninguna petición de *Herr Doktor* para que lo ayude. Pasa la mañana con Leon. Ha sobornado a su viejo *kapo* en el bloque 7 para que acepte a Leon, ya que va a trabajar para él cuando haya recuperado las fuerzas. Le da comida que él había pensado dar a sus amigos romaníes y a Gita para que la repartiera.

Cuando Lale se va y deja a Leon, Baretski lo llama.

—*Tätowierer*, ¿dónde te habías metido? Te he estado buscando.

—Me han dicho que tenía el día libre.

—Bueno, ya no lo tienes. Vamos. Tenemos un trabajo.

—Debo ir por mi maletín.

—No necesitas tus herramientas para este trabajo. Ven.

Lale se apresura a seguir a Baretski. Se dirigen hacia uno de los crematorios.

Lo alcanza.

—¿Adónde vamos?

—¿Estás preocupado? —Baretski se ríe.

—¿No lo estaría usted?

—No.

El pecho de Lale se tensa; su respiración se agita. ¿Sería mejor correr? Si lo hiciera, es probable que Baretski le disparara con su arma. Y ¿qué importaría eso? Seguramente es preferible una bala a los hornos.

Llegan muy cerca del crematorio tres antes de que Baretski decida sacar a Lale de su sufrimiento. Camina más despacio.

—No te preocupes. Ahora sigamos, antes de que ambos nos metamos en problemas y terminemos en los hornos.

—¿No va a deshacerse de mí?

—No todavía. Hay dos prisioneros aquí que parecen tener el mismo número. Necesitamos que los mires. Debiste de ser tú o ese eunuco quien hizo las marcas. Tienes que decirnos cuál es cuál.

El edificio de ladrillo rojo se alza ominoso delante de ellos; grandes ventanas disfrazan su propósito, pero el tamaño de las chimeneas confirma su verdadera y horrible naturaleza. Son recibidos en la entrada por dos SS, que bromean con Baretski e ignoran a Lale. Señalan en dirección a unas puertas cerradas dentro del edificio y ellos se encaminan hacia ellas. Lale mira a su alrededor, ese tramo final del camino a la muerte en Birkenau. Ve a los *Sonderkommandos*, derrotados, en actitud de espera, listos para hacer una tarea para la que nadie en este mundo se ofrecería voluntario: sacar cadáveres de las cámaras de gas y meterlos en los hornos. Trata de entablar contacto visual con ellos para hacerles saber que él también trabaja para el enemigo. Él también ha elegido permanecer vivo el mayor tiempo posible, realizando un acto de profanación en personas de su propia religión. Ninguno de ellos lo mira. Lale ha oído lo que dicen otros prisioneros sobre esos hombres y la privilegiada posición que ocupan, alojados por separado, recibiendo raciones extras, con ropa de abrigo y mantas para dormir. Sus vidas son paralelas a la suya, y siente un nudo en el estómago al pensar que él también es despreciado por el papel que desempeña en el campo de concentración. Sin poder expresar de ninguna manera su solidaridad con ellos, sigue caminando.

Son conducidos a una gran puerta de acero. Delante de ella hay un guardia.

—Está bien, el gas ya se ha dispersado. Tenemos que enviarlos a los hornos, pero no podemos hacerlo hasta que identifiques los números correctos.

El guardia les abre una de las puertas. Lale se estira todo lo que su altura le permite, mira a Baretski a los ojos y mueve el brazo de izquierda a derecha.

—Después de usted.

Baretski estalla en carcajadas y palmea a Lale en la espalda.

—No, después de ti.

—No, después de usted —repite Lale.

—Insisto, *Tätowierer*.

El oficial de las SS abre las dos puertas de par en par y entran en una cavernosa habitación. Cuerpos, cientos de cuerpos desnudos, llenan el lugar. Están apilados unos sobre otros, sus extremidades torcidas. Ojos muertos con la mirada fija. Hombres, jóvenes y viejos; niños debajo.

Sangre, vómito, orina y heces. El olor a muerte impregna todo el espacio. Lale intenta contener la respiración. Le arden los pulmones. Las piernas amenazan con ceder bajo su peso.

—¡Mierda! —exclama Baretski a su espalda.

Esa sola palabra dicha por un sádico no hace más que ahondar el pozo de inhumanidad en el que Lale se está ahogando.

—Por aquí —indica un oficial, y lo siguen hasta un lado de la habitación donde dos cuerpos masculinos yacen juntos.

El oficial comienza a hablar con Baretski. Por una vez,

las palabras le faltan y le indica que Lale entiende el alemán.

—Ambos tienen el mismo número. ¿Cómo es posible? —le pregunta.

Lale sólo puede negar con la cabeza y encogerse de hombros. «¿Cómo diablos voy a saberlo?»

—Míralos. ¿Cuál es correcto? —dice con brusquedad el oficial.

Lale se inclina y agarra uno de los brazos. Agradece tener una razón para arrodillarse y espera que eso pueda estabilizarlo. Mira de cerca los números tatuados en el brazo que sostiene.

—¿El otro? —pregunta.

El brazo del otro hombre es empujado hacia él con violencia. Mira de cerca ambos números.

—Mire aquí. Esto no es un tres, es un ocho. Una parte se ha borrado, pero es un ocho.

El guardia garabatea en cada brazo frío los números correctos.

Sin pedir permiso, Lale se levanta y abandona el edificio. Baretski lo alcanza fuera, donde él está agachado y respirando profundamente.

Baretski espera un momento.

—¿Estás bien?

—No, joder, no estoy para nada bien. Malditos bastardos... ¿A cuántos más de nosotros deben matar?

—Estás alterado. Ya me doy cuenta.

Baretski es sólo un muchacho, un muchacho sin educación. Pero Lale no puede evitar preguntarse cómo es capaz de no sentir nada por la gente que acaban de ver, el sufrimiento de la muerte tallado en sus rostros y sus cuerpos retorcidos.

—Vamos, vámonos —ordena Baretski.

Lale se pone de pie y camina junto a él, aunque no puede mirarlo.

—¿Sabes una cosa, *Tätowierer*? Apuesto a que eres el único judío que alguna vez ha entrado en un horno y luego ha salido de él caminando.

Se ríe a carcajadas, golpea a Lale en la espalda y sigue andando.

15

Lale sale caminando decididamente de su barracón y atraviesa el campo. Dos oficiales de las SS se le acercan con los fusiles preparados. Sin interrumpir su marcha, levanta el maletín.

—*Politische Abteilung!*

Los oficiales bajan los fusiles y Lale sigue adelante sin decir una palabra más. Entra en el sector de mujeres del campo y se dirige al bloque 29, donde se encuentra con la *kapo*, apoyada contra la pared del edificio con aspecto de aburrida. Sus prisioneras están fuera, trabajando. No se molesta en moverse cuando él se acerca y saca de su maletín una gran tableta de chocolate. Como Baretski le ha advertido que no interfiera en la relación entre el *Tätowierer* y la prisionera 4562, ella acepta el soborno.

—Por favor, tráeme a Gita. La espero dentro.

Después de meter el chocolate entre sus generosos pechos y encogiéndose de hombros, la *kapo* parte rumbo al edificio de la administración. Lale entra en el bloque del alojamiento y cierra. No tiene que esperar mucho. Un destello de luz del sol, cuando la puerta se abre, le dice que ha llegado. Gita lo ve de pie en la semioscuridad, con la cabeza gacha.

—¡Tú!

Lale da un paso hacia ella. Gita retrocede y se aprieta contra la puerta cerrada, claramente alterada.

—¿Estás bien? Gita, soy yo.

Lale da un paso para acercarse a ella y se sorprende por su evidente temblor.

—Dime algo, Gita.

—Tú... tú... —repite ella.

—Sí, soy yo, Lale. —Le agarra las muñecas y trata de sujetárselas con fuerza.

—¿Tienes idea de lo que se te pasa por la cabeza cuando las SS vienen por ti? ¿La más mínima idea?

—Gita...

—¿Cómo has podido? ¿Cómo puedes dejar que ellos se me lleven?

Lale está estupefacto. Afloja las manos que sostienen las muñecas de ella. Gita se libera y da media vuelta.

—Lo siento, no quería asustarte. Acabo de pedirle a tu *kapo* que fuera a buscarte. Necesitaba verte.

—Cuando las SS se llevan a alguien, nunca más se vuelve a ver a esa persona. ¿Lo entiendes? Creía que se me llevaban para matarme, y lo único en lo que podía pensar era en ti. No en que tal vez no volvería a ver a mis amigas; no en Cilka, que ha visto cómo se me llevaban y debe de estar muy preocupada, sino sólo en que no volvería a verte a ti. Y aquí estás...

Lale está avergonzado. Su necesidad egoísta de verla le ha provocado una enorme angustia a su amada. Súbitamente, ella corre hacia él con los puños levantados. Él extiende los brazos cuando Gita choca con él. Lo golpea en el pecho mientras las lágrimas le caen por el rostro. Él acepta esos golpes hasta que van desapareciendo. Luego, poco a poco, le levanta la cara, le seca las lágrimas con las manos e intenta besarla. Cuando sus labios se encuentran, Gita se aleja y lo mira con furia. Él estira los brazos para hacer que ella vuelva a él. Al darse cuenta de su renuencia, los baja. Ella corre hacia él otra vez, esta vez empujándolo hasta dejarlo con la espalda contra la pared mientras trata de arrancarle la camisa. Aturdido, Lale la mantiene a distancia, pero ella se resiste y se aprieta con fuerza sobre él, besándolo con violencia.

Él la levanta con las manos en el trasero y ella envuelve sus piernas alrededor de la cintura de él, besándolo con tal avidez que le muerde los labios. Lale siente el gusto salado de la sangre, pero la besa de nuevo, para caer juntos sobre una litera cercana, arrancándose mutuamente la ropa. Hacen el amor con pasión, con desesperación. Es una necesidad durante tanto tiempo postergada que no se puede negar. Dos personas desesperadas por el amor y la intimidad que temen que nunca van a experimentar. Eso sella el compromiso del uno con el otro, y Lale sabe en ese momento que no será capaz de amar a ninguna otra. Eso fortalece su determinación de continuar otro día, y otro más, durante mil días, durante el tiempo que tarde en poder cumplir con sus palabras a Gita: «Podremos hacer el amor donde sea, cada vez que queramos».

Exhaustos, yacen uno en los brazos del otro. Gita se duerme y Lale pasa un buen rato limitándose a mirarla. La lucha física entre ellos ha terminado, para ser reemplazada por un furioso tumulto dentro de Lale. «¿Qué nos ha hecho este lugar? ¿En qué nos ha convertido? ¿Cuánto tiempo más podremos seguir así? Ella ha pensado que todo terminaba hoy. Yo le he causado ese dolor. Nunca más debo hacer eso.»

Se toca el labio. Hace una mueca de dolor. Eso quiebra su humor sombrío y sonríe al pensar de dónde proviene ese dolor.

Despierta a Gita con un beso suave.

—Hola —susurra.

Ella gira sobre sí misma y lo mira preocupada.

—¿Estás bien? Parecías..., no sé... Aunque yo estaba enfadada cuando he entrado, ahora que lo pienso, tú tenías un aspecto terrible.

Lale cierra los ojos y da un hondo suspiro.

—¿Qué ha pasado?

—Digamos que he dado un paso más dentro del abismo, pero he conseguido salir de él.

—¿Me lo contarás algún día?

—Probablemente no. No insistas, Gita.

Ella asiente con la cabeza.

—Creo que será mejor que vuelvas a la oficina para que Cilka y las otras puedan ver que estás bien.

—Mmmm. Quiero quedarme aquí contigo, para siempre.

—Para siempre es mucho tiempo.

—O podría ser mañana —dice ella.

—No, no lo será.

Gita gira la cabeza, sonrojándose, cerrando los ojos.

—¿En qué estás pensando? —pregunta él.

—Estoy escuchando. A las paredes.

—¿Qué están diciendo?

—Nada. Están respirando con pesadez, llorando por aquellos que se van de aquí por la mañana y no vuelven por la noche.

—No lloran por ti, mi amor.

—Hoy no. Ahora lo sé.

—Ni mañana. Ellas nunca llorarán por ti. Ahora, vete y vuelve al trabajo.

Gita se hace un ovillo en la cama.

—¿Puedes irte tú primero? Debo encontrar mi ropa.

Después de un último beso, Lale se apresura a buscar su ropa. Ya vestido, le da otro beso rápido antes de irse.

Fuera del bloque, la *kapo* está de vuelta en su posición contra la pared.

—¿Estás mejor, *Tätowierer*?

—Sí, gracias.

—El chocolate es riquísimo. También me gustan las salchichas.

—Veré lo que puedo hacer.

—Hazlo, *Tätowierer*. Nos vemos.

16

Marzo de 1944

Un golpe en la puerta despierta a Lale de un sueño profundo. Abre con cautela, a medias esperando ver a alguno de los niños romaníes. Pero son dos hombres jóvenes quienes están ante él. Sus miradas van de un lado a otro. Están claramente asustados.

—¿Qué queréis? —dice Lale.

—¿Eres el *Tätowierer*? —pregunta uno de ellos en polaco.

—Depende de quién lo pregunte.

—Necesitamos al *Tätowierer*. Nos han dicho que vivía aquí —dice el otro muchacho.

—Entrad antes de que despertéis a los bebés.

Lale cierra la puerta en cuanto entran y les señala la cama para que se sienten. Ambos son altos y delgados, y uno tiene muchas pecas.

—Os lo pregunto de nuevo, ¿qué es lo que queréis?

—Tenemos un amigo... —balbucea el pecoso.

—Todos tenemos alguno... —interrumpe Lale.

—Nuestro amigo tiene problemas...

—¿Acaso no los tenemos todos?

Los dos jóvenes se miran, tratando de decidir si seguir o no.

—Lo siento. Continuad.

—Lo cogieron, y tenemos miedo de que vayan a matarlo.

—¿Lo cogieron haciendo qué?

—Bueno, se escapó la semana pasada, lo cogieron y lo trajeron de vuelta. ¿Qué crees que podrían hacerle?

La expresión de Lale es de incredulidad.

—¿Cómo diablos se escapó, y cómo fue tan estúpido como para dejar que lo atraparan?

—No estamos seguros de cómo fue todo.

—Bueno, lo ahorcarán. Probablemente mañana a primera hora. Ya sabéis que ése es el castigo por intentar escapar, y más aún si uno lo consigue.

—¿Puedes hacer algo? La gente dice que tú puedes ayudar.

—Puedo ayudar si quieres un poco de comida extra, pero eso es todo. ¿Dónde está el chico en este momento?

—Está fuera.

—¿Fuera de este edificio?

—Sí.

—Por el amor de Dios, traedlo aquí de inmediato —ordena Lale, y abre la puerta.

Uno de los muchachos corre fuera y pronto regresa con un joven con la cabeza gacha, temblando de miedo. Lale señala la cama y él se sienta. Tiene los ojos hinchados.

—Tus amigos me dicen que te escapaste.

—Sí.

—¿Cómo lo hiciste?

—Bueno, estaba trabajando fuera y le pedí permiso al

guardia para ir a defecar. Él me dijo que fuera hasta unos árboles porque no quería notar el olor. Luego, cuando me disponía a regresar con mi grupo, ya se estaban yendo todos. Tuve miedo de que si corría tras ellos algún otro guardia me disparara, así que sencillamente caminé de vuelta al bosque.

—¿Y...? —preguntó Lale.

—Bueno, pues seguí caminando. Luego me atraparon cuando llegué a un pueblo y traté de robar algo para comer. Estaba muerto de hambre. Los soldados vieron mi número tatuado y me trajeron aquí.

—Y ahora te van a colgar mañana por la mañana, ¿no?

El muchacho baja la cabeza. Lale piensa que así es como se verá mañana cuando la vida le haya sido arrebatada.

—¿Hay algo que puedas hacer para ayudarnos, *Tätowierer*?

Lale se pasea por su pequeña habitación. Levanta la manga del chico y observa el número. «Uno de los míos.» Vuelve a pasearse de un lado a otro. Los muchachos permanecen sentados en silencio.

—Quedaos aquí —dice con firmeza.

Coge su maletín y sale a toda prisa de la habitación.

Fuera, los reflectores recorren el campo como ojos violentos en busca de alguien para matar. Pegado a los edificios, Lale se dirige hasta el bloque de la administración y entra en la oficina principal. Se siente inmediatamente aliviado al ver a Bella detrás del mostrador. Lo mira.

—Lale, ¿qué estás haciendo aquí? No tengo trabajo para ti.

—Hola, Bella. ¿Puedo preguntarte algo?

—Claro, lo que quieras. Ya lo sabes, Lale.

—Cuando he estado hoy antes aquí, me ha parecido oír hablar de un transporte de prisioneros que sale esta noche. ¿Es así?

—Sí, hay uno que va a otro campamento a medianoche.

—¿Cuántos lleva?

Bella coge una hoja de papel con una lista junto a ella.

—Cien nombres. ¿Por qué?

—Nombres..., ¿no números?

—No, no están numerados. Han llegado esta mañana temprano y están siendo enviados a un campamento de niños. Nadie está numerado allí.

—¿Podemos incluir uno más en esa lista?

—Supongo que sí. ¿Quién? ¿Tú?

—No. Sabes que no me iría de aquí sin Gita. Se trata de otra persona. Cuanto menos sepas, mejor.

—Está bien, lo haré por ti. ¿Cómo se llama?

—Mierda —exclama Lale—. Ya vuelvo.

Furioso consigo mismo, se apresura a regresar a su habitación.

—Tu nombre, ¿cómo te llamas?

—Mendel.

—Mendel, ¿qué?

—Lo siento. Mendel Bauer.

De vuelta en la oficina, Bella lo agrega al final de la lista escrita a máquina.

—¿Los guardias no preguntarán nada por un nombre que no está escrito a máquina como los demás? —quiere saber Lale.

—No, son demasiado perezosos como para cuestionar eso. Sería más trabajo para ellos ocuparse del asunto. Sólo dile a quien sea que esté en el sector cuando vea que están cargando el camión.

De su maletín, Lale saca un anillo con rubíes y diamantes incrustados y se lo da a Bella.

—Gracias. Esto es para ti. Puedes conservarlo o venderlo. Me aseguraré de que él esté en el camión de transporte.

De nuevo en su habitación, Lale saca a los dos amigos de Mendel de la cama, abre su maletín y se sienta junto a él.

—Dame tu brazo.

Mientras los muchachos observan, Lale empieza a convertir los números en una serpiente. El trabajo no es perfecto, pero sí lo suficientemente bueno como para ocultar los números.

—¿Por qué haces eso? —pregunta uno de los chicos.

—En el lugar adonde Mendel va no hay nadie numerado. No pasaría mucho tiempo antes de que alguien viera su número y lo enviaran de regreso aquí, a su cita con el verdugo.

Termina el trabajo y se vuelve hacia los dos muchachos, que siguen observándolo.

—Vosotros dos regresad a vuestro bloque ahora, e id con cuidado. Sólo puedo hacer un rescate por noche —dice—. Vuestro amigo no estará aquí mañana. Saldrá en un transporte a medianoche. No sé adónde va, pero a donde sea que vaya tendrá al menos una posibilidad de seguir con vida. ¿Me entendéis?

Los tres muchachos se abrazan y se hacen promesas

de volver a encontrarse cuando toda esa pesadilla acabe. Cuando los otros dos chicos se han ido, Lale vuelve a sentarse al lado de Mendel.

—Te quedarás aquí hasta que sea la hora de irnos. Te llevaré al camión de transporte y luego estarás tú solo.

—No sé cómo darte las gracias.

—Si consigues escapar de nuevo, que no te atrapen. Ése será un agradecimiento suficiente para mí.

Poco después, Lale oye ruido de movimiento en el campo de concentración.

—Vamos, es hora de irnos.

Con disimulo, se deslizan junto a las paredes del edificio hasta que alcanzan a ver dos camiones que están cargando hombres.

—Muévete rápido y trata de meterte en medio de alguna de las filas. Luego das tu nombre cuando te lo pidan.

Mendel se aleja y se las arregla para ubicarse en una fila. Se cruza de brazos apretándolos sobre sí mismo para protegerse del frío y ocultar la serpiente que lleva consigo. Lale ve que el guardia encuentra su nombre y lo hace subir. Cuando el motor arranca y el camión se aleja, Lale se escabulle de regreso a su habitación.

17

Los meses siguientes resultan particularmente duros. Los prisioneros mueren de numerosas y diferentes maneras. Muchos perecen por enfermedad, desnutrición y exposición al frío. Algunos corren para arrojarse sobre alguna valla electrificada y morir. Otros reciben los disparos de algún guardia de la torre antes de llegar a ella. Las cámaras de gas y los crematorios también hacen horas extras, y los puestos de tatuaje de Lale y Leon están llenos de gente, ya que decenas de miles de personas son transportadas a Auschwitz y Birkenau.

Lale y Gita se ven los domingos, siempre que sea posible. En esos días se mezclan entre otros cuerpos, tocándose a escondidas. Algunas veces pueden robar algún tiempo para estar juntos a solas en el barracón de Gita. Eso los mantiene comprometidos a seguir con vida y, en el caso de Lale, a planear un futuro compartido. La *kapo* de Gita sigue engordando gracias a la comida que él le proporciona. En ocasiones, cuando Lale no puede ver a Gita por un período prolongado, ella pregunta directamente: «¿Cuándo va a venir tu novio?».

Un domingo, después de repetidos requerimientos, al final Gita le cuenta a Lale lo que sucede con Cilka.

—Cilka es el juguete de Schwarzhuber.

—Santo cielo... ¿Cuánto tiempo hace que ocurre eso?

—No lo sé con exactitud. Un año, tal vez más.

—Es un bastardo borracho y sádico —reacciona Lale, apretando los puños—. No quiero ni imaginar la manera en que la trata ese maldito...

—¡No lo digas! No quiero pensar en eso.

—¿Qué te dice ella sobre el tiempo que pasan juntos?

—Nada. No hacemos preguntas. No sé cómo ayudarla.

—Él la mataría si ella llegara a rechazarlo de alguna manera. Sospecho que Cilka ya lo ha entendido, de lo contrario habría muerto hace mucho. El mayor problema es que se quede embarazada.

—Eso no pasará. Ya sabes, tienes que tener el período para que eso suceda. ¿O no lo sabías?

Lale responde un tanto avergonzado:

—Bueno, sí, lo sabía. Es sólo que es algo de lo que no hemos hablado. Supongo que no lo pensé.

—Ni tú ni ese bastardo sádico necesitáis preocuparos por eso. Ni Cilka ni yo vamos a tener un bebé. ¿De acuerdo?

—No me compares con él. Dile que creo que es una heroína y que me siento orgulloso de decir que la conozco.

—¿Qué quieres decir con eso de que es una «heroína»? No es ninguna heroína —asegura Gita algo molesta—. Ella sólo quiere vivir.

—Y eso la convierte en una heroína. Tú también eres una heroína, cariño. Que ambas hayáis elegido sobrevivir es un modo de resistencia a esos bastardos nazis. Escoger vivir es un acto de desafío, una forma de heroísmo.

—En ese caso, ¿qué eres tú?

—Se me dio la opción de participar en la destrucción de nuestro pueblo y elegí hacerlo para sobrevivir. Sólo puedo esperar que no se me juzgue algún día como el responsable o un colaborador.

Gita se inclina y lo besa.

—Para mí, eres un héroe.

El tiempo ha volado y se sorprenden cuando las otras chicas comienzan a regresar al bloque. Están completamente vestidos, por lo que la salida de Lale no es tan embarazosa como podría haberlo sido.

—Hola. Hola. Dana, encantado de verte. Chicas. Señoras —saluda al salir.

La *kapo*, en su posición habitual a la entrada del edificio, sacude la cabeza en dirección a él.

—Tienes que estar fuera de aquí cuando las demás regresan. ¿De acuerdo, *Tätowierer*?

—Lo siento, no volverá a suceder.

Lale camina por el campo de concentración con paso ágil y casi veloz. Se sorprende cuando oye su nombre y mira a su alrededor para ver quién lo llama. Es Victor. Él y otros trabajadores polacos se dirigen a la salida del campo. El hombre le pide que se acerque.

—Hola, Victor. Yuri. ¿Cómo estáis?

—No tan bien como tú, según parece. ¿Qué te está pasando?

Lale ignora la pregunta con un movimiento de la mano.

—Nada, nada.

—Tenemos suministros para ti y pensábamos que no íbamos a poder entregártelos. ¿Tienes sitio en tu maletín?

—Claro. Lo siento, debería haber venido a veros antes, pero..., mmm..., estaba ocupado.

Lale abre su maletín y entre Victor y Yuri lo llenan. Tienen demasiadas cosas como para que quepan todas.

—¿Quieres que traiga el resto mañana? —pregunta Victor.

—No, dámelo todo, gracias. Te veré mañana para pagarte.

Hay una joven, junto a Cilka, entre las decenas de miles en Birkenau, a quien los SS le han permitido conservar el cabello largo. Tiene más o menos la edad de Gita. Lale nunca ha hablado con ella, pero la ha visto algunas veces. Ella destaca entre todas con su melena rubia suelta. Todas las demás intentan, lo mejor que pueden, esconder sus cabezas rapadas debajo de un pañuelo, a menudo arrancado de sus propias camisas. Un día, Lale le preguntó a Baretski cuál era el trato con ella. ¿Por qué se le permitía mantener el pelo largo? «El día que llegó al campo —respondió Baretski—, el comandante Hoess estaba haciendo las selecciones. Él la vio, pensó que era muy hermosa y ordenó que nadie le tocara un pelo.»

A menudo, Lale se ha asombrado ante muchas de las cosas que ve en ambos campos de concentración, pero el hecho de que Hoess piense que sólo una chica es bella entre los cientos de miles de mujeres que han llegado es algo que realmente lo confunde.

Mientras se apresura a volver a su habitación con una salchicha metida en los pantalones, dobla una esquina y allí está ella, la única muchacha «hermosa» del campo, mirándolo. Él regresa a su habitación en un tiempo récord.

18

La primavera ha expulsado los más amargos demonios del invierno. El tiempo más cálido ofrece un rayo de esperanza para todos aquellos que han sobrevivido a los elementos, y a los crueles caprichos de sus captores. Hasta Baretski se comporta con menos crueldad.

—Sé que puedes obtener cosas, *Tätowierer* —dice Baretski, su voz más baja de lo habitual.

—No sé a qué se refiere —responde Lale.

—Cosas. Puedes obtenerlas. Sé que tienes contactos en el exterior.

—¿Qué le hace pensar eso?

—Mira, siento cierto afecto por ti, ¿de acuerdo? No te he disparado, ¿verdad?

—Les ha disparado a muchos otros.

—Pero no a ti. Somos como hermanos, tú y yo. ¿No es así? ¿No te he contado acaso mis secretos?

Lale elige no desafiar esa reclamación de hermandad.

—Usted habla. Yo escucho —responde.

—A veces me has dado consejos, y te he escuchado. Hasta traté de escribirle cosas bonitas a mi novia.

—Eso no lo sabía.

—Ahora ya lo sabes —continúa Baretski con expresión seria—. Escucha, hay algo que quiero que trates de conseguirme.

Lale está nervioso. Teme que alguien pueda oír esa conversación.

—Ya le he dicho...

—Pronto será el cumpleaños de mi novia y quiero que me consigas un par de medias de nailon para enviarle.

Lale lo mira sin poder creerlo.

Baretski le sonríe.

—Consíguemelas y no te dispararé. —Se ríe.

—Veré lo que puedo hacer. Podría tardar unos días.

—No tardes demasiado.

—¿Hay algo más que pueda hacer por usted? —pregunta Lale.

—No, tienes el día libre. Puedes ir y pasar el tiempo con Gita.

Lale se estremece. Ya es suficientemente malo que Baretski sepa que pasa tiempo con ella, pero detesta oír que el bastardo pronuncia su nombre.

Antes de hacer lo que Baretski ha sugerido, Lale va a buscar a Victor. Al final encuentra a Yuri, que lo informa de que su padre está enfermo y ese día no está trabajando. Lale dice que lo lamenta y se aleja.

—¿Puedo hacer yo algo por ti? —dice Yuri.

Lale regresa.

—No lo sé. Tengo un pedido especial.

Yuri levanta una ceja.

—Tal vez yo pueda ayudarte.

—Medias de nailon. Ya sabes, esas cosas que las chicas llevan en las piernas.

—No soy un niño, Lale. Sé lo que son medias de nailon.

—¿Podrías conseguirme un par? —Lale muestra dos diamantes en su mano.

Yuri los coge.

—Dame dos días. Creo que puedo ayudarte.

—Gracias, Yuri. Dale recuerdos a tu padre. Espero que se mejore pronto.

Lale está cruzando el campo hacia el sector de las mujeres cuando oye el ruido de un avión. Levanta la vista y ve un pequeño aeroplano que vuela bajo sobre el campo y comienza a dar la vuelta. Tan bajo que Lale puede identificar el símbolo de la Fuerza Aérea de Estados Unidos.

Un prisionero grita:

—¡Es estadounidense! ¡Los estadounidenses están aquí!

Todos miran hacia arriba. Algunos comienzan a dar saltos agitando los brazos en el aire. Lale mira hacia las torres que rodean el campo de concentración y se da cuenta de que los guardias están en alerta total, apuntando sus fusiles hacia el campo, donde hombres y mujeres están armando alboroto. Algunos simplemente tratan de llamar la atención del piloto, muchos otros señalan hacia los crematorios y gritan:

—¡Suelta las bombas! ¡Suelta las bombas!

Lale considera la posibilidad de unirse a ellos cuando el avión sobrevuela una segunda vez el campo y da media vuelta para una tercera pasada. Varios prisioneros corren hacia los crematorios, señalándolos, desesperados por transmitir su mensaje.

—¡Suelta las bombas! ¡Suelta las bombas!

Después de su tercera pasada sobre Birkenau, el avión gana altura y se aleja. Los prisioneros continúan gritando. Muchos caen de rodillas, devastados porque sus gritos han sido ignorados. Lale comienza a retroceder hacia un edificio cercano. Justo a tiempo. Las balas llueven desde las torres sobre aquéllos en el campo y derriban a las docenas de personas demasiado lentas como para encontrar refugio.

Frente a la amenaza de aquellos guardias de gatillo fácil, Lale decide no ir a ver a Gita. Y vuelve a su barracón, donde es recibido entre gritos y llantos. Las mujeres cargan a los niños y las niñas heridos de bala.

—Han visto el avión y se han unido a los otros prisioneros que corrían por el campo —explica uno de los hombres.

—¿Qué puedo hacer para ayudar?

—Lleva a los otros niños adentro. No tienen por qué ver esto.

—Por supuesto.

—Gracias, Lale. Enviaré a las ancianas para que te ayuden. No sé qué hacer con los cuerpos. No puedo dejarlos aquí.

—Los SS llegarán pronto para recoger a los muertos, estoy seguro. —Eso suena tan insensible, tan frío... Las lágrimas arden en los ojos de Lale. Se corrige en el acto—: Lo siento mucho.

—¿Qué van a hacer con nosotros? —se pregunta el hombre.

—No sé qué destino nos espera a ninguno de nosotros.

—¿Morir aquí?

—No, si puedo evitarlo, pero no lo sé.

Lale comienza a reunir a los niños y las niñas para llevarlos adentro. Algunos lloran, otros están demasiado conmocionados como para llorar. Varias de las mujeres mayores se unen a él. Llevan a los chicos supervivientes al extremo del barracón y empiezan a contarles cuentos, pero esta vez no surten efecto. No hay nada que los consuele. La mayoría de ellos permanecen en un silencioso estado de shock.

Lale va a su habitación y regresa con chocolate, que él y Nadya parten y reparten entre ellos. Algunos de los niños lo cogen, otros lo miran como si también eso pudiera hacerles daño. No hay nada más que él pueda hacer. Nadya lo agarra de la mano y hace que se ponga de pie.

—Gracias. Has hecho cuanto has podido. —Le roza la mejilla con el dorso de la mano—. Ahora déjanos.

—Voy a ayudar a los hombres —responde Lale con voz vacilante.

Sale con paso inseguro. Fuera, ayuda a los hombres a juntar los pequeños cuerpos en una pila para que los SS se los lleven. Ve que ya están recogiendo los cuerpos caídos en el campo. Varias mujeres se niegan a entregar a sus amados hijos, y es desgarrador para Lale ver cómo esas pequeñas formas sin vida son arrancadas de los brazos de sus madres.

«*Yisgadal veyiskadash shmei rabbah.* (Que su nombre sea magnificado y santificado...)». Lale recita el Kadish en un susurro. No sabe cómo ni con qué palabras los romaníes honran a sus muertos, pero siente el reflejo de responder a esas muertes de la manera que él conoce desde siempre. Permanece sentado fuera largo rato, mirando al cielo, preguntándose qué es lo que los estadounidenses habrán visto y pensado. Varios de los hombres se unen a él en silencio, un silencio que ya no es sereno. Un muro de dolor los rodea.

Lale piensa en la fecha: 4 de abril de 1944. Cuando lo ha visto en sus hojas de trabajo esa semana, «abril» le ha chocado. «Abril..., ¿qué pasó en abril?» Y entonces se ha dado cuenta. Dentro de tres semanas hará dos años que está en ese lugar. «Dos años.» ¿Cómo lo ha hecho? ¿Cómo está todavía respirando, cuando tantos ya no lo hacen? Piensa en la promesa que se hizo al principio. Sobrevivir y ver que los responsables pagan. Tal vez, sólo tal vez, los que iban en el avión han entendido qué está ocurriendo y el rescate está en camino. Sería demasiado tarde para aquellos que han muerto ese día, pero tal vez sus muertes no hayan sido del todo en vano. «Retén ese pensamiento. Úsalo para levantarte de la cama mañana por la mañana, y la mañana siguiente, y la que sigue.»

El centelleo de las estrellas en lo alto ya no es un consuelo. Ellas simplemente le recuerdan el abismo que hay entre lo que la vida puede ser y lo que es en ese momento. Le recuerdan las cálidas noches de verano cuando era niño y se escabullía fuera, después de que todos se hubieran ido a la cama, para dejar que la brisa nocturna le acariciara el rostro como una canción de cuna que lo hacía dormirse; le recuerdan las noches pasadas con muchachas, caminando cogidos de la mano en algún parque, junto a un lago, su camino iluminado por miles de estrellas allá arriba. Solía sentirse siempre confortado por el techo paradisíaco del cielo nocturno. «En algún lugar, mi familia estará mirando ahora las mismas estrellas y preguntándose dónde estoy. Espero que puedan recibir de ellas mayor consuelo del que yo obtengo.»

Fue a principios de marzo de 1942 cuando Lale se despidió de sus padres, de su hermano y de su hermana, en su ciudad natal de Krompachy. Había dejado su trabajo y su apartamento en la ciudad de Bratislava el mes de octubre anterior. Tomó la decisión después de charlar con un viejo amigo, uno que no era judío y que trabajaba para el gobierno. El amigo le había advertido que las cosas estaban cambiando en el ámbito político para todos los ciudadanos judíos y que la simpatía de Lale no lo salvaría de lo que se avecinaba. Su amigo le habló de un empleo que, según él, lo protegería de la persecución. Después de reunirse con su supervisor, le ofrecieron un trabajo como asistente del líder del Partido Nacional Eslovaco, que Lale aceptó. Ser parte del PNE no era una cuestión de religión. Se trataba de mantener al país en manos de los eslovacos. Vestido con un uniforme del partido, que también se parecía mucho a un uniforme militar, Lale pasó varias semanas viajando por el país, distribuyendo boletines y hablando en concentraciones partidarias y otras reuniones. El partido trataba en particular de convencer a los jóvenes de la necesidad de mantenerse unidos para desafiar al gobierno, que no se decidía a denunciar a Hitler y ofrecer protección a todos los eslovacos.

Lale sabía que a todos los judíos de Eslovaquia se les había ordenado llevar la estrella de David amarilla en su ropa cuando estuvieran en público. Él se había negado; no por miedo, sino porque se veía a sí mismo como eslovaco: orgulloso, testarudo e incluso —lo admitía— arrogante respecto a su lugar en el mundo. Ser judío era algo secundario, y nunca antes había interferido con lo que hacía ni con quién se relacionaba. Si el tema salía en alguna conversación, se limitaba a reconocerlo y a otra cosa. No era un rasgo definitorio para él. Era más un asunto del que se hablaba con más frecuencia en el dormitorio que en un restaurante o en un club.

En febrero de 1942, se lo avisó con anticipación de que el Ministerio de Asuntos Exteriores alemán había pedido al gobierno eslovaco que comenzara a transportar judíos fuera del país como fuerza laboral. Lale pidió permiso para visitar a su familia, lo cual le fue concedido, y se le dijo que podía regresar a su puesto en el partido en cualquier momento, que su trabajo allí era seguro.

Nunca se había considerado ingenuo. Al igual que muchos de los que vivían en Europa en ese momento, estaba preocupado por el ascenso de Hitler y los horrores que el *Führer* estaba infligiendo a otros países pequeños, pero no podía aceptar que los nazis invadieran Eslovaquia. Aunque no necesitaban hacerlo. El gobierno les estaba dando todo lo que querían, cuando lo querían, y no representaba una amenaza. Eslovaquia sólo deseaba que la dejaran en paz. En cenas y en reuniones con familiares y amigos a veces se hablaba de las noticias sobre persecución a judíos en otros países, pero no consideraban que, como grupo, los judíos eslovacos estuvieran particularmente en peligro.

Y, sin embargo, allí está él ahora. Han pasado dos años. Vive en una comunidad dividida en dos —judía y romaní—, identificados por su raza, no por su nacionalidad, y eso es algo que Lale todavía no puede entender. Los países amenazan a otros países. Ellos tienen poder, tienen ejércitos. «¿Cómo una raza diseminada por varios países puede ser considerada una amenaza?» Mientras viva, ya sea mucho tiempo o muy poco, sabe que jamás logrará comprenderlo.

19

—¿Has perdido tu fe? —pregunta Gita mientras se acomoda sobre el pecho de Lale en ese lugar suyo detrás del edificio de la administración. Ha elegido ese momento para hacer la pregunta porque quiere oír la respuesta de él, no verla.

—¿Por qué lo preguntas? —replica él, acariciándole la cabeza y la nuca.

—Porque creo que la has perdido, y eso me entristece.

—Entonces, es evidente que tú no la has perdido, ¿no?

—Yo he preguntado primero.

—Sí, creo que la he perdido.

—¿Cuándo?

—La primera noche que llegué aquí. Te conté lo que pasó, lo que vi. Ignoro cómo un dios misericordioso podría permitir que eso ocurriera. Y nada ha sucedido desde aquella noche que me haya hecho cambiar de opinión. Todo lo contrario.

—Tienes que creer en algo.

—Y creo en algo. Creo en ti y en mí y en salir de aquí, y en hacer una vida juntos en la que podamos...

—Lo sé, cuando y donde queramos. —Gita suspira—. Oh, Lale, ojalá...

Él la obliga a mirarlo a los ojos.

—No voy a ser definido por ser judío —dice—. No lo voy a negar, pero en primer lugar soy un hombre, un hombre enamorado de ti.

—¿Y si yo quiero mantener mi fe? ¿Si todavía es importante para mí?

—No tengo nada que decir al respecto.

—Sí, claro que tienes que decir algo.

Ambos se sumen en un incómodo silencio. Él la mira. Ella mira al suelo.

—No tengo ningún problema con que tú mantengas tu fe —asegura Lale con delicadeza—. Es más, voy a sostener tu fe, si eso significa mucho para ti y te mantiene a mi lado. Cuando salgamos de aquí, te alentaré a practicar tu fe, y cuando lleguen nuestros bebés, pueden seguir la fe de su madre. ¿Te satisface eso?

—¿Bebés? No sé si podré tener hijos. Creo que algo no va bien dentro de mí.

—Una vez que salgamos de aquí y puedas engordar un poco, tendrás hijos y serán unos bebés hermosos; saldrán parecidos a la madre.

—Gracias, amor mío. Me haces querer creer en un futuro.

—Bien. ¿Eso significa que me dirás tu apellido y de dónde vienes?

—Aún no. Ya te lo dije, lo haré el día que abandonemos este lugar. Por favor, no vuelvas a preguntármelo.

Después de separarse de Gita, Lale busca a Leon y a algunos otros del bloque 7. Es un hermoso día de verano y tiene la intención de disfrutar del sol y de sus amigos mientras pueda. Se sientan y se apoyan contra la pared de uno de los bloques. Su conversación es simple. Cuando suena la sirena, Lale se despide y emprende el regreso a su barracón. Al acercarse al edificio, presiente que algo anda mal. Los niños romaníes están por ahí, pero no corren a encontrarse con él, sino que se hacen a un lado para que pase. Él los saluda, pero ellos no responden. Lale entiende de inmediato la razón cuando abre la puerta de su habitación. Desplegados sobre su cama están el dinero y las gemas que había debajo del colchón. Dos oficiales de las SS lo están esperando.

—¿Te importaría explicar esto, *Tätowierer*?

Lale no consigue encontrar las palabras.

Uno de los oficiales le arrebata el maletín de las manos y vacía sus herramientas y sus frascos de tinta en el suelo. Luego meten el tesoro en el maletín. Pistola en mano, miran a Lale directamente y con un gesto le ordenan que se mueva. Los niños se apartan cuando Lale sale del sector de los gitanos por la que él cree que será la última vez.

Lale está ante Houstek y el contenido de su maletín desparramado sobre el escritorio del *Oberscharführer*.

Houstek recoge y examina una a una las piedras preciosas y las joyas.

—¿De dónde has sacado todo esto? —le pregunta sin levantar la vista.

—Me lo dieron los prisioneros.

—¿Qué prisioneros?

—Desconozco sus nombres.

Houstek fija la mirada en él.

—¿No sabes quién te ha dado todo esto?

—No. No lo sé.

—¿Tengo que creerte?

—Sí, señor. Me lo traen, pero no les pregunto sus nombres.

Houstek descarga su puño sobre el escritorio y hace que las gemas tintineen.

—Esto me fastidia mucho, *Tätowierer*. Eres bueno en tu trabajo. Ahora tendré que encontrar a otro para que lo haga. —Se vuelve hacia los oficiales de su escolta—. Llevadlo al bloque 11. Allí recordará deprisa los nombres.

Lale es sacado del lugar y cargado en un camión. Dos SS se sientan uno a cada lado de él, ambos con una pistola metida en sus costillas. Durante el recorrido de cuatro kilómetros, Lale se despide en silencio de Gita y del futuro que acababan de imaginar. Cierra los ojos y en su mente repite los nombres de cada uno de los miembros de su familia. No puede imaginar a sus hermanos con tanta claridad como solía hacerlo. A su madre puede verla perfectamente. Pero ¿cómo te despides de tu madre, de la persona que te dio el aliento, que te enseñó a vivir? No puede despedirse de ella. Jadea cuando se le aparece la imagen de su padre, lo que hace que uno de los oficiales empuje con más fuerza la pistola en sus costillas. La última vez que vio a su padre, él estaba llorando. No quiere recordarlo de esa manera, por lo que busca otra imagen y se le aparece su padre trabajando con sus amados caballos. Siempre les hablaba con tanta calidez, en comparación con la forma en que se dirigía a sus hijos. Su hermano Max, el mayor y el más sabio. Le dice que espera no haberlo defraudado, que ha tratado de actuar como él lo habría hecho en su lugar. Cuando piensa en su hermana menor, Goldie, el dolor es demasiado intenso.

El camión se detiene de súbito y Lale es arrojado contra el oficial a su lado.

Lo meten en una habitación pequeña en el bloque 11. La reputación de los bloques 10 y 11 es bien conocida. Son los bloques de castigo. Detrás de esos apartados recintos de tortura se alza el muro negro, el de las ejecuciones. Lale espera ser conducido allí después de haber sido torturado.

Durante dos días permanece sentado en la celda, cuya única luz es la que entra a través de una rendija debajo de la puerta. Mientras oye los gritos y los lamentos de otros, revive cada momento que ha pasado con Gita.

Al tercer día es cegado por la luz del sol que inunda la habitación. Un hombre de gran tamaño aparece en la puerta y le da un cuenco con líquido. Lale lo coge y, cuando sus ojos se acomodan a la luz, lo reconoce.

—Jakub, ¿eres tú?

Jakub entra en la habitación. El techo bajo lo obliga a agacharse.

—*Tätowierer*. ¿Qué estás haciendo aquí? —Está visiblemente conmocionado.

Lale se pone de pie, con la mano extendida.

—A menudo me he preguntado qué te había sucedido —le dice.

—Como supusiste, encontraron un trabajo para mí.

—Entonces ¿eres guardia?

—No sólo un guardia, amigo mío. —La voz de Jakub suena sombría—. Siéntate y come. Te diré lo que hago aquí y lo que sucederá contigo.

Con aprensión, Lale se sienta y mira la comida que Jakub le ha llevado. Un caldo aguado y sucio que contiene un solo trozo de patata. A pesar de que hace unos momentos estaba hambriento, descubre que su apetito de pronto ha desaparecido.

—Nunca he olvidado tu amabilidad —dice Jakub—. Estaba seguro de que moriría de inanición la noche que llegué aquí, y entonces apareciste tú para darme de comer.

—Bueno, necesitas más comida que los demás.

—He oído que hacías contrabando con comida. ¿Son ciertas esas historias?

—Es por eso por lo que estoy aquí. Las prisioneras que trabajan en el Canadá escamotean dinero y gemas que me entregan a mí, cosas que yo uso para comprar comida y medicamentos a los aldeanos, y que luego distribuyo. Supongo que alguien quedó fuera del reparto y me denunció.

—¿No sabes quién?

—¿Tú lo sabes?

—No, no es tarea mía saber eso. Mi trabajo es conseguir que me des los nombres..., nombres de prisioneros que podrían estar planeando escapar u oponer resistencia, y por supuesto los nombres de los prisioneros que te consiguen el dinero y las joyas.

Lale mira hacia otro lado. La enormidad de lo que Jakub está diciendo comienza a resultarle clara.

—Como tú, *Tätowierer*, hago lo que sea para sobrevivir.

Él asiente con la cabeza.

—Voy a golpearte hasta que me des esos nombres. Debo ser un asesino, Lale.

Lale sacude su cabeza agachada y murmura todas las palabrotas que conoce.

—No tengo otra opción.

Numerosas emociones se mezclan en el interior de Lale. Nombres de prisioneros muertos revolotean en su mente. ¿Podría darle esos nombres a Jakub? «No. En algún momento lo descubrirán y estaré de vuelta aquí otra vez.»

—El asunto es —añade Jakub— que no puedo permitir que me des ningún nombre.

Lale lo mira confundido.

—Tú fuiste amable conmigo y yo voy a hacer que la paliza parezca peor de lo que es, pero te mataré antes de permitir que me des un solo nombre. Quiero que la menor cantidad posible de sangre inocente manche mis manos —explica Jakub.

—Oh, Jakub... Nunca imaginé que éste sería el trabajo que te asignarían. Lo siento mucho.

—Si debo matar a un judío para salvar a otros diez, lo haré.

Lale pone la mano sobre el hombro del enorme individuo.

—Haz lo que tengas que hacer.

—Habla sólo en yidis —dice Jakub, alejándose—. No creo que los SS de aquí te conozcan ni sepan que hablas alemán.

—Bien. En yidis entonces.

—Volveré más tarde.

De nuevo en la oscuridad, Lale reflexiona sobre su destino. Resuelve no dar nombres. La cuestión entonces es que se trata de decidir quién lo matará: un aburrido oficial de las SS cuya cena se está enfriando, o Jakub, que la considerará una muerte justa para salvar a otros. Una sensación de serenidad lo invade al resignarse a la muerte.

Se pregunta si alguien le contará a Gita lo que le sucedió, o si ella pasará el resto de su vida sin saberlo.

Luego cae en un profundo y exhausto sueño.

—¡¿Dónde está?! —ruge su padre al irrumpir en la casa.

Una vez más, Lale no se ha presentado a trabajar. Su padre ha llegado tarde a casa a cenar porque ha tenido que hacer el trabajo de su hijo. Lale corre e intenta esconderse detrás de su madre, sacándola del banco donde ella está subida y así poner una barrera entre él y su padre. Ella se da la vuelta y trata de agarrar a Lale de alguna manera, protegiéndolo de lo que de otro modo sería al menos un buen bofetón. Su padre no la obliga a alejarse ni hace nuevos intentos de atrapar a Lale.

—Yo me ocuparé de él —dice su madre—. Lo castigaré después de cenar. Ahora siéntate.

El hermano y la hermana de Lale ponen los ojos en blanco. Ya han visto y oído todo eso antes.

Más tarde, esa noche, Lale le promete a su madre que tratará de serle más útil a su padre. Pero es tan difícil ayudarlo... Lale teme terminar como él, viejo antes de tiempo, demasiado cansado como para dedicarle un simple cumplido a su esposa sobre su aspecto o acerca de la comida que ella pasa todo el día preparando para él. Eso no es lo que Lale quiere ser.

—Soy tu favorito, ¿verdad, mamá? —solía preguntarle.

Si ambos estaban solos en casa, su madre lo abrazaba con fuerza.

—Sí, cariño, tú eres mi favorito.

Pero si su hermano o su hermana estaban presentes, decía:

—Todos sois mis favoritos.

Lale nunca oyó a su hermano o a su hermana hacer esa pregunta, pero podrían haberla hecho en su ausencia. Cuando era un niño pequeño, a menudo le anunciaba a su familia que iba a casarse con su madre cuando fuera mayor. Su padre fingía no oírlo. Sus hermanos provocaban una discusión, diciéndole que su madre ya estaba casada. Después de poner fin a sus peleas, su madre lo llevaba a un lado y le explicaba que él encontraría a alguien algún día a quien amar y cuidar. Él nunca quería creerla.

Cuando se convirtió en un hombre joven, corría a casa a los brazos de su madre todos los días, en busca del abrazo de recibimiento, de la sensación de cercanía de su cuerpo reconfortante, de su piel suave, de los besos que ella depositaba en su frente.

—¿Qué puedo hacer para ayudarte? —le preguntaba.

—Eres un buen chico. Algún día serás un esposo maravilloso.

—Dime qué debo hacer para ser un buen marido. No quiero ser como papá. Él no te hace sonreír. Él no te ayuda.

—Tu padre trabaja muy duro para ganar dinero, para que nosotros podamos vivir.

—Lo sé, pero ¿no puede hacer las dos cosas? ¿Ganar dinero y hacerte sonreír?

—Tienes mucho que aprender antes de crecer, jovencito.

—Entonces enséñame. Deseo que la chica con la que me case me quiera y sea feliz conmigo.

La madre de Lale se sentaba, y él se sentaba frente a ella.

—Primero debes aprender a escucharla. Incluso si estás cansado, nunca estés demasiado cansado para no escuchar lo que ella tenga que decir. Tienes que saber lo que a ella le gusta y, lo que es más importante, lo que no le gusta. Cuando puedas, regálale pequeñas cosas..., tal vez flores, o bombones..., a las mujeres nos gustan esas cosas.

—¿Cuándo fue la última vez que papá te trajo un regalo?

—No importa. Lo que tienes que saber es lo que quieren las chicas, no lo que me regalan a mí.

—Cuando tenga dinero, te traeré flores y chocolatinas, lo prometo.

—Mejor ahorra tu dinero para la chica que capture tu corazón.

—¿Cómo voy a saber quién es ella?

—Oh, lo sabrás.

Ella lo cogía en sus brazos y le acariciaba el pelo: su chico, su hombrecito.

La imagen de su madre se disuelve..., lágrimas, la imagen se borra, Lale parpadea... e imagina a Gita en sus brazos mientras él le acaricia el pelo.

—Tenías razón, mamá. Lo sé.

Jakub vuelve a por él y lo arrastra por un pasillo hasta una pequeña habitación sin ventanas. Una bombilla desnuda cuelga del techo. Unas esposas penden de una cadena en la pared de atrás. Hay una vara de abedul en el suelo. Dos oficiales de las SS hablan entre sí, aparentemente ajenos a la presencia de Lale. Él camina hacia atrás, arrastrando los pies y sin levantar la vista del suelo. Sin previo aviso, Jakub le propina un fuerte golpe en la cara que lo envía trastabillando hacia la pared. En ese momento, los oficiales prestan atención. Lale trata de incorporarse. Jakub levanta el pie derecho despacio hacia atrás. Lale anticipa la patada que se avecina. Se aleja en el momento en que el pie de Jakub entra en contacto con sus costillas, entonces exagera el impacto y rueda, se sacude y se agarra el pecho. Mientras se levanta despacio, Jakub lo golpea en la cara otra vez. Esta vez recibe el golpe con toda su fuerza, aunque Jakub le había transmitido su intención de golpearlo. La sangre brota de su destrozada nariz. Jakub lo levanta con brusquedad y lo esposa a la cadena allí colgada.

A continuación, coge la vara de abedul, le quita la camisa y le da cinco azotes. Luego le baja los pantalones y los calzoncillos y le azota las nalgas cinco veces más. Los gritos de Lale no son fingidos. Jakub tira de su cabeza hacia atrás.

—¡Danos los nombres de los prisioneros que roban para ti! —ordena con voz firme y amenazante.

Los oficiales observan, de pie, relajados.

Lale niega con la cabeza, gimiendo.

—No los sé.

Jakub lo golpea diez veces más. La sangre corre por sus piernas. Los dos oficiales comienzan a prestar más atención y dan un paso para estar más cerca.

Jakub tira de nuevo de la cabeza de Lale hacia atrás y gruñe:

—¡Habla! —Acto seguido, le susurra al oído—: Di que no lo sabes y después te desmayas. —Luego, más fuerte—: ¡Dinos los nombres!

—¡Nunca pregunto! No lo sé. Tienes que creerme...

Jakub golpea a Lale en el estómago. Él afloja las rodillas, pone los ojos en blanco y finge desmayarse. Jakub se vuelve hacia los oficiales de las SS.

—Es un judío débil. Si supiera los nombres, ya nos los habría dicho. —Patea las piernas de Lale, que permanece colgado de las cadenas.

Los oficiales asienten con un gesto y salen de la habitación.

La puerta se cierra y Jakub libera rápidamente a Lale y lo deposita con suavidad en el suelo. Con un trapo que lleva escondido en la camisa, le limpia la sangre del cuerpo y le sube con delicadeza los pantalones.

—Lo siento mucho, Lale.

Lo ayuda a ponerse de pie, lo lleva de vuelta a su habitación y lo acuesta boca abajo.

—Lo has hecho bien. Tendrás que dormir así durante un tiempo. Volveré más tarde con un poco de agua y una camisa limpia. Descansa un poco ahora.

Durante los días siguientes, Jakub visita a Lale a diario con comida y agua y el ocasional cambio de camisa. Lo informa acerca del estado de sus heridas y cómo van sanando. Lale sabe que quedará marcado de por vida. «Quizá el *Tätowierer* merezca esto.»

—¿Cuántas veces me azotaste? —pregunta.

—No lo sé.

—Sí que lo sabes.

—Ya pasó, Lale, y te estás curando. Olvídalo.

—Me cuesta respirar por la nariz. ¿Me la rompiste?

—Es probable, pero no demasiado. La hinchazón se ha reducido y apenas está deformada. Sigues siendo guapo. Las chicas continuarán persiguiéndote.

—No quiero que las chicas me persigan.

—¿Por qué no?

—He encontrado a la que quiero.

Al día siguiente, la puerta se abre y Lale levanta la vista para saludar a Jakub, pero en cambio ve a dos oficiales de las SS. Le hacen señas para que se ponga de pie y vaya con ellos. Lale permanece sentado y trata de recomponerse. «¿Será éste el final? ¿Me llevan al muro negro?» En silencio, se despide de su familia y, al final, de Gita. Los SS se impacientan, entran en la habitación y lo apuntan con sus fusiles. Los sigue fuera. Le tiemblan las piernas. Al sentir el sol en la cara por primera vez en más de una semana, se tambalea entre los dos oficiales. Levanta la mirada, preparándose para enfrentarse a su destino, y ve a varios prisioneros que se amontonan en un camión cercano. «Quizá éste no sea el final.» Sus piernas se aflojan y los oficiales lo arrastran la corta distancia restante. Lo arrojan al interior del camión y Lale no mira atrás. Se aferra al costado del vehículo durante todo el camino a Birkenau.

20

Lale es ayudado a bajar del camión y arrastrado a la oficina del *Oberscharführer* Houstek. Los dos oficiales de las SS lo cogen de un brazo cada uno.

—No conseguimos nada de él, ni siquiera después de que el judío grandote hiciera su trabajo —informa uno de ellos.

Houstek se vuelve hacia Lale, que levanta la cabeza.

—Entonces ¿realmente no sabías sus nombres? ¿Y éstos no te dispararon?

—No, señor.

—Y te han devuelto a mí, ¿eh? Ahora eres de nuevo mi problema.

—Sí, señor.

Houstek se dirige a los oficiales.

—Llevadlo al bloque 31. —Luego se vuelve hacia Lale—. Te obligaremos a hacer un poco de trabajo duro antes de terminar contigo, recuerda lo que te digo.

Lale es arrastrado fuera de la oficina. Trata de mantener el ritmo de marcha de los SS, pero a mitad de camino se abandona y sacrifica la piel de la parte superior de sus pies arrastrados por la grava. Los oficiales abren la puerta del bloque 31, lo arrojan dentro y se van. Lale yace en el suelo, exhausto en cuerpo y alma. Varios reclusos se le acercan con cautela. Dos de ellos intentan ayudarlo a alzarse, pero Lale grita de dolor y se detienen. Uno de los hombres le sube la camisa y quedan a la vista los grandes verdugones en la espalda y las nalgas. Con más delicadeza esta vez, lo levantan y lo depositan en una litera. Pronto se queda dormido.

—Sé quién es éste —afirma uno de los prisioneros.

—¿Quién es? —pregunta otro.

—Es el *Tätowierer*. ¿No lo reconoces? Probablemente fue él quien te tatuó tu número.

—Sí, tienes razón. Me pregunto a quién habrá cabreado.

—Me dio raciones extras cuando estaba en el bloque 6. Siempre andaba repartiendo comida.

—No sé nada de eso. Sólo he estado en este bloque. Yo hice cabrear a alguien desde el día que llegué.

Los hombres se ríen en silencio y entre dientes.

—No podrá ir a buscar la cena. Le traeré parte de la mía. Lo va a necesitar mañana.

Poco después, Lale es despertado por dos hombres, cada uno con un pequeño pedazo de pan. Se lo ofrecen y él acepta agradecido.

—Tengo que salir de aquí.

Los hombres se ríen.

—Por supuesto, amigo. Tienes dos opciones: una es rápida, la otra podría llevarte un poco más de tiempo.

—Y ¿cuáles son?

—Bueno, mañana por la mañana puedes salir y arrojarte al carro de la muerte cuando pase por aquí. O puedes venir y trabajar en el campo con nosotros hasta que te caigas o les supliques que te disparen.

—No me gustan esas opciones. Tendré que buscar otra manera de hacerlo.

—Buena suerte, amigo. Será mejor que descanses. Mañana te espera un largo día, especialmente en tu estado.

Esa noche, Lale sueña con las veces que ha partido del hogar familiar.

La primera vez que se fue de su casa era un joven prometedor en busca de un futuro para sí. Encontraría un trabajo del que disfrutaría y en el que podría crecer. Tendría experiencias enriquecedoras, visitando las ciudades románticas de Europa acerca de las que había leído en los libros: París, Roma, Viena. Sobre todo, quería encontrar a esa persona de la que se enamoraría, a la que colmaría de afecto y de esas cosas que su madre le había dicho que eran importantes: flores, bombones, su tiempo y atención.

Su segunda partida, llena de incertidumbre y rumbo a lo desconocido, lo inquietó. ¿Qué habría más adelante?

Llegó a Praga después de un viaje de alejamiento de su familia largo y doloroso en el aspecto emocional. Se presentó, como se le había ordenado, en el departamento gubernamental correspondiente, y se le dijo que buscara alojamiento cerca y que acudiera una vez por semana hasta que se tomara una decisión sobre sus funciones. El 16 de abril, un mes después, le dijeron que se presentara con sus pertenencias en una escuela local. Allí fue alojado con un grupo de jóvenes judíos de toda Eslovaquia.

Lale estaba satisfecho con su aspecto, y la situación que vivía no le impedía conservarlo lo mejor posible. Todos los días lavaba su ropa en los baños de la escuela. No sabía hacia dónde se dirigía, pero quería estar seguro de que tendría una buena apariencia cuando llegara.

Después de cinco días de permanecer sentados, aburridos, asustados, pero sobre todo aburridos, se les pidió a Lale y a los demás que recogieran sus cosas y fueron conducidos a la estación de ferrocarril. No se les dijo adónde iban. Un tren destinado al transporte de ganado se detuvo y se ordenó a aquellos hombres que subieran a él. Algunos se opusieron, diciendo que ese vagón mugriento insultaba su dignidad. Lale observó la reacción. Vio por primera vez que sus compatriotas apuntaban sus fusiles contra los judíos y derribaban a los que seguían protestando. Subió al vagón junto con todos los demás. Cuando ya no cabía ni uno más, vio que las puertas se cerraban de golpe y oyó que los soldados del ejército eslovaco —hombres cuya misión debería haber sido protegerlo— corrían los cerrojos.

Una y otra vez, oye el ruido de las puertas que se cierran y son trabadas, cerradas con fuerza para correr los cerrojos.

A la mañana siguiente, los dos amables prisioneros ayudan a Lale a salir del barracón y lo sostienen mientras esperan que se pase lista. «¿Cuánto tiempo ha transcurrido desde que mi vida es así?» Números, números. La supervivencia está siempre relacionada con tu número. Seguir figurando en la lista de tu *kapo* te dice que todavía estás vivo. El número de Lale es el último de la lista, ya que es el ocupante más reciente del bloque 31. No responde la primera vez que lo llaman. Alguien le da un codazo. Después de una taza de café viejo y aguado y una fina rebanada de pan duro, los conducen a su trabajo.

En un terreno entre los dos campos de concentración de Auschwitz y Birkenau, les hacen transportar grandes piedras de un lado a otro. Cuando todas las piedras han sido cambiadas de lugar, se les ordena que vuelvan a ponerlas en el lugar de donde las han sacado. Y así transcurre el día. Lale piensa en los cientos de veces que ha pasado por el camino que hay al lado y ha visto el desarrollo de esa actividad. «No, yo sólo la entreví. En realidad no podía ver lo que estos hombres estaban soportando.» Enseguida se da cuenta de que los oficiales le disparan al último que llega con su piedra.

Lale necesita usar toda su fuerza. Le duelen los músculos, pero su mente se mantiene fuerte. En una ocasión, él es el penúltimo en llegar. Cuando termina el día, los que aún viven recogen los cuerpos de los asesinados y los llevan de vuelta al campo.

Lale es liberado de esa tarea, pero le dicen que sólo tiene un día de gracia. Al día siguiente tendrá que cargar con su peso, siempre que siga vivo.

Mientras camina hacia Birkenau, ve a Baretski de pie frente a las puertas de entrada. Se pone a caminar junto a Lale.

—Me enteré de lo que te sucedió.

Lale lo mira.

—Baretski, ¿podría ayudarme en algo?

Al pedir ayuda está admitiendo ante los otros hombres que él es diferente de ellos. Conoce el nombre del oficial y puede pedirle ayuda. Mostrarse amigable con el enemigo conlleva una gran vergüenza, pero Lale necesita hacerlo.

—Tal vez... ¿De qué se trata? —Baretski parece incómodo.

—¿Podría llevarle un mensaje a Gita?

—¿De verdad quieres que ella sepa dónde estás? ¿No sería mejor que pensara que ya estás muerto?

—Sólo dígale exactamente dónde estoy: bloque 31, y dígale que se lo transmita a Cilka.

—¿Quieres que su amiga sepa dónde estás?

—Sí, es importante. Ella lo entenderá.

—Mmm... Lo haré si me apetece. ¿Es verdad que tenías una fortuna en diamantes debajo del colchón?

—¿Mencionaron también los rubíes, las esmeraldas, los dólares yanquis, las libras británicas y las sudafricanas?

Baretski sacude la cabeza, riéndose y dándole a Lale dolorosas palmadas en la espalda antes de alejarse.

—¡Cilka! ¡Gita debe decírselo a Cilka! —le grita.

Con un ligero movimiento hacia atrás del brazo, Baretski se despide de él.

Baretski entra en el campo de mujeres cuando están formando en fila para la cena. Cilka lo ve cuando se acerca a la *kapo* y luego señala a Gita. La *kapo* le hace señas a Gita con el dedo. Cilka se aproxima a Dana cuando Gita camina lentamente hacia Baretski. No pueden oír lo que dice, pero su mensaje hace que Gita se cubra la cara con las manos. Luego se vuelve hacia sus amigas y regresa corriendo a sus brazos.

—¡Está vivo! Lale está vivo —informa—. Me ha dicho que debía decírtelo a ti, Cilka, está en el bloque 31.

—¿Por qué a mí?

—No lo sé, pero ha dicho que Lale había insistido en que te lo dijera a ti.

—¿Qué puede hacer ella? —pregunta Dana.

Cilka aparta la mirada mientras su mente trabaja de manera febril.

—No lo sé —dice Gita, que no está de humor para analizar nada—. Sólo sé que está vivo.

—Cilka, ¿qué puedes hacer tú? ¿Cómo puedes ayudar? —suplica Dana.

—Tengo que pensarlo —responde ella.

—Está vivo. Mi amor está vivo —repite Gita.

Esa noche, Cilka yace en los brazos de Schwarzhuber. Se da cuenta de que aún no está dormido. Abre la boca para decir algo, pero es silenciada cuando él retira el brazo debajo de ella.

—¿Está usted bien? —pregunta vacilante, temiendo que él sospeche algo raro en una pregunta tan íntima.

—Sí.

Se percibe una cierta suavidad en la voz de él que ella no ha oído nunca antes y, envalentonada, continúa.

—Jamás le he pedido nada antes, ¿verdad? —dice vacilante.

—Eso es cierto —responde él.

—¿Puedo pedirle algo?

El día siguiente transcurre. Lale hace su parte y ayuda a llevar a uno de los hombres muertos. Se odia a sí mismo por pensar tan sólo en el dolor corporal que eso le causa, con poca compasión por el hombre muerto. «¿Qué me está ocurriendo?» Con cada paso, el dolor en sus hombros amenaza con arrastrarlo al suelo. «Lucha, lucha contra eso.»

Cuando entran en el campo, su atención es atraída por dos personas de pie justo al otro lado de la valla que separa a los prisioneros de los alojamientos de los oficiales. La pequeña Cilka está al lado del *Lagerführer* Schwarzhuber. Un guardia del lado de la cerca donde está Lale habla con ellos. Lale se detiene. Afloja la mano que sostiene el cadáver, lo que hace que el prisionero que lo sujeta por el otro extremo tropiece y caiga. Lale mira a Cilka, que lo mira de reojo antes de decirle algo a Schwarzhuber.

Éste asiente con la cabeza y señala a Lale. Luego Cilka y Schwarzhuber se alejan y el guardia se acerca a Lale.

—Ven conmigo.

Él deja en el suelo las piernas que ha estado cargando y mira por primera vez la cara del muerto. Su compasión regresa e inclina la cabeza ante el trágico final de una nueva vida. Dirige una mirada de disculpa al otro hombre que lleva el cuerpo y se apresura a seguir al guardia. Los otros reclusos del bloque 31 clavan la mirada en él.

El guardia le dice a Lale:

—Me han ordenado que te lleve a tu antigua habitación en el campamento gitano.

—Conozco el camino.

—Como quieras.

El guardia se aleja de él.

Lale se detiene fuera del campamento gitano, observando a los niños que corretean por ahí. Varios de ellos lo miran, tratando de darle sentido a su regreso. El *Tätowierer*, les han dicho, está muerto. Uno de ellos corre hacia él para abrazarlo por la cintura, para abrazarlo con fuerza, dándole la bienvenida al «hogar». Los otros se suman, y no pasa mucho tiempo antes de que los adultos comiencen a salir del barracón para saludarlo.

—¿Dónde has estado? —le preguntan—. ¿Estás herido?

Lale evita todas sus preguntas.

Nadya está de pie en la parte de atrás del grupo. Lale establece contacto visual con ella y se abre paso a empujones entre los hombres, las mujeres y los niños, hasta que se detiene frente a ella. Con un dedo seca una lágrima de su mejilla.

—Me alegro de verte, Nadya.

—Te hemos echado de menos. Yo te he echado de menos.

Lale sólo puede asentir con la cabeza. Necesita escapar rápidamente antes de romper a llorar delante de todos. Se dirige veloz a su habitación, cierra la puerta al mundo y se echa sobre su antigua cama.

21

—¿Estás seguro de que no eres un gato?

Lale oye las palabras y hace un esfuerzo para comprobar dónde está. Abre los ojos y ve a un sonriente Baretski junto a él.

—¿Qué?

—Debes de ser un gato, porque seguro que tienes más vidas que cualquiera de aquí.

Lale se sienta con gran esfuerzo.

—Fue...

—Cilka. Sí, lo sé. Debe de ser agradable tener amigos en las altas esferas.

—Con gusto daría mi vida para que ella no necesitara de esos amigos.

—Has estado a punto de darla. Aunque eso no la habría ayudado mucho a ella.

—Sí, no puedo hacer nada para arreglar esa situación.

Baretski se ríe.

—Realmente crees que tú gobiernas estos campamentos, ¿no es así? Aunque, caray, tal vez eso sea cierto. Todavía estás vivo y no deberías estarlo. ¿Cómo saliste del bloque 11?

—No tengo ni idea. Cuando me sacaron, estaba seguro de que me llevaban al muro negro, pero luego me metieron en un camión y me trajeron aquí.

—Nunca he conocido a nadie que haya salido de la *Strafkompanie*, de modo que te felicito —dice Baretski.

—Hay una parte de la historia que no logro comprender. ¿Cómo es que he recuperado mi antigua habitación?

—Muy sencillo: te corresponde por tu trabajo.

—¿Qué?

—Tú eres el *Tätowierer*, gracias a Dios. El eunuco que te reemplazó no era de lo mejor.

—¿Houstek me deja recuperar mi trabajo?

—Yo trataría de no acercarme a él. Él no te quería de vuelta; quería verte fusilado. Fue Schwarzhuber quien tuvo otros planes para ti.

—Debo conseguir al menos un poco de chocolate para Cilka.

—No lo hagas, *Tätowierer*. Serás vigilado muy de cerca. Ahora, vamos, te llevaré al trabajo.

Cuando salen de la habitación, Lale dice:

—Lo siento, no pude conseguir las medias de nailon que usted quería. Hice arreglos, pero luego todo se fue al traste.

—Mmm, bueno, al menos lo intentaste. De todos modos, ella ya no es mi novia. Me dejó.

—Lo lamento. Espero que no haya sido por algo que yo sugerí.

—No lo creo. Simplemente conoció alguien que vive en la misma ciudad..., mejor dicho, el mismo país que ella.

Lale considera decir algo más, pero decide permanecer callado. Baretski lo conduce fuera de su bloque hasta el campo, adonde ha llegado un camión de hombres y se está llevando a cabo la selección. Sonríe para sus adentros al ver a Leon, que está trabajando, moviendo la aguja de tatuar, derramando tinta. Baretski se aleja y él se acerca a Leon por detrás.

—¿Necesitas que te eche una mano?

Leon se vuelve y vuelca un frasco de tinta cuando agarra la mano de Lale para sacudirla con fuerza, feliz.

—¡Qué alegría verte! —exclama.

—Créeme, me alegro de estar de vuelta. ¿Cómo estás?

—Todavía meando sentado. Aparte de eso, estoy bien. Y mucho mejor ahora que estás aquí.

—A seguir trabajando entonces. Parece que nos están enviando un montón de gente.

—¿Gita sabe que has vuelto? —pregunta Leon.

—Supongo que sí. Fue su amiga Cilka quien me sacó.

—¿Es la que...?

—Sí. Trataré de verlas mañana. Dame una de esas agujas. Será mejor que no les dé ninguna excusa para que vuelvan a enviarme a ese lugar.

Leon le ofrece su aguja de tatuar y busca otra en el maletín de Lale. Juntos comienzan a trabajar, tatuando a los nuevos residentes de Birkenau.

A la tarde siguiente, Lale está esperando fuera del edificio de la administración cuando las chicas salen del trabajo. Dana y Gita no lo ven hasta que él se detiene justo delante de ellas, cortándoles el paso. Pasa un momento antes de que reaccionen. Luego, ambas corren hacia él y lo abrazan con fuerza. Dana llora. No hay lágrimas en el rostro de Gita. Lale se aparta un poco y las coge a ambas de la mano.

—Las dos seguís siendo hermosas —les dice.

Gita lo golpea en el brazo con su mano libre.

—Creí que estabas muerto. Otra vez. Pensé que nunca volvería a verte.

—Yo también —reconoce Dana.

—Pero no lo estoy. Gracias a ti, y a Cilka, no estoy muerto. Estoy aquí con vosotras, donde debo estar.

—Pero... —exclama Gita.

Lale se acerca a ella y la abraza con fuerza.

Dana lo besa en la mejilla.

—Os dejo solos. Me alegra tanto verte, Lale. Pensé que Gita moriría de tristeza si no regresabas pronto.

—Gracias, Dana —dice él—. Eres una buena amiga.

Mientras ella se aleja, la sonrisa no abandona su rostro.

Cientos de prisioneros se mueven por el campo mientras Lale y Gita permanecen allí de pie, sin saber qué hacer a continuación.

—Cierra los ojos —le pide él.

—¿Qué?

—Ciérralos y cuenta hasta diez.

—Pero...

—Sólo haz lo que te digo.

Primero un ojo y luego el otro, Gita hace lo que le pide. Cuenta hasta diez y a continuación los abre de nuevo.

—No lo entiendo.

—Todavía estoy aquí. Nunca te dejaré otra vez.

—Vamos, tenemos que seguir moviéndonos —le dice ella.

Caminan hacia el sector de las mujeres. Sin sobornos para la *kapo*, Lale no puede arriesgarse a que Gita llegue tarde. Se inclinan suavemente el uno hacia el otro.

—No sé cuánto tiempo más podré soportar esto.

—No puede durar para siempre, cariño. Sólo resiste, por favor, resiste. Tendremos el resto de nuestras vidas para estar juntos.

—Pero...

—Sin peros. Te prometí que dejaríamos este lugar y tendríamos una vida juntos.

—¿Cómo podremos hacerlo? Ni siquiera sabemos lo que nos deparará el mañana. Mira lo que acaba de ocurrirte.

—Estoy aquí contigo ahora, ¿verdad?

—Lale...

—No digas nada, Gita.

—¿Me contarás lo que te pasó? ¿Dónde has estado?

Él niega con la cabeza.

—No. Estoy de vuelta aquí contigo ahora. Lo que importa es lo que te he dicho muchas veces, que saldremos de este lugar y tendremos juntos una vida libre. Confía en mí, Gita.

—Sí.

A Lale le gusta el sonido de esa palabra.

—Algún día me dirás esa simple palabra en diferentes circunstancias. Frente a un rabino, rodeados de nuestros familiares y amigos.

Gita se ríe entre dientes y apoya la cabeza por un momento en el hombro de él al llegar a la entrada del sector de las mujeres.

Mientras Lale regresa a su barracón, dos jóvenes se le acercan y caminan junto a él.

—¿Es usted el *Tätowierer*?

—Y ¿tú quién eres? —replica Lale.

—Nos han dicho que podría conseguirnos algo de comida extra.

—Quien te haya dicho eso estaba equivocado.

—Podemos pagar —insiste el otro, y abre el puño para mostrarle un diamante pequeño pero perfecto.

Lale aprieta los dientes.

—Vamos, cójalo. Si puede conseguirnos algo, realmente se lo agradeceríamos mucho, señor.

—¿En qué bloque estáis?

—Siete.

«¿Cuántas vidas tiene un gato?»

A la mañana siguiente, Lale se pasea cerca de las puertas principales, maletín en mano. Dos veces los oficiales se le acercan.

—*Politische Abteilung* —dice en ambas ocasiones, y lo dejan tranquilo.

No obstante, está más inquieto de lo que suele estarlo. Victor y Yuri se separan de la fila de hombres que acceden al campo y lo saludan con afecto.

—¿Podemos preguntarte dónde has estado? —quiere saber Victor.

—Mejor no —responde Lale.

—¿Has vuelto al negocio?

—No como antes. Lo estoy reduciendo, ¿de acuerdo? Sólo un poco de comida extra, si puedes, no más medias de nailon.

—Por supuesto. Bienvenido de nuevo —dice Victor con entusiasmo.

Lale le da la mano, Victor se la estrecha, y el diamante cambia de dueño.

—Pago inicial. ¿Te veo mañana?

—Mañana.

Yuri observa.

—Me alegra verte de nuevo —susurra en voz baja.

—A mí también me alegra verte, Yuri. Has crecido, ¿no?

—Sí, creo que sí.

—Por casualidad —dice Lale—, ¿no tendrías algo de chocolate contigo? De veras, necesito pasar algún tiempo con mi novia.

Yuri saca una barrita de su bolso y se la entrega con un guiño.

Lale acude directamente al sector de mujeres y al bloque 29. La *kapo* está donde siempre, tomando el sol. Ve a Lale, que se acerca.

—*Tätowierer*, me alegra verte de nuevo —lo saluda.

—¿Has perdido peso? Tienes buen aspecto —le comenta él sin el menor atisbo de ironía.

—Hacía mucho que no venías por aquí.

—He vuelto. —Le entrega el chocolate.

—Ahora te la traigo.

Lale la observa mientras ella se dirige al edificio de la administración y habla con una oficial de las SS en la puerta. Luego él entra en el barracón y se sienta, esperando que Gita aparezca en la puerta. No tiene que esperar mucho antes de que eso ocurra. Ella cierra la puerta y camina hacia él. Lale se levanta y se apoya en el poste de la litera. Teme no poder decir las palabras que quiere decir. Oculta su rostro tras una máscara de autocontrol.

—Hacer el amor donde sea y cada vez que queramos. Podemos no ser libres, pero elijo ahora y elijo aquí. ¿Qué te parece?

Ella se arroja a sus brazos y le llena la cara de besos. Cuando comienzan a desvestirse, Lale se detiene y coge las manos de Gita.

—Me preguntaste si te diría dónde había estado y te dije que no, ¿lo recuerdas?

—Sí.

—Bueno, todavía no quiero hablar de eso, pero hay algo que no puedo ocultar. No debes tener miedo, yo estoy bien, pero recibí algunas palizas.

—Muéstramelo.

Lale se quita la camisa despacio y le da la espalda. Ella no dice nada, pero pasa los dedos con suavidad sobre las marcas de su espalda. Luego siguen sus labios y él sabe que ya no hay nada más que decir. Hacen el amor lentamente, con dulzura. Lale siente que las lágrimas se acumulan y las contiene. Jamás ha sentido un amor tan profundo.

22

Lale pasa los largos y calurosos días de verano con Gita, o pensando en ella. No obstante, la cantidad de trabajo no ha disminuido; todo lo contrario: miles de judíos húngaros llegan a Auschwitz y Birkenau todas las semanas. Como resultado de ello, estalla la inquietud entre los hombres y las mujeres de los campos de concentración. Lale ha descubierto por qué. Cuanto más elevado es el número en el brazo de una persona, menos respeto recibe de los demás. Cada vez que personas de otra nacionalidad llegan en grandes cantidades, se producen guerras territoriales. Gita le habla de lo que ocurre en el campo de las mujeres. Las jóvenes eslovacas, que han estado allí durante más tiempo, se sienten invadidas por las chicas húngaras, que se niegan a aceptar que no tienen derecho a los mismos pequeños beneficios de los que gozan las eslovacas después de haber trabajado duro para conseguirlos. Gita y sus amigas sienten que sobrevivir a lo que ellas han sobrevivido debe servir para algo. Así, por ejemplo, han conseguido ropa informal del Canadá. Ya basta de pijamas de rayas azules y blancas para ellas. Y no están dispuestas a compartirla. Los SS no toman partido cuando se producen las peleas; todas las involucradas son castigadas con la misma falta de misericordia: se les niegan las escasas raciones de comida; pueden ser azotadas, a veces sólo el golpe con la culata de un fusil o con la fusta, otras veces son golpeadas de forma salvaje mientras sus compañeras prisioneras son obligadas a mirar.

Gita y Dana se mantienen alejadas de cualquier pelea. Gita tiene ya suficientes complicaciones por los celos mezquinos en su trabajo en el edificio de la administración, por su amistad con la aparentemente protegida Cilka y, por supuesto, por las visitas de su novio, el *Tätowierer*.

Lale es en gran medida inmune a las disputas en el campo de concentración. Al trabajar con Leon y con sólo un puñado de otros prisioneros junto a los SS, está lejos de la difícil situación de los miles de hombres hambrientos que deben trabajar, luchar, vivir y morir juntos. El hecho de vivir entre los romaníes también le da una sensación de seguridad y pertenencia. Se da cuenta de que se ha establecido en un ritmo de vida que es cómodo en relación con las condiciones de la mayoría. Él trabaja cuando tiene que hacerlo, pasa con Gita el tiempo del que puede disponer, juega con los niños romaníes, habla con sus padres, sobre todo con los hombres más jóvenes, pero también con las mujeres mayores. Le encanta la manera en que se preocupan por todos, no sólo por su familia biológica. No se relaciona tan bien con los hombres mayores, que en su mayoría se sientan sin involucrarse con los niños, ni tampoco con los adultos jóvenes ni las ancianas. Cuando los observa, a menudo piensa en su propio padre.

Una noche, muy tarde, se despierta por los gritos de los SS, los ladridos de los perros, y los chillidos de mujeres y niños. Abre la puerta y ve que los hombres, las mujeres y los niños de su barracón son sacados a la fuerza. Observa hasta que la última mujer, con un bebé en brazos, es empujada brutalmente hacia la noche. Los sigue a todos afuera y se detiene aturdido al ver que también los otros bloques gitanos de alrededor están siendo desocupados. Miles de personas son conducidas a los camiones cercanos. El campo está iluminado y docenas de SS y sus perros acorralan a la multitud, disparándole a cualquiera que no responda de inmediato a la orden de «¡Sube al camión!».

Lale detiene a un oficial que reconoce cuando pasa por su lado.

—¿Adónde los llevan? —pregunta.

—¿Quieres unirte a ellos, *Tätowierer*? —responde el hombre mientras sigue caminando.

Lale se sumerge en las sombras y observa a aquella gente. Ve a Nadya y corre hacia ella.

—Nadya... —suplica—. No te vayas.

Ella se esfuerza y le ofrece una valiente sonrisa.

—No tengo otra opción, Lale. Yo voy a donde va mi gente. Adiós, amigo mío, ha sido... —Un oficial la empuja antes de que pueda terminar de hablar.

Lale se queda paralizado, mirando hasta que la última persona es cargada en los camiones. Luego los vehículos se van y él regresa despacio al barracón en ese momento inquietantemente silencioso. Vuelve a la cama. No podrá conciliar el sueño.

Por la mañana, sumido en la tristeza, se une a Leon y ambos trabajan a un ritmo furioso a medida que van llegando los nuevos transportes.

Mengele recorre las filas silenciosas, dirigiéndose poco a poco hacia el puesto de los tatuadores. Las manos de Leon tiemblan al verlo cerca. Lale trata de dirigirle una mirada tranquilizadora. Pero el bastardo que lo mutiló está a sólo unos metros de distancia. Mengele se detiene y observa mientras trabajan. Cada tanto, examina de cerca algún tatuaje, lo que aumenta la agitación de Lale y de Leon. Su irónica y mortal sonrisa nunca abandona su rostro. Intenta establecer contacto visual con Lale, que nunca levanta la vista por encima del nivel del brazo en el que está trabajando.

—*Tätowierer, Tätowierer...* —dice Mengele, doblándose sobre la mesa—, quizá hoy te lleve. —Inclina la cabeza con curiosidad; parece estar disfrutando de la incomodidad de Lale. Luego, una vez terminada su diversión, se aleja.

Algo ligero le cae en la cabeza y Lale levanta la vista. Las cenizas provienen del crematorio cercano. Comienza a temblar y suelta la aguja de tatuar. Leon trata de tranquilizarlo.

—Lale, ¿qué ocurre? ¿Qué te pasa?

El grito de Lale es sofocado por un sollozo.

—¡Bastardos, malditos bastardos...!

Leon lo agarra por el brazo tratando de que se controle mientras Mengele los mira y se encamina de nuevo hacia ellos. A Lale se le nubla la vista. Está fuera de control. «Nadya.» Intenta controlarse desesperadamente cuando llega Mengele. Siente que está a punto de vomitar.

El aliento del médico lo golpea en la cara.

—¿Va todo bien por aquí?

—Sí, *Herr Doktor*, todo va bien —responde Leon con voz temblorosa. Luego se agacha y recoge la aguja de Lale—. Sólo una aguja rota. La arreglaremos y volveremos al trabajo —añade.

—No tienes buen aspecto, *Tätowierer*. ¿Quieres que te examine? —pregunta Mengele.

—Estoy bien, sólo una aguja rota. —Lale tose. Mantiene la cabeza gacha, se vuelve e intenta regresar al trabajo.

—*Tätowierer!* —grita Mengele.

Lale se vuelve hacia él con la mandíbula apretada, la cabeza siempre baja. Mengele ha desenfundado la pistola. La sostiene floja a un lado.

—Podría hacer que te dispararan por darme la espalda. —Levanta el arma, apunta a la frente de Lale—. Mírame. Podría dispararte ahora mismo. ¿Qué te parece?

Lale levanta la cabeza pero dirige la vista más allá del doctor, negándose a mirarlo a los ojos.

—Sí, *Herr Doktor*. Lo siento, no volverá a suceder, *Herr Doktor* —murmura.

—¡Vuelve al trabajo! ¡Te estás retrasando! —grita Mengele, y de nuevo se marcha.

Lale mira a Leon y señala las cenizas que en ese momento están cayendo por todos lados.

—Vaciaron el campamento gitano anoche.

Leon le da su aguja para tatuar antes de volver al trabajo en silencio. Lale mira hacia arriba en busca del sol para que brille sobre él. Pero está cubierto por las cenizas y el humo.

Esa noche regresa a su bloque, que ya está ocupado por las personas que él y Leon han marcado antes. Se encierra en su habitación. No quiere hacer amigos. No esa noche. Nunca más. Sólo quiere silencio en su barracón.

23

Durante semanas, el tiempo que Lale y Gita pasan juntos permanecen principalmente en silencio mientras ella trata en vano de consolarlo. Él le contó lo sucedido y, aunque ella entiende su tristeza, no la comparte en el mismo grado. No es culpa suya no haber llegado a conocer nunca a la «otra familia» de Lale. Gita había disfrutado escuchando los relatos de él sobre los niños y sus intentos de jugar sin juguetes, pateando pelotas hechas de nieve o de escombros, viendo quién podía saltar más alto para tocar las tablillas de madera de su edificio, y sobre todo jugando a perseguirse unos a otros. Gita trata de hacer que Lale le hable sobre su familia biológica, pero él se muestra terco y se niega a decir nada más hasta que ella comparta información sobre su propia vida. Ella no sabe cómo romper el hechizo de dolor de Lale. Ambos han soportado, durante más de dos años y medio, lo peor de la humanidad. Pero ésa es la primera vez que ve a Lale sumirse en semejante depresión.

—¡Y ¿qué sucede con los miles de nuestra gente?! —le grita ella un día—. ¿Qué hay de lo que has visto en Auschwitz, con Mengele? ¿Sabes cuánta gente ha pasado por estos dos campos? ¿Lo sabes? —Lale no responde—.

Yo veo las fichas con los nombres y las edades, bebés, abuelos..., veo sus nombres y sus números. Ni siquiera puedo contar hasta esas enormes cantidades.

Lale no necesita que Gita le recuerde el número de personas que han pasado por los campos de concentración. Él mismo les ha marcado la piel. Él la mira; ella fija los ojos en el suelo. Se da cuenta de que, si bien para él eran sólo números, para Gita eran nombres. El trabajo de ella implica que sepa más sobre esas personas que él. Ella sabe sus nombres y sus edades, y se da cuenta de que ese conocimiento la perseguirá para siempre.

—Lo siento, tienes razón —se disculpa él—. Cualquier muerte es excesiva. Trataré de no estar tan triste.

—Quiero que seas tú mismo conmigo, pero esto se ha prolongado durante demasiado tiempo, Lale, y un día es mucho tiempo para nosotros.

—Inteligentes y hermosos. Nunca los olvidaré, ¿sabes?

—Yo no podría amarte si los olvidaras. Eran tu familia, lo sé. Sé que es extraño que yo te lo diga, pero los honrarás manteniéndote con vida, sobreviviendo a este lugar y diciéndole al mundo lo que sucedió aquí.

Lale se inclina para besarla, su corazón repleto de amor y de dolor.

De pronto, resuena una gran explosión que sacude el suelo donde están sentados, detrás del bloque de la administración, y los hace ponerse en pie de un salto y correr hacia la parte delantera del edificio. Una segunda explosión los hace dirigir la mirada hacia el crematorio no lejos de ellos, donde hay mucho humo y el desorden y la confusión van en aumento. Los trabajadores *Sonderkommando* salen corriendo del edificio, la mayoría de ellos hacia la valla que rodea el campo. Se oyen disparos que surgen de lo alto del crematorio. Lale mira y ve a unos *Sonderkommando* allí arriba que disparan sin parar. Los SS responden con sus ametralladoras pesadas en represalia. En pocos minutos ponen fin a los disparos.

—¿Qué está pasando? —quiere saber Gita.

—No lo sé. Mejor vamos adentro.

Las balas golpean el suelo a su alrededor, ya que los SS disparan contra cualquiera que quede dentro del alcance de sus miras. Lale arrastra a Gita con fuerza contra un edificio. Otra explosión fuerte.

—Ése es el crematorio cuatro..., alguien lo ha hecho explotar. Tenemos que irnos de aquí.

Los prisioneros huyen del edificio de la administración y son abatidos a tiros.

—Tengo que llevarte de vuelta a tu bloque. Es el único lugar donde estarás a salvo.

Se oye un mensaje por los altavoces: «A todos los prisioneros: regresad a vuestros bloques. Nadie os disparará si lo hacéis ahora».

—Vete, deprisa.

—Estoy asustada, llévame contigo —implora ella llorando.

—Estarás más segura en tu barracón esta noche. Seguro que van a pasar lista. Cariño, no puedes dejar que te atrapen fuera de tu bloque.

Ella duda.

—Ve ahora. Quédate esta noche en tu barracón, y ve a trabajar con normalidad mañana. No debes darles ninguna razón para que empiecen a buscarte. Debes despertar mañana.

Ella respira profundamente y da media vuelta dispuesta a correr.

Al despedirse, Lale le dice:

—Mañana te buscaré. Te quiero.

Esa noche, Lale rompe su regla y se reúne con los hombres, en su mayoría húngaros, de su bloque para enterarse de lo que pueda acerca de lo sucedido esa tarde. Parece que algunas de las mujeres que trabajan en una fábrica de munición cercana habrían estado llevando de estraperlo pequeñas cantidades de pólvora al volver a Birkenau, metiéndola debajo de las uñas. Se las habrían estado llevando a los *Sonderkommando,* quienes habrían fabricado toscas granadas con latas de sardinas. También habrían estado acumulando armas, incluidas armas pequeñas, cuchillos y hachas.

Los hombres del barracón de Lale también le hablan de rumores sobre un levantamiento general, al que querían unirse, pero no creían que fuera a producirse ese día. Se han enterado de que los rusos están avanzando, y el levantamiento está planeado para coincidir con su llegada, para ayudarlos a liberar el campo. Lale se enfurece consigo mismo por no haber trabado antes amistad con sus compañeros de bloque. El hecho de no saber esas cosas ha estado a punto de matar a Gita. Les hace muchas preguntas a los hombres acerca de lo que saben sobre los rusos y cuándo es probable que lleguen. Las respuestas no son muy precisas, pero sí suficientes como para generar un leve optimismo.

Han pasado meses desde que el avión estadounidense sobrevoló el campo. Los transportes han seguido llegando. Lale no ha visto disminución alguna en la dedicación de la maquinaria nazi al exterminio de judíos y otros grupos. De todas maneras, estas últimas llegadas tienen una conexión más reciente con el mundo exterior. «Quizá la liberación se esté acercando.» Está decidido a contarle a Gita la información recibida y a pedirle que esté atenta en la oficina para obtener cualquier información que pueda.

Por fin, un rayo de esperanza.

24

El otoño es terriblemente frío. Muchos no sobreviven. Lale y Gita se aferran a su tenue luz de esperanza. Ella transmite a sus compañeras de bloque los rumores sobre los rusos y las alienta a creer que pueden sobrevivir a Auschwitz. Cuando comienza 1945, las temperaturas descienden todavía más. Gita no puede impedir que la moral se vaya debilitando. Los tibios abrigos salidos del Canadá no consiguen evitar el frío, y el miedo a otro año más se apodera del mundo olvidado de Auschwitz-Birkenau. Los cargamentos son menos frecuentes. Esto tiene un efecto perverso en los prisioneros que trabajan para las SS, en particular en los *Sonderkommando*. El hecho de tener menos trabajo que hacer los pone en peligro de ser ejecutados. En cuanto a Lale, él ha acumulado algunas reservas, pero su provisión de nueva moneda ha disminuido, y los lugareños, incluidos Victor y Yuri, ya no entran a trabajar. Las construcciones se han interrumpido. Lale se ha enterado de las prometedoras noticias de que dos de los crematorios dañados en las explosiones por los integrantes de la resistencia no van a ser reparados. Por primera vez, son más las personas que están saliendo de Birkenau que las que entran. Gita y sus compañeras de trabajo se turnan para registrar a los que son enviados, supuestamente, a otros campos de concentración.

La nieve se acumula en el suelo un día de finales de enero cuando le dicen a Lale que Leon «se ha ido». Le pregunta a Baretski, mientras caminan juntos, si él sabe adónde lo han enviado. Baretski no tiene respuesta y le advierte que él también podría encontrarse en un transporte fuera de Birkenau. Pero Lale todavía puede moverse casi siempre sin ser observado, sin la obligación de presentarse cuando pasan lista todas las mañanas y todas las noches. Él espera que eso lo mantenga en el campo, pero no tiene la misma confianza en cuanto a que Gita siga allí. Baretski deja escapar su risa insidiosa. La noticia de la probable muerte de Leon moviliza reservas de dolor que Lale no sabía que todavía tenía.

—Usted ve su mundo reflejado en un espejo, pero yo tengo otro distinto —dice Lale.

Baretski se detiene. Mira a Lale, y él le sostiene la mirada.

—Miro el mío —continúa Lale— y veo un mundo que hará caer al suyo.

Baretski sonríe.

—Y ¿crees que tú vivirás para verlo?

—Sí, eso creo.

Baretski lleva la mano a su pistola enfundada.

—Yo podría romper tu espejo ahora mismo.

—No hará tal cosa.

—Has pasado demasiado tiempo al frío, *Tätowierer*. Ve a calentarte y recupera el sentido. —Baretski se aleja.

Lale lo mira mientras se va. Sabe que, si alguna vez llegaran a encontrarse en una noche oscura en igualdad de condiciones, sería él quien se alejaría. No tendría reparos en arrebatarle la vida a ese hombre. Lale tendría la última palabra.

Una mañana de finales de enero, Gita avanza con dificultad en la nieve para encontrarse con Lale. Va corriendo hacia su bloque, un lugar al que él le ha dicho que nunca se acercara.

—¡Algo está sucediendo! —grita.

—¿Qué quieres decir?

—Los SS están actuando de manera extraña. Parecen presas del pánico.

—¿Dónde está Dana? —pregunta Lale preocupado.

—No lo sé.

—Búscala. Ve a tu bloque y quédate allí hasta que yo llegue.

—Quiero quedarme contigo.

Lale la aparta de él, manteniéndola a distancia.

—Date prisa, Gita, busca a Dana e id a vuestro bloque. Yo iré a buscaros cuando pueda. Necesito averiguar qué está pasando. Hace semanas que no hay nuevas llegadas. Esto podría ser el principio del fin.

Ella da media vuelta y, sin ganas, se aleja de Lale.

Él llega al edificio de la administración y, con cautela, entra en la oficina, que tan bien conoce después de años de buscar sus materiales y las correspondientes instrucciones. Dentro todo es un caos. Los SS les gritan a las trabajadoras asustadas, que se aferran a sus escritorios mientras los oficiales les quitan libros, fichas y todo el papeleo. Una empleada se dirige apresuradamente hacia donde está Lale, las manos llenas de documentos y libros de registro. Él choca contra ella, quien deja caer todo lo que lleva.

—Lo siento. Deja que te ayude.

Ambos se inclinan para recoger los papeles.

—¿Estás bien? —pregunta él con la mayor delicadeza posible.

—Creo que te vas a quedar sin trabajo, *Tätowierer*.

—¿Por qué? ¿Qué está pasando?

Ella se inclina hacia Lale y susurra:

—Vamos a vaciar el campo. Comenzamos mañana.

El corazón de Lale da un salto.

—¿Qué puedes contarme? Por favor.

—Los rusos, ya casi están aquí.

Lale corre desde el edificio hasta el sector de mujeres. La puerta del bloque 29 está cerrada. No hay ninguna guardia fuera. Al entrar, encuentra a las mujeres acurrucadas todas juntas al fondo. Incluso Cilka está allí. Lo rodean asustadas y llenas de preguntas.

—Todo cuanto puedo deciros es que las SS parecen estar destruyendo los registros —informa Lale—. Una de sus empleadas me dijo que los rusos están cerca. —No les dice nada acerca de que el campo va a ser evacuado al día siguiente porque no quiere provocar más alarma admitiendo que no sabe adónde irán.

—¿Qué crees que harán las SS con nosotras? —pregunta Dana.

—No lo sé. Esperemos que huyan y dejen que los rusos liberen el campo. Trataré de averiguar más. Volveré para contaros todo lo que sepa. No salgáis del bloque. Siempre puede haber algunos guardias de gatillo fácil por ahí.

Coge a Dana con ambas manos.

—Dana, no sé qué va a suceder, pero mientras tengo la oportunidad de hacerlo, quiero decirte cuánto te estaré agradecido siempre por ser amiga de Gita. Sé que la has sostenido muchas veces cuando ella ha querido rendirse.

Se abrazan. Lale la besa en la frente y luego se la entrega a Gita. Se vuelve hacia Cilka e Ivana y las envuelve a ambas en un abrazo de oso.

A Cilka le dice:

—Eres la persona más valiente que he conocido. No debes cargar con ninguna culpa por lo que ha sucedido aquí. Eres inocente, recuérdalo.

Entre sollozos, ella responde:

—Hice lo que tenía que hacer para sobrevivir. Si no lo hubiera hecho, alguna otra habría sufrido en manos de ese cerdo.

—Te debo la vida, Cilka, y nunca lo olvidaré.

Luego se vuelve hacia Gita.

—No digas nada —lo detiene ella—. No te atrevas a decir una sola palabra.

—Gita...

—No. Sólo dime que nos veremos mañana. Eso es todo cuanto quiero que me digas.

Lale mira a las jóvenes y se da cuenta de que no hay nada más que decir. Fueron llevadas a ese campo de concentración cuando eran niñas, y en ese momento —ninguna de ellas ha cumplido todavía los veintiún años— ya son mujeres jóvenes, rotas y heridas. Sabe que nunca llegarán a ser las mujeres que podrían haber sido. Su futuro fue descarrilado y no hay modo de volver a la misma vía. Las imágenes que alguna vez tuvieron de sí mismas, como hijas, como hermanas, como esposas y como madres, como trabajadoras, viajeras y amantes siempre estarán contaminadas por lo que han visto y sufrido.

Las deja para ir en busca de Baretski y de información sobre lo que ocurrirá al día siguiente. No logra encontrar por ningún lado al oficial. Lale se dirige entonces a su bloque, donde ve a los húngaros ansiosos y preocupados. Los informa de lo que sabe, pero eso no los tranquiliza demasiado.

Esa noche, los oficiales de las SS entran en cada bloque del sector de mujeres y pintan una raya roja brillante en la espalda de los abrigos de todas las chicas. Una vez más, las mujeres son marcadas para cualquiera que sea el destino que les espera. Gita, Dana, Cilka e Ivana se consuelan por el hecho de que todas ellas tienen la misma marca. Suceda lo que suceda al día siguiente, les sucederá a todas ellas, juntas vivirán o morirán.

En algún momento de la noche, Lale por fin se duerme. Lo despierta un gran alboroto. Necesita unos momentos para que los ruidos entren en su adormecido cerebro. Los recuerdos de la noche en que se llevaron a los romaníes reaparecen. «¿Qué es este nuevo horror?» El sonido de los disparos de fusil lo sacude para despertarlo del todo. Se pone los zapatos, se echa una manta sobre los hombros y sale fuera con cautela. Miles de mujeres están siendo acorraladas en filas. La gran confusión es obvia, como si ni guardias ni prisioneras supieran exactamente lo que se espera de ellas. Las SS no le prestan atención a Lale mientras camina rápido recorriendo las filas de mujeres que se amontonan para protegerse del frío y con miedo a lo que está por llegar. La nieve sigue cayendo. Correr es imposible. Lale ve cómo un perro muerde las piernas de una de las mujeres y la derriba. Una amiga se agacha para ayudarla a ponerse de pie, pero el SS que lleva al perro saca la pistola y le dispara a la mujer caída.

Lale se apresura a recorrer las filas, buscando desesperado. Al final, la ve. Gita y sus amigas están siendo empujadas hacia las puertas principales, se aferran unas a otras, pero no ve a Cilka entre ellas, ni en ningún otro lugar en ese mar de rostros. Vuelve a mirar a Gita. Tiene la cabeza gacha, y Lale puede ver por el movimiento de sus hombros que está llorando. «Por fin está llorando, pero no puedo consolarla.» Dana lo ve. Arrastra a Gita fuera de su fila y señala a Lale. Ella por último levanta la vista y lo ve. Sus ojos se encuentran; los de ella húmedos, suplicantes, los de él llenos de tristeza. Concentrado en Gita, Lale no ve al oficial de las SS. No puede apartarse del fusil que se balancea sobre él hasta alcanzarlo en el rostro y que lo hace caer de rodillas. Gita y Dana gritan e intentan abrirse paso a la fuerza para regresar a través de la columna de mujeres. En vano. Son arrastradas por la marea de cuerpos en movimiento. Lale se pone de pie con esfuerzo, la sangre le corre por la cara desde una gran herida sobre el ojo derecho. En un estado de frenesí, se sumerge en la multitud en movimiento, buscando en cada fila de mujeres angustiadas. Cuando se acerca a las puertas de entrada al campo, la ve de nuevo, a poca distancia. Un guardia se detiene ante él y empuja el cañón de su fusil sobre su pecho.

—¡Gita! —grita Lale.

El mundo gira sobre su cabeza. Levanta la mirada al

cielo, que parece estar cada vez más oscuro a medida que se acerca la mañana. Por encima de los gritos de los guardias y de los ladridos de los perros, oye la voz de ella:

—Furman. ¡Mi nombre es Gita Furman!

Lale cae de rodillas delante del guardia inmóvil.

—¡Te quiero! —le grita.

No hay respuesta. Él sigue de rodillas. El guardia se aleja. Los gritos de las mujeres desaparecen. Los perros dejan de ladrar.

Las puertas de Birkenau están cerradas.

Lale está arrodillado en la nieve, que continúa cayendo densamente. La sangre de la herida en la frente le cubre el rostro. Permanece inmóvil, congelado, solo. Ha fracasado. Un oficial se le acerca.

—Te vas a morir congelado. Vamos, regresa a tu bloque.

Le tiende una mano y ayuda a Lale a ponerse de pie. Un acto de bondad del enemigo en el último momento.

Disparos de cañones y explosiones despiertan a Lale a la mañana siguiente. Sale a toda prisa con los húngaros para ser recibido por unos SS aterrados y un caos de prisioneros y guardias yendo y viniendo, en apariencia sin prestarse atención unos a otros.

Los portones de entrada están abiertos de par en par. Cientos de prisioneros los cruzan sin ser cuestionados. Aturdidos, débiles por la desnutrición, algunos trastabillan sin rumbo para luego decidir volver a su bloque para escapar del frío. Lale sale por esos portones que ha cruzado cientos de veces antes, camino a Auschwitz. No muy lejos, hay un tren detenido, lanzando humo al cielo, listo para partir. Guardias y perros comienzan a arrear a hombres y los empujan hacia el tren. Lale queda atrapado en el tumulto y luego es empujado para subir. Las puertas de su vagón se cierran con estruendo. Se abre camino hacia un costado y echa un vistazo fuera. Cientos de prisioneros todavía siguen deambulando sin rumbo. Cuando el tren se pone en marcha, ve que los oficiales abren fuego contra los que se han quedado.

Allí está, mirando entre los tablones del vagón, a través de la nieve que cae densa, despiadadamente, mientras Birkenau desaparece.

25

Gita y sus amigas avanzan con miles de otras mujeres de Birkenau y Auschwitz por un estrecho camino, con la nieve hasta los tobillos. Con sumo cuidado, Gita y Dana buscan entre las filas, conscientes de que cualquier desorden es solucionado con una bala. Preguntan cientos de veces:

—¿Has visto a Cilka? ¿Has visto a Ivana?

La respuesta es siempre la misma. Las mujeres tratan de apoyarse unas en otras cogiéndose del brazo. Cada tanto, de manera aparentemente aleatoria, se detienen y les dicen que descansen. A pesar del frío, se sientan en la nieve, cualquier cosa con tal de aliviar los pies. Muchas se quedan allí cuando llega la orden de seguir adelante, muertas o moribundas, incapaces de dar otro paso.

El día se convierte en noche, y de todos modos siguen avanzando. La cantidad de mujeres va disminuyendo, lo que hace que sea más difícil escapar de los vigilantes ojos de los SS. Durante la noche, Dana cae de rodillas. Ya no puede continuar. Gita se detiene con ella y durante un rato nadie las ve, ocultas entre las demás mujeres. Dana sigue diciéndole a Gita que la deje. Ella protesta. Prefiere morir ahí con su amiga, en campo abierto, en algún lugar de Polonia. Cuatro chicas jóvenes se ofrecen para ayudar a llevar a Dana, pero ella no quiere ni oír hablar del tema. Les dice que se lleven a Gita y se vayan. Cuando un oficial se dirige hacia ellas, las cuatro jóvenes ponen a Gita de pie y la arrastran consigo. Ella se vuelve para mirar al oficial, que se ha detenido junto a Dana pero sigue adelante sin sacar su pistola. No se oye disparo alguno. Es obvio que él cree que ya está muerta. Las muchachas continúan arrastrando a Gita. No la sueltan, aunque ella trata de librarse para volver con Dana.

En la oscuridad, las mujeres avanzan a trompicones, el ruido de algunos disparos ocasionales apenas es registrado. Ya no se vuelven para ver quién ha caído.

Cuando llega el día, hacen que se detengan en un campo junto a unas vías de tren. Una locomotora y varios vagones de ganado están ahí esperando. «En esos vagones me trajeron aquí. Ahora esos mismos vagones me llevarán lejos», piensa Gita.

Se ha dado cuenta de que las cuatro chicas con las que viaja son polacas y no judías. Jóvenes polacas arrancadas de sus familias por razones ignotas. Provienen de cuatro ciudades diferentes y no se conocían antes de Birkenau.

Al otro lado del campo se levanta una solitaria casa. Detrás de ella se extiende un denso bosque. Los SS gritan órdenes mientras la locomotora es alimentada con carbón. Las chicas polacas se vuelven hacia Gita. Una de ellas dice:

—Vamos a correr hacia esa casa. Si nos disparan, entonces moriremos aquí, pero no vamos a seguir así. ¿Quieres venir con nosotras?

Gita se pone de pie.

Una vez que ellas echan a correr, no miran hacia atrás.

El hecho de tener que cargar a miles de mujeres exhaustas en el tren concentra toda la atención de los guardias. La puerta de la casa se abre antes de que lleguen a ella. Una vez dentro, se desploman frente a un fuego que ruge. La adrenalina y la sensación de alivio envuelven sus cuerpos. Alguien pone bebida caliente y un pan en sus manos. Las muchachas polacas hablan frenéticamente con los dueños de la casa, que sacuden la cabeza sin poder creer lo que oyen. Gita no dice nada, no quiere que su acento descubra el hecho de que ella no es polaca. Es mejor que sus salvadores piensen que es una de ellas, la más tranquila. El hombre de la casa dice que no pueden quedarse con ellos, ya que los alemanes inspeccionan la vivienda con frecuencia. Les dice que se quiten los abrigos y los lleva a la parte de atrás de la casa. Cuando regresa, las marcas rojas han desaparecido y los abrigos huelen a gasolina.

Desde el exterior llegan los ruidos de varios disparos, y espiando entre las cortinas ven que al final a todas las mujeres supervivientes las hacen subir al tren. Hay cuerpos que manchan la nieve junto a las vías. El hombre les da la dirección de un pariente en un pueblo cercano, y también un poco de pan y una manta. Salen de la casa y se dirigen al bosque, donde pasan la noche en el suelo helado, acurrucadas una junto a otra en un vano intento de mantener el calor. Los árboles desnudos no proporcionan mucha protección, ni ante las inclemencias del tiempo ni para que eviten ser vistas.

Pronto, antes de que lleguen al siguiente pueblo, se hace de noche. El sol se ha puesto y las débiles farolas de las calles apenas iluminan. Se ven obligadas a pedirle ayuda a una transeúnte para encontrar una dirección. La amable mujer las lleva a la casa que buscan y se queda con ellas mientras llaman a la puerta.

—Cuídalas —dice cuando ésta se abre, y luego se aleja.

La mujer de la puerta se aparta para dejar entrar a las jóvenes. Una vez dentro, ellas le explican quién las envía.

—¿Sabéis quién es la mujer que acaba de irse? —balbucea la dueña de casa.

—No —responde una de las chicas.

—Ella es de las SS. Una oficial superior de las SS.

—¿Cree que ella sabe quiénes somos?

—Esa mujer no es estúpida. Me han contado que es una de las personas más crueles de los campos de concentración.

Una anciana sale de la cocina.

—Madre, tenemos visita. Estas pobres chicas estaban en un campo de concentración. Hay que darles algo caliente de comer.

La mujer mayor se acerca cariñosa a las jóvenes y las lleva a la cocina. Las sienta a la mesa. Gita no puede recordar cuándo fue la última vez que se sentó en una silla junto a una mesa de cocina.

La anciana les sirve sopa caliente de una olla mientras las acribilla a preguntas. Las dueñas de la casa deciden que no es seguro que se queden allí. Temen que la oficial de las SS informe acerca de la presencia de las jóvenes.

La mayor de las mujeres se excusa y sale de la casa. Al rato regresa con una vecina. Su casa tiene un espacio en el tejado y un sótano. Se muestra dispuesta a dejar que las cinco duerman en el hueco del tejado. Gracias a que el calor de la chimenea sube, allí estarán más abrigadas que en el sótano. No podrán permanecer en la casa durante el día, ya que todas las viviendas pueden ser inspeccionadas en cualquier momento por los alemanes, a pesar de que parecen estar en retirada.

Gita y sus cuatro amigas polacas duermen en el tejado todas las noches y pasan los días escondidas en el bosque cercano. Se corre la voz por todo el pueblo y el sacerdote del lugar hace que sus feligreses lleven comida a la dueña de la casa todos los días. Después de unas pocas semanas, los alemanes que quedan son expulsados por los soldados rusos que avanzan, varios de los cuales se establecen en una casa situada frente a la que duermen Gita y sus amigas. Una mañana, las chicas salen más tarde de lo habitual para dirigirse al bosque y son detenidas por un guardia ruso apostado fuera. Ellas le enseñan sus tatuajes y tratan de explicarle dónde han estado y por qué están en ese lugar en ese momento. Él se muestra comprensivo y les ofrece apostar un guardia fuera de la casa, lo que significa que ya no tienen que pasar los días en el bosque. El lugar en el que viven ya no es un secreto y los soldados les sonríen y las saludan cada vez que ellas entran o salen.

Un día, uno de los soldados le hace una pregunta directa a Gita, y cuando ella responde, inmediatamente se da cuenta de que no es polaca. Le dice que es de Eslovaquia. Esa tarde, el muchacho llama a la puerta y presenta a un joven vestido con uniforme ruso, pero que en realidad es eslovaco. Ambos se quedan hablando hasta bien entrada la noche.

Las chicas han estado arriesgándose demasiado al

quedarse junto al fuego hasta muy tarde por la noche. Se han dejado envolver por un cierto grado de complacencia. Una noche son sorprendidas cuando la puerta de la calle se abre de golpe y un ruso borracho entra tambaleándose. Las muchachas pueden ver que su «guardia» yace inconsciente fuera. Pistola en mano, el intruso separa a una de las chicas e intenta arrancarle la ropa. Al mismo tiempo, se baja los pantalones. Gita y las demás chillan. Varios soldados rusos irrumpen en la habitación. Al ver a su camarada encima de una de las chicas, uno de ellos saca la pistola y le dispara a la cabeza. Él y sus compañeros arrastran al frustrado violador fuera de la casa en medio de profusas peticiones de disculpas.

Traumatizadas, las jóvenes deciden que deben trasladarse a otro lugar. Una de ellas tenía una hermana que vivía en Cracovia. Tal vez todavía esté allí. A modo de disculpa adicional por el ataque de la noche anterior, un militar ruso de mayor graduación dispone para ellas un chófer y una camioneta que las llevarán a Cracovia.

Encuentran que la hermana aún vive en su pequeño apartamento encima de una tienda de comestibles. El lugar está lleno de gente, de amigos que habían huido de la ciudad y que en ese momento están regresando, sin hogar. Nadie tiene dinero. Para salir adelante, van al mercado todos los días y cada uno roba un poco de comida. Con esos ingredientes hacen una comida nocturna.

Un día, en el mercado, Gita nota que acarician sus oídos con el sonido de su lengua materna, hablada por un conductor de camión que descarga diversos productos. Ella se entera por él de que varios camiones a la semana viajan desde Bratislava hasta Cracovia, transportando frutas y verduras frescas. Él acepta su petición de viajar con ellos. Gita corre y les dice a las personas con las que ha estado viviendo que ella se va. Le resulta muy difícil separarse de las cuatro amigas con las que escapó. La acompañan al mercado y la despiden cuando se aleja el camión que la transporta a ella y a dos paisanos más, rumbo a un montón de incógnitas. Hace mucho que ha aceptado que sus padres y sus dos hermanas menores han muerto, pero reza para que al menos uno de sus hermanos haya sobrevivido. El hecho de haberse convertido en combatientes partisanos junto a los rusos podría haberlos mantenido a salvo.

En Bratislava, al igual que en Cracovia, Gita se une a otros supervivientes de los campos de concentración en apartamentos compartidos y llenos de gente. Registra su nombre y su dirección en la Cruz Roja, pues le han dicho que todos los prisioneros que regresan lo están haciendo con la esperanza de poder encontrar a familiares y a amigos perdidos.

Una tarde mira por la ventana de su apartamento y ve a dos jóvenes soldados rusos que saltan la valla trasera de la propiedad donde ella vive. Su reacción es de terror, pero cuando ellos se acercan, reconoce a sus dos hermanos, Doddo y Latslo. Corre escaleras abajo, abre la puerta y los abraza con todas sus fuerzas. Le dicen que no se atreven a quedarse. Aunque los rusos liberaron la ciudad de los alemanes, los lugareños desconfían de cualquiera que use un uniforme ruso. Como no quiere estropear la breve dulzura del reencuentro, Gita calla lo que sabe sobre el resto de la familia. De todos modos, pronto se van a enterar, y eso no es algo de lo que pueda hablarse en unos pocos minutos robados.

Antes de separarse, Gita les dice que ella también ha usado un uniforme ruso. Fue la primera ropa que le dieron al llegar a Auschwitz. Les dice que a ella le sentaba mejor el uniforme que a ellos. Todos se ríen.

26

El tren de Lale avanza por el campo. Él está apoyado en la pared del compartimento, jugueteando con las dos bolsitas con las gemas, bien atadas dentro de los pantalones, que se ha arriesgado a llevar consigo. La mayor parte de ese tesoro lo dejó debajo de su colchón. Quienquiera que revise su habitación puede quedárselas.

Más tarde, esa noche, el tren se detiene ruidosamente y los SS con fusiles ordenan a todo el mundo que baje, tal como hicieron hace casi tres años en Birkenau. Otro campo de concentración. Uno de los hombres en el vagón de Lale salta con él.

—Conozco este lugar. He estado aquí antes.

—¿Sí? —dice Lale.

—Mauthausen, en Austria. No es tan terrible como Birkenau, pero casi.

—Soy Lale.

—Joseph. Encantado de conocerte.

Una vez que todos los hombres se han apeado, los SS les hacen señas y les dicen que vayan y se busquen un lugar para dormir. Lale sigue a Joseph y ambos entran en un barracón. Los hombres allí están hambrientos, son apenas unos esqueletos cubiertos de piel, pero aún tienen suficiente vida en ellos como para ser celosos guardianes de sus territorios.

—Fuera. Aquí no hay espacio.

Un hombre por litera, cada uno defiende su sitio y se muestra listo para luchar y defenderlo. En dos barracones más hallan la misma respuesta. Al final encuentran uno con más espacio y se apoderan de su propio territorio. Cuando otros entran en el barracón en busca de un lugar donde dormir, ellos responden con el recibimiento correspondiente:

—Fuera. Esto está lleno.

A la mañana siguiente, Lale ve que los hombres de los barracones cercanos están formando fila. Se da cuenta de que lo van a desnudar y a cachear y le van a pedir información acerca de quién es y de dónde proviene. Otra vez. De sus bolsitas de gemas, saca los tres diamantes más grandes y se los mete en la boca. Corre hacia la parte de atrás del bloque, mientras que el resto de los hombres todavía se están reuniendo, y esparce las gemas restantes por allí. Comienza la inspección de la fila de hombres desnudos. Ve a los guardias, que les abren la boca a los que están delante de él, así que se mete los diamantes debajo de la lengua. Tiene la boca abierta antes de que el grupo de guardias que los revisa llegue a él. Después de un rápido vistazo, siguen su camino.

Durante varias semanas, Lale y todos los demás prisioneros andan por ahí sin hacer prácticamente nada. Casi lo único que puede hacer es estar atento, en particular a los SS que los vigilan, y tratar de descubrir a quién puede acercarse y a quién debe evitar. Comienza a charlar con uno de ellos. El guardia se sorprende de que Lale hable alemán con fluidez. Ha oído hablar de Auschwitz y Birkenau, pero no ha estado allí y quiere saber más sobre ese lugar. Lale le pinta una imagen muy alejada de la realidad. No ganaría nada contándole a ese alemán la verdadera naturaleza del tratamiento de los prisioneros allí. Le cuenta lo que hacía allí y que prefiere trabajar en lugar de quedarse sentado. Unos días más tarde, el guardia le pregunta si le gustaría mudarse a un campo subsidiario de Mauthausen, en Saurer Werke, en Viena. Lale piensa que no puede ser peor que el lugar donde está, y como el guardia le asegura que las condiciones son un poco mejores y que el comandante es demasiado viejo como para preocuparse, acepta la oferta. El guardia señala que en ese campo no se aceptan judíos, de modo que no debe hablar de su religión.

Al día siguiente, el guardia le dice:

—Recoge tus cosas. Te vas de aquí.

Lale mira a su alrededor.

—Lo tengo todo.

—Te vas en camión dentro de una hora más o menos. Forma fila en los portones. Tu nombre está en la lista. —Se ríe.

—¿Mi nombre?

—Sí. Debes mantener oculto el número del brazo, ¿de acuerdo?

—¿Tengo que responder a mi nombre?

—Sí, no lo olvides. Buena suerte.

—Antes de que se vaya, me gustaría darle algo.

El guardia parece perplejo.

Lale se saca un diamante de la boca, lo limpia con la camisa y se lo da.

—Ahora ya no puede decir que nunca ha recibido nada de un judío.

Viena. ¿Quién no querría visitar Viena? Era un destino soñado para Lale en sus días de dandi. La misma palabra tiene un sonido romántico, llena de estilo y posibilidades. Pero sabe que, dadas las circunstancias, su vida no estará a la altura de esa percepción.

Los guardias se muestran indiferentes a él y a los demás cuando llegan. Los ubican en un bloque y les dicen dónde y cuándo van a recibir sus comidas. Los pensamientos de Lale están centrados en Gita y en qué hacer para llegar a ella. Ha sido trasladado de un campo de concentración a otro, y luego a otro..., no podrá soportarlo mucho tiempo más.

Durante varios días, observa su entorno. Ve al comandante del campo, que deambula tembloroso de un lado a otro y se pregunta cómo es que todavía sigue respirando. Conversa con los guardias más accesibles y trata de entender la dinámica entre los prisioneros. Una vez que descubre que es probable que sea el único prisionero eslovaco del lugar, decide mantenerse alejado. Polacos, rusos y unos pocos italianos pasan el día sentados, charlando con sus compatriotas, lo que deja a Lale en gran parte aislado.

Un día, dos jóvenes se le acercan furtivamente.

—Dicen que tú eras el *Tätowierer* de Auschwitz.

—¿Quiénes lo dicen?

—Alguien dijo que creía haberte conocido allí y que tú tatuabas a los prisioneros.

Lale agarra la mano del joven y le levanta la manga. No hay ningún número. Se vuelve hacia el otro chico.

—¿Qué hay de ti?, ¿estabas allí?

—No, pero ¿es cierto lo que dicen?

—Yo era el *Tätowierer*, ¿y qué?

—Nada. Sólo preguntaba.

Los muchachos se alejan. Lale vuelve a soñar despierto. No ve a los oficiales de las SS que se aproximan hasta que lo agarran y, de un tirón, lo ponen de pie y lo arrastran a un edificio cercano. Lale se encuentra delante del anciano comandante, quien hace un gesto con la cabeza a uno de los SS. El oficial le levanta la manga y deja a la vista su número.

—¿Estabas en Auschwitz? —pregunta el comandante.

—Sí, señor.

—¿Eras el *Tätowierer* allí?

—Sí, señor.

—Entonces ¿eres judío?

—No, señor, soy católico.

El comandante levanta una ceja.

—¿Ah, sí? No sabía que había católicos en Auschwitz.

—Había gente de todas las religiones allí, señor, junto con criminales y políticos.

—¿Eres un criminal?

—No, señor.

—Y ¿no eres judío?

—No, señor. Soy católico.

—Has respondido que no dos veces. Sólo te lo preguntaré una vez más. ¿Eres judío?

—No, no lo soy. Mire. Déjeme demostrárselo.

Nada más decir eso, Lale desata la cuerda que le sostiene los pantalones, que caen al suelo. Mete los dedos en los calzoncillos y comienza a bajárselos.

—Basta. No necesito ver nada más. Está bien, puedes irte.

Lale vuelve a subirse los pantalones tratando de controlar su respiración, que amenaza con delatarlo, y sale a toda prisa de la oficina. En la oficina siguiente se detiene y se deja caer en una silla. El oficial que está detrás de un escritorio cercano lo mira.

—¿Estás bien?

—Sí, estoy bien, sólo un poco mareado. ¿Sabe qué día es hoy?

—Hoy es 22, no, espera, 23 de abril. ¿Por qué?

—Por nada. Gracias. Adiós.

Fuera, Lale mira a los prisioneros sentados con despreocupación por todo el campo y a los guardias, que parecen aún más despreocupados. «Tres años. Me habéis arrebatado tres años de mi vida. No os daré ni un día más.» En la parte de atrás de los barracones, Lale camina a lo largo de la valla, sacudiéndola, buscando un punto débil. Pronto lo encuentra. La cerca se separa de su fijación en el suelo y puede tirar de ella. Sin molestarse siquiera en comprobar si alguien está mirando, se arrastra por debajo y se aleja caminando tranquilamente.

El bosque le proporciona protección frente a alguna patrulla de alemanes. Mientras se va adentrando en él, oye ruido de cañones y disparos de fusil. No sabe si caminar hacia ellos o correr hacia otro lado. Durante un breve momento de suspensión de los disparos, oye ruido de agua corriente. Para llegar a ella debe dirigirse hacia el lugar donde están abriendo fuego, pero siempre ha tenido una buena brújula interior, y esa dirección le parece la correcta. Si son los rusos, o incluso los estadounidenses, los que están al otro lado del arroyo, estará encantado de rendirse a ellos. Cuando la luz del día se va convirtiendo en noche, puede ver el destello de los disparos y los cañonazos en la distancia. De todos modos, es al agua adonde quiere llegar, y con suerte a un puente y una ruta de escape. Cuando llega allí, se encuentra con un río en lugar de un arroyo. Mira hacia el otro lado y escucha el fuego de los cañones. «Deben de ser los rusos. Voy a encontrarme con ellos.» Se mete en el río y recibe el shock del agua helada. Nada despacio, con cuidado de no remover demasiado las aguas con sus brazadas por si alguien está mirando. Se detiene, levanta la cabeza y escucha. Los disparos suenan ahora más cerca.

—Mierda —murmura.

Deja de nadar y permite que la corriente lo lleve directamente debajo del fuego cruzado, apenas otro tronco más o un cadáver que es ignorado. Cuando calcula que ha pasado con seguridad el lugar de los ejércitos en combate, nada a ritmo frenético hasta la otra orilla. Sale del agua y arrastra su empapado cuerpo hacia los árboles. Al llegar, cae presa de escalofríos y se desmaya.

27

Lale se despierta con la sensación del sol en el rostro. La ropa se le ha secado un poco y puede oír el ruido del río que corre no lejos de él. Se arrastra boca abajo entre los árboles que lo han escondido durante la noche y llega a la parte alta de un camino. Hay soldados rusos que se desplazan por allí. Observa durante un rato, temiendo posibles disparos. Pero los soldados están relajados. Decide acelerar su plan para volver a casa.

Levanta las manos y sale al camino, ante la sorpresa de un grupo de soldados. Ellos levantan sus fusiles de inmediato.

—Soy eslovaco. He estado en un campo de concentración durante tres años.

Los soldados intercambian miradas.

—Vete a la mierda —le espeta uno de ellos, y reanudan su marcha.

Otro lo empuja a un lado al pasar. Lale se queda allí unos cuantos minutos mientras muchos más soldados continúan pasando, ignorándolo. Acepta su indiferencia y prosigue su camino. Sólo recibe alguna mirada ocasional. Decide caminar en dirección contraria a la de ellos. Su razonamiento es que los rusos probablemente van hacia un enfrentamiento con los alemanes; por tanto, alejarse de eso tanto como sea posible tiene sentido.

Por último, se detiene un *jeep*. Un oficial en el asiento de atrás lo mira.

—¿Quién diablos eres tú?

—Soy eslovaco. He estado prisionero en Auschwitz durante tres años. —Se levanta la manga izquierda para mostrar su número tatuado.

—No sé qué es eso.

Lale traga con esfuerzo. Le resulta impensable que un lugar que encierra semejante horror no sea conocido.

—Está en Polonia. Eso es todo cuanto puedo decirle.

—Hablas ruso a la perfección —dice el militar—. ¿Algún otro idioma?

—Checo, alemán, francés, húngaro y polaco.

El oficial lo mira con más detenimiento.

—Y ¿adónde crees que vas?

—A mi casa, de regreso a Eslovaquia.

—No, no vas allí. Tengo el trabajo perfecto para ti. Sube.

Lale quiere huir, pero no tendría la menor posibilidad de lograrlo, de modo que sube al asiento del acompañante.

—Da media vuelta, regresa al cuartel general —le ordena el oficial al conductor.

El *jeep* salta sobre baches y zanjas, de vuelta por el mismo camino por el que ha llegado. Unos kilómetros más adelante pasan junto a una aldea y luego toman un camino de tierra hacia un imponente chalet que se encuentra en la cima de una colina con vistas a un hermoso valle. Entran en un gran sendero circular donde hay estacionados varios coches de aspecto lujoso. Dos guardias están apostados a ambos lados de una impresionante puerta principal. El *jeep* se desliza hasta detenerse, el conductor baja de un salto y le abre la puerta al oficial, que va en el asiento de atrás.

—Ven conmigo —le indica el oficial a Lale.

Él lo sigue hacia el vestíbulo del chalet. Se detiene un instante, sorprendido por la opulencia que tiene ante sí. Una importante escalera, obras de arte; pinturas y tapices en cada pared; además de muebles de una calidad que él nunca había visto antes. Ha entrado en un mundo que está más allá de su comprensión. Después de lo que ha vivido, resulta casi doloroso.

El oficial se dirige hacia una habitación junto al vestíbulo principal y le indica que lo siga. Entran en una estancia grande exquisitamente amueblada. Un escritorio de caoba domina el lugar, al igual que la persona sentada detrás de él. A juzgar por su uniforme y la insignia que lo acompaña, Lale está en presencia de un alto funcionario ruso. El hombre levanta la vista cuando entran.

—¿A quién tenemos aquí?

—Afirma que fue prisionero de los nazis durante tres años. Sospecho que es judío, pero no creo que eso importe. Lo que sí importa es que habla tanto ruso como alemán —explica el oficial.

—¿Y...?

—He pensado que podría sernos útil. Digamos que para poder hablar con los lugareños.

El oficial superior se echa hacia atrás, parece considerar el asunto.

—Póngalo a trabajar entonces. Busque a alguien que lo vigile y le dispare si trata de escapar. —Mientras Lale es escoltado para salir de la habitación, el oficial de alto rango agrega—: Y hagan que se asee y se cambie de ropa.

—Sí, señor. Creo que nos será muy útil.

Lale sigue al oficial. «No sé lo que quieren de mí, pero si eso significa un baño y ropa limpia...» Atraviesan el vestíbulo y se dirigen al rellano del primer piso; Lale observa que hay dos pisos más. Entran en un dormitorio y el ruso va al armario y lo abre. Ropa de mujer. Sin decir una palabra, sale y entra en la siguiente habitación. Esta vez, la ropa es de hombre.

—Busca algo apropiado que te quede bien. Por ahí debería haber un baño. —Señala el lugar—. Aséate, yo volveré dentro de un rato.

Cierra la puerta al salir. Lale mira a su alrededor. Hay una gran cama con dosel cubierta con un pesado cubrecama y con montañas de almohadas de muchas formas y tamaños; una cómoda que a él le parece que es de ébano macizo; una pequeña mesa con una lámpara Tiffany, y un diván cubierto con exquisitos bordados. Cuánto desearía que Gita estuviera ahí. Aparta el pensamiento. No puede permitirse el lujo de pensar en ella. Todavía no.

Lale pasa las manos por los trajes y las camisas del armario, tanto informales como formales, y todos los complementos necesarios para resucitar al Lale de antaño. Elige un traje y lo sostiene ante el espejo, admirando su aspecto. Estará cerca de quedarle perfecto. Lo arroja sobre la cama. Pronto añade una camisa blanca. De un cajón escoge calzoncillos de suave tela, calcetines inmaculados y un cinturón de cuero marrón liso. En otro armario encuentra un par de zapatos bien lustrados que combinan bien con el traje. Mete los pies desnudos en ellos. Perfectos.

Una puerta conduce al baño. Los accesorios dorados brillan sobre los azulejos blancos que recubren las paredes y el suelo; una gran ventana de vitrales arroja la suave luz amarillo pálido y verde oscuro del sol de la tarde por toda la estancia. Lale entra y se detiene un buen rato, disfrutando con anticipación. Luego llena la bañera y se sumerge en ella, deleitándose hasta que el agua se enfría. Agrega más agua que despide vapor; sin prisa, es su primer baño en los tres últimos años. Por fin sale y se seca con una toalla suave que encuentra colgada junto a otras en el toallero. Regresa al dormitorio y se viste despacio, disfrutando de la suavidad del algodón y del lino, y de los calcetines de lana. Nada raspa, ni irrita, ni cuelga de su cuerpo encogido. Es evidente que el dueño de esas ropas era delgado.

Se sienta un rato en la cama, esperando el regreso del oficial. Luego decide explorar la habitación un poco más. Corre las grandes cortinas para dejar a la vista los ventanales hasta el suelo que dan a un balcón. Abre las puertas con gesto grandioso y sale. «Vaya... ¿Dónde estoy?» Un jardín inmaculado se extiende ante él, y el césped continúa hasta desaparecer en un bosque. Tiene una vista perfecta sobre el sendero circular y observa mientras varios automóviles se detienen, y de ellos bajan más oficiales rusos. Oye que se abre la puerta de su habitación y se vuelve para ver a su guardián junto a otro soldado de menor rango. Lale se queda en el balcón. Los dos hombres se le acercan y miran los jardines.

—Muy hermosos, ¿no te parece? —dice el escolta de Lale.

—Qué bien para ustedes. Es todo un hallazgo.

El oficial se ríe.

—Sí, es cierto. Este cuartel general es un poco más cómodo que el que teníamos en el frente.

—¿Va a decirme dónde encajo yo en todo esto?

—Éste es Fredrich. Él será tu guardián. Te disparará si tratas de escapar.

Lale mira al hombre. Los músculos de su brazo abultan las mangas de su camisa y su pecho amenaza con hacer estallar los botones que la sujetan. Sus delgados labios no sonríen ni hacen muecas. Lale lo saluda con un movimiento de la cabeza, saludo que no es correspondido.

—Él no sólo te cuidará aquí, sino que también te llevará a la aldea todos los días para hacer nuestras compras. ¿Lo entiendes?

—¿Qué voy a comprar?

—Bueno, no se trata de vino; tenemos una bodega llena de eso. La comida la compran los cocineros. Ellos saben lo que quieren...

—Entonces queda...

—Diversión.

Lale no muestra ninguna emoción en el rostro.

—Irás al pueblo todas las mañanas para buscar encantadoras señoritas interesadas en pasar un rato aquí con nosotros por la noche. ¿Me entiendes?

—¿Voy a ser su proxeneta?

—Veo que lo entiendes perfectamente.

—Y ¿cómo voy a persuadirlas? ¿Diciéndoles que todos ustedes son tipos guapos que las tratarán bien?

—Te daremos cosas para que las tientes.

—¿Qué clase de cosas?

—Ven conmigo.

Los tres hombres bajan la escalera hacia otra suntuosa habitación, donde un oficial abre una gran cámara en una pared. El guardián de Lale entra en la cámara y saca dos latas de metal que deja sobre el escritorio. En una hay dinero; en la otra, joyas. Lale puede ver muchas otras latas similares guardadas allí.

—Fredrich te traerá aquí todas las mañanas y cogerás dinero y joyas para las chicas. Necesitamos entre ocho y diez cada noche. Sólo muéstrales cuál será el pago y, si es necesario, les das una pequeña cantidad de dinero por adelantado. Les dirás que se les pagará la totalidad cuando lleguen al chalet, y cuando termine la noche serán devueltas a sus hogares sanas y salvas.

Lale trata de meter la mano en la lata de joyas, que rápidamente cierran de golpe.

—¿Ya han acordado algún precio con ellas? —pregunta.

—Eso te dejo que lo descubras tú mismo. Sólo consigue el mejor precio que puedas. ¿Me entiendes?

—Claro, le gustaría que fuera carne de primera calidad por el precio de una salchicha. —Lale sabe muy bien lo que tiene que decir.

El oficial se ríe.

—Ve con Fredrich; él te mostrará todo el lugar. Puedes hacer tus comidas en la cocina o en tu habitación..., díselo a los cocineros.

Fredrich lleva a Lale abajo y le presenta a dos de los cocineros. Él les dice que preferiría comer en su habitación. Fredrich le indica a Lale que no debe ir más allá del primer piso y, aun allí, no debe entrar en otra habitación que no sea la suya. Él entiende con toda claridad el mensaje.

Unas horas más tarde, le llevan un guiso de cordero con una espesa y cremosa salsa. Las zanahorias están cocidas *al dente* y chorrean mantequilla. El plato va acompañado de sal, pimienta y perejil fresco. Varias veces se ha preguntado si podría haber perdido la capacidad de apreciar sabores delicados. No es así. Lo que sí ha perdido, sin embargo, es la capacidad de disfrutar de la comida. ¿Cómo podría hacerlo, si Gita no está ahí para compartirla con él? ¿Si no tiene ni idea de si ella dispone de algo para comer? Si no tiene ni idea... No obstante, aparta ese pensamiento. Él está ahí ahora, y debe hacer lo que tiene que hacer antes de encontrarla. Sólo come la mitad de lo que hay en su plato. Siempre guarda algo; así es como ha vivido esos últimos años. Junto con la comida, Lale bebe casi toda una botella de vino. Debe hacer algún esfuerzo para desvestirse antes de dejarse caer sobre la cama y entrar en el sueño de los ebrios.

A la mañana siguiente el ruido de una bandeja de desayuno que es colocada sobre la mesa lo despierta. No puede recordar si cerró su habitación con llave o no. De todos modos, es posible que el cocinero tenga una llave. Retira la bandeja y la botella vacías de la noche anterior. Todo eso, sin una sola palabra.

Después del desayuno, se da una ducha rápida. Se está poniendo los zapatos cuando entra Fredrich.

—¿Listo?

Lale asiente con la cabeza.

—Vamos.

Primera parada: la oficina con la cámara. Fredrich y otro oficial observan mientras Lale coge una cantidad de efectivo, que es contado y anotado en un libro de contabilidad; luego elige una combinación de pequeños artículos de joyería y algunas gemas sueltas, que también son registrados.

—Saco más de lo que probablemente necesite porque es la primera vez y no tengo ni idea de cuál es la tarifa actual, ¿de acuerdo? —les explica a los dos hombres.

Ellos se encogen de hombros.

—Sólo asegúrate de devolver lo que no regales —dice el oficial que se encarga de la contabilidad.

Lale mete el dinero en un bolsillo y las joyas en otro y sigue a Fredrich hasta un gran garaje junto al chalet. Fredrich coge un *jeep*, él sube y recorren los pocos kilómetros hasta el pueblo que Lale atravesó el día anterior. «¿Seguro que fue ayer? ¿Cómo puedo sentirme tan diferente ya?» Durante el viaje, Fredrich le dice que por la noche irán en una pequeña camioneta para recoger a las chicas. No es cómodo, pero es el único vehículo que tienen que puede transportar a doce personas. Al llegar al pueblo, Lale pregunta:

—Entonces ¿dónde debo buscar chicas que podrían estar interesadas en aceptar la propuesta?

—Te dejaré en el otro extremo de la calle. Entra en todas las tiendas. Trabajadoras o clientas, da lo mismo, mientras sean jóvenes y si puede ser, bonitas. Encuentra el precio, muéstrales el pago y, si quieren algo por adelantado, dales sólo efectivo. Diles que pasaremos a buscarlas a las seis en punto por delante de la panadería. Algunas ya han estado allí antes.

—Y ¿cómo sabré si están comprometidas?

—Te dirán que no, supongo. También podrían arrojarte algo, así que prepárate para agacharte. —Cuando Lale baja del *jeep*, añade—: Yo estaré esperando y mirando. Tómate tu tiempo. Y no hagas estupideces.

Lale se dirige a una boutique cercana, confiando en que no haya maridos o novios que hayan ido ese día de compras con sus parejas. Cuando entra, todas lo miran. Él saluda en ruso, antes de recordar que está en Austria y pasar al alemán.

—Buenos días, señoras, ¿cómo están?

Las mujeres se miran entre sí. Algunas dejan escapar risitas entre dientes antes de que la dependienta pregunte:

—¿Puedo ayudarlo? ¿Está buscando algo para su esposa?

—No exactamente. Quiero hablar con todas ustedes.

—¿Es usted ruso? —pregunta una clienta.

—No, soy eslovaco. Pero estoy aquí en nombre del ejército ruso.

—¿Se hospeda usted en el chalet?

—Sí.

Para alivio de Lale, una de las empleadas de la boutique le dice:

—¿Ha venido para ver si queremos ir a una fiesta esta noche?

—Sí, sí. Así es, en efecto. ¿Ha estado usted allí antes?

—Sí. Ya estuve allí. No se preocupe. Todas sabemos a qué viene.

Lale mira a su alrededor. Hay dos dependientas y cuatro clientas.

—¿Y bien? —inquiere con cautela.

—Muéstrenos lo que tiene —pide una clienta.

Él vacía sus bolsillos sobre el mostrador y las chicas se reúnen a su alrededor.

—¿Cuánto nos van a dar?

Lale mira a la chica que ya ha estado antes en el chalet.

—¿Cuánto le pagaron la última vez?

Ella agita un anillo de diamantes y perlas frente a su nariz.

—Más de diez marcos.

—Muy bien, ¿qué tal si le doy cinco marcos ahora, otros cinco esta noche y elige una joya?

La joven revisa las joyas y escoge una pulsera de perlas.

—Me quedo con ésta.

Lale la coge con delicadeza de la mano de ella.

—Todavía no —precisa—. Vaya a la panadería esta tarde a las seis. ¿De acuerdo?

—De acuerdo —confirma ella.

Lale le entrega sus cinco marcos, que la chica se mete en el corpiño.

Las otras jóvenes examinan con detenimiento las joyas y eligen la que quieren. Lale entrega cinco marcos a cada una. No hay regateo.

—Gracias, señoras. Antes de irme, ¿pueden decirme dónde podría encontrar algunas bellezas bien dispuestas como ustedes?

—Podría probar en el café cerca de aquí, o en la biblioteca —sugiere una de ellas.

—Tenga cuidado con las abuelas del café —le indica una mujer riéndose.

—¿Qué quiere decir con eso de «abuelas»? —pregunta Lale.

—Bueno, mujeres viejas. ¡Algunas tienen más de treinta años!

Él sonríe.

—Mire —dice la primera voluntaria—, puede parar a cualquier mujer que encuentre en la calle. Todas sabemos lo que busca, y somos muchas las que necesitamos buena comida y bebida, aunque tengamos que compartirlo con esos feos cerdos rusos. Ya no queda ningún hombre aquí para ayudarnos. Hacemos lo que haya que hacer.

—Yo también —replica Lale—. Muchas gracias a todas. Espero verlas esta noche.

Sale de la tienda y se apoya en una pared para darse un respiro. Una tienda, y la mitad de las chicas requeridas. Mira al otro lado de la calle. Fredrich lo está observando. Le hace una seña con el pulgar hacia arriba.

«Veamos, ¿dónde está ese café?» Mientras camina, Lale detiene a tres mujeres jóvenes, dos de las cuales aceptan acudir a la fiesta. En el café, encuentra tres más. Calcula que tienen unos treinta y pocos años, pero de todos modos siguen siendo mujeres hermosas a las que cualquiera querría tener como acompañante.

Esa noche, Lale y Fredrich recogen a las mujeres; todas están esperando en la panadería como se les ha dicho. Van vestidas y maquilladas con elegancia. La transacción acordada en joyas y dinero en efectivo se lleva a cabo con un mínimo escrutinio por parte de Fredrich.

Lale las observa cuando entran en el chalet. Van cogidas de la mano, con expresión decidida y risas ocasionales.

—Cogeré lo que queda —informa Fredrich, de pie cerca de él.

Lale saca varios billetes y un par de joyas de sus bolsillos y se los entrega a Fredrich, que se muestra satisfecho de que las transacciones se hayan llevado a cabo de forma correcta. Fredrich guarda los artículos, luego revisa a Lale y le mete las manos a fondo en los bolsillos.

—Eh, cuidado —exclama él—. ¡No somos tan amigos!

—No eres mi tipo.

Seguramente alguien ha avisado en la cocina de su regreso, ya que su cena llega poco después de que Lale entre en su habitación. Come y luego sale al balcón. Apoyado en la balaustrada, observa las entradas y salidas de los vehículos. De vez en cuando, los sonidos de la fiesta más abajo se filtran hasta él y se alegra de que sólo se oigan risas y conversaciones. De vuelta en su habitación, comienza a desvestirse para meterse en la cama. Revisa el bajo de los pantalones y retira el pequeño diamante que ha metido allí. Saca un calcetín suelto del cajón y mete el diamante en él antes de irse a dormir.

Es despertado unas horas más tarde por las risas y las charlas que entran por las puertas de su balcón. Sale y observa a las chicas que suben al camión para el viaje de regreso. La mayoría parecen estar borrachas, pero ninguna da la impresión de estar angustiada. Vuelve a su cama.

Durante las semanas siguientes, Lale y Fredrich hacen sus viajes al pueblo dos veces al día. Pronto todos lo conocen allí, incluso las mujeres que nunca van al chalet saben quién es él y lo saludan cuando pasa. La boutique y el café son sus dos lugares favoritos, y las chicas se reúnen allí a la hora en que saben que llegará él. A menudo es saludado por sus clientas habituales con un beso en la mejilla y la petición de que participe de la fiesta esa noche. Parecen molestas de verdad por el hecho de que nunca lo haga.

Un día en el café, Serena, una de las camareras, dice en voz alta:

—Lale, ¿te casarás conmigo cuando termine la guerra?

Las otras chicas se ríen, y las mujeres mayores chasquean la lengua en señal de desagrado.

—Está enamorada de ti, Lale. No quiere a ninguno de esos cerdos rusos, por mucho dinero que tengan —agrega una de las clientas.

—Eres una chica muy hermosa, Serena, pero me temo que mi corazón pertenece a otra persona.

—¿Quién es? ¿Cómo se llama? —pregunta ella indignada.

—Su nombre es Gita, y estoy comprometido con ella. La amo.

—¿Te está esperando? ¿Dónde está?

—No sé dónde está ahora, pero la encontraré.

—¿Cómo sabes que está viva?

—Oh, lo está. ¿Alguna vez has sabido algo simplemente porque lo sabes?

—No estoy segura.

—Entonces nunca has estado enamorada. Os veo más tarde, chicas. Seis en punto. No lleguéis tarde.

Un coro de despedidas lo sigue hasta la puerta.

Esa noche, mientras Lale añade un gran rubí a su botín de reserva, una terrible nostalgia se apodera de él. Permanece largo rato sentado en la cama. Sus recuerdos del hogar han sido contaminados por sus recuerdos de la guerra. Todo y todos los que eran importantes para él sólo le resultan visibles en ese momento a través de lentes oscurecidas por el sufrimiento y la pérdida. Cuando logra recuperarse, vacía el calcetín sobre la cama y cuenta las gemas que ha logrado escamotear a lo largo de las semanas. Luego se dirige al balcón. Las noches son ya más cálidas y varias de las invitadas a la fiesta están fuera, en los jardines; algunas se pasean por ahí, otras juegan a una especie de juego persiguiéndose entre sí. Un golpe en la puerta de su habitación lo sobresalta. Desde la primera noche, cierra su puerta con llave, esté o no en la habitación. Al apresurarse para ir a abrir, Lale ve las gemas en su cama y rápidamente echa el cubrecama sobre ellas. No se percata de que el último rubí cae al suelo.

—¿Por qué cierras la puerta con llave? —pregunta Fredrich.

—No quiero encontrarme compartiendo cama con alguno de tus colegas, varios de los cuales he observado que no tienen interés en las chicas que les traemos.

—Ya veo. Eres un hombre apuesto. Sabes que te recompensarían con generosidad si así lo quisieras.

—No es eso lo que quiero.

—¿Te gustaría estar con alguna de las chicas? A ellas ya les han pagado.

—No, gracias.

La mirada de Fredrich es atraída por un destello en la alfombra. Se inclina y recoge el rubí.

—Y ¿esto qué es?

Lale mira la gema sorprendido.

—¿Puedes explicar por qué tienes esto?

—Debe de haberse quedado atascado en el forro de mi bolsillo.

—¿De verdad?

—¿Crees que si lo hubiera cogido lo habría dejado ahí para que tú lo encontraras?

Fredrich lo piensa.

—Supongo que no. —Se lo guarda en el bolsillo—. Lo llevaré de vuelta a la cámara.

—¿Para qué querías verme? —pregunta Lale, cambiando de tema.

—Mañana me trasladan, así que a partir de ahora harás el recorrido de la mañana y de la tarde para ir a buscarlas tú solo.

—¿Quieres decir que iré con otra persona? —pregunta Lale.

—No. Has demostrado que se puede confiar en ti; el general está muy impresionado contigo. Sólo sigue haciendo las cosas como las estás haciendo, y cuando llegue el momento de que todos nos vayamos de aquí, puede que incluso haya una pequeña gratificación para ti.

—Lamento que te vayas. He disfrutado de nuestras conversaciones en el camión. Cuídate; todavía hay una guerra en curso por ahí.

Se dan la mano.

Una vez que Lale se queda de nuevo solo en su habitación, con la puerta bien cerrada, recoge las gemas de la cama y vuelve a meterlas en el calcetín. Del armario elige el traje más elegante y lo separa. Pone una camisa y varios pares de calzoncillos y calcetines en la mesa, y un par de zapatos debajo.

A la mañana siguiente, Lale se ducha y se viste con la ropa elegida, incluidos cuatro pares de calzoncillos y tres pares de calcetines. Mete el calcetín con las gemas en el bolsillo interior de la chaqueta. Echa una última mirada a su habitación y luego se dirige a la cámara. Lale coge la cantidad habitual de dinero y joyas y está a punto de irse cuando el encargado de la contabilidad lo detiene.

—Espera. Toma, algo más hoy. Esta tarde llegan de Moscú dos oficiales de muy alto rango. Cómprales lo mejor.

Lale coge el dinero extra y las joyas.

—Tal vez regrese algo más tarde esta mañana. Iré también a la biblioteca a ver si puedo coger un libro en préstamo.

—Aquí tenemos una muy buena biblioteca.

—Gracias, pero siempre hay oficiales allí y..., bueno, todavía me resultan intimidantes. Me entiendes, ¿no?

—Ah. De acuerdo. Como quieras.

Lale entra en el garaje y saluda con un movimiento de la cabeza al guardia, que está ocupado lavando un coche.

—Precioso día, Lale. Las llaves están en el *jeep*. Me han dicho que hoy vas solo.

—Sí, Fredrich ha sido trasladado. Espero que no sea al frente.

El guardia se ríe.

—Eso sería muy mala suerte.

—Ah, tengo permiso para volver más tarde de lo habitual hoy.

—Tú también quieres un poco de acción, ¿no es así?

—Algo parecido. Nos vemos más tarde.

—Bien, que tengas un buen día.

Lale sube al *jeep* con un despreocupado salto y se aleja del chalet sin mirar atrás. En el pueblo, estaciona al final de la calle principal, deja las llaves puestas y echa a andar. Ve una bicicleta apoyada delante de una tienda y tranquilamente se la lleva. Monta en ella y pedalea para salir del pueblo.

A pocos kilómetros de distancia es detenido por una patrulla rusa.

—¿Adónde vas? —le pregunta un joven oficial.

—He sido prisionero de los alemanes durante tres años. Yo soy de Eslovaquia y me voy a casa.

El ruso agarra el manillar de su bicicleta y lo obliga a desmontar. Lale se aleja de él y recibe una fuerte patada en el culo.

—Te irá bien caminar. Ahora vete.

Lale sigue andando. «No vale la pena discutir.»

Llega la noche y no deja de caminar. Puede ver las luces de un pueblecito más allá y acelera el paso.

El lugar está lleno de soldados rusos, y aunque éstos lo ignoran, siente que debe seguir adelante. A las afueras del pueblo se encuentra con una estación de ferrocarril y se apresura a llegar a ella, pensando que podría haber un banco para recostar la cabeza durante unas pocas horas. Al llegar a un andén, encuentra un tren detenido allí, pero no hay señales de vida. El tren lo llena de temores, pero reprime el miedo y camina junto a él mirando el interior. Vagones. Vagones diseñados para personas. Una luz en la oficina cercana atrae su atención y camina hacia ella. Dentro, un jefe de estación se mece en una silla, con la cabeza cayendo hacia delante mientras lucha contra la necesidad de dormir. Lale se aparta de la ventana y simula un ataque de tos antes de acercarse con una confianza que realmente no siente. El jefe de estación, ya despierto, se aproxima a la ventana y la abre lo suficiente como para mantener una conversación.

—¿Puedo ayudarlo en algo?

—El tren, ¿hacia dónde se dirige?

—Bratislava.

—¿Puedo viajar en él?

—¿Puede pagar?

Lale saca el calcetín de su chaqueta, extrae dos diamantes y se los da. Al hacerlo, la manga de su brazo izquierdo se sube y deja a la vista su tatuaje. El jefe de estación coge las gemas.

—El vagón del final, nadie lo molestará allí. Aunque no sale hasta las seis de la mañana.

Lale echa un vistazo al reloj dentro de la estación. «Faltan ocho horas.»

—Puedo esperar. ¿Cuánto dura el viaje?

—Alrededor de una hora y media.

—Gracias. Muchas gracias.

Cuando se dirige hacia el último vagón, es detenido por un grito del jefe de estación, que lo alcanza y le entrega comida y un termo.

—Es sólo un sándwich hecho por mi esposa, pero el café está caliente y es fuerte.

Cuando recibe la comida y el café, los hombros de Lale se hunden y no puede contener las lágrimas. Levanta la vista y ve que el jefe de estación también tiene lágrimas en los ojos mientras da media vuelta y regresa a su oficina.

—Gracias. —Apenas puede pronunciar las palabras.

Amanece cuando llegan a la frontera con Eslovaquia. Un oficial se acerca a Lale y le pide sus papeles. Lale recoge la manga y muestra su única forma de identificación: 32407.

—Soy eslovaco —dice.

—Bienvenido a casa.

28

Bratislava. Lale baja del tren en la ciudad donde había vivido y donde había sido feliz, donde debería haber transcurrido su vida en los últimos tres años. Recorre barrios que alguna vez conoció muy bien. En ese momento, muchos de ellos resultan apenas reconocibles debido a los bombardeos. No hay nada allí para él. Tiene que encontrar un modo de regresar a Krompachy, a unos cuatrocientos kilómetros: será un largo viaje de retorno a casa. Necesita cuatro días de caminata, combinada con ocasionales tramos en carros tirados por caballos, o a caballo montado a pelo y, en una oportunidad, en un carro tirado por un tractor. Paga, cuando debe hacerlo, de la única forma en que puede: un diamante aquí, una esmeralda allá. Finalmente, recorre la calle en la que creció hasta encontrarse frente a la casa familiar. La cerca de delante ha desaparecido y sólo quedan algunos postes torcidos. Las flores, otrora orgullo y alegría de su madre, han sido ahogadas por las malas hierbas y el césped ha crecido sin control. Una ventana rota ha sido cerrada con algunas maderas claveteadas.

Una anciana sale de la casa de enfrente y corre hacia él.

—¿Qué está haciendo ahí? ¡Fuera! —le grita, blandiendo una cuchara de madera.

—Disculpe. Es que... yo una vez viví aquí.

La anciana lo mira. Empieza a reconocerlo.

—¿Lale? ¿Eres tú?

—Sí. Oh, señora Molnar, ¿es usted? Usted..., se la ve...

—Vieja. Lo sé. Oh, Dios mío, Lale, ¿eres tú de verdad?

Se abrazan. Con voces ahogadas, se preguntan cómo están, sin dejar que el otro responda de forma apropiada. Al fin, su vecina se aparta de él.

—¿Qué estás haciendo aquí parado? Entra, vuelve a tu casa.

—¿Hay alguien viviendo ahí?

—Tu hermana, por supuesto. Santo cielo..., ¿ella no sabe que estás vivo?

—¡Mi hermana! ¿Goldie está viva?

Lale cruza la calle a la carrera y golpea ruidosamente la puerta. Como nadie responde de inmediato, llama de nuevo. Desde dentro se oye:

—Ya voy, ya voy...

Goldie abre la puerta. Al ver a su hermano, se desmaya. La señora Molnar lo sigue dentro mientras él lleva a la joven en brazos hasta dejarla en un sofá. La señora Molnar lleva un vaso de agua. Con la cabeza de Goldie cariñosamente sostenida en sus brazos, Lale espera que ella abra los ojos. Cuando vuelve en sí, él le da un poco de agua. Ella llora y derrama la mayor parte. La señora Molnar se retira con discreción mientras Lale acuna a su hermana, dejando que sus propias lágrimas también fluyan. Pasa un buen rato antes de que él pueda hablar y hacerle las preguntas para las que con tanta desesperación busca respuestas.

Las noticias no son nada halagüeñas. Se llevaron a sus padres pocos días después de que él se fuera. Goldie no tiene ni idea de adónde fueron, ni de si todavía están vivos. Max se marchó para unirse a los partisanos y murió luchando contra los alemanes. La esposa de Max y sus dos hijos pequeños fueron detenidos, y ella tampoco sabe adónde los llevaron. La única noticia positiva que Goldie puede darle es sobre sí misma. Se enamoró de un ruso y están casados. Ahora es la señora Sokolov. Su esposo está de viaje y regresará dentro de unos días.

Lale la sigue a la cocina. No quiere dejar de mirarla mientras ella prepara comida para ambos. Después de comer, hablan hasta altas horas de la noche. Por mucho que Goldie le insiste en saber dónde ha estado en los últimos tres años, él sólo le dice que estuvo en un campo de trabajo en Polonia y que ya está de vuelta en casa.

Al día siguiente, Lale abre su corazón ante su hermana y la señora Molnar y les habla de su amor por Gita y de su certeza de que ella sigue con vida.

—Tienes que encontrarla —dice Goldie—. Debes buscarla.

—No sé por dónde empezar.

—Bueno, ¿de dónde era ella? —pregunta la señora Molnar.

—No lo sé. Nunca me lo dijo.

—A ver si lo entiendo: ¿la conociste hace tres años y en todo ese tiempo ella no te dijo nada sobre sus orígenes?

—No quería decírmelo. Tenía intención de decírmelo el día en que saliéramos del campo de concentración, pero todo pasó demasiado rápido. Lo único que sé es que su apellido es Furman.

—Bueno, eso es algo, pero no mucho —le reprocha su hermana.

—Me han dicho que la gente está empezando a regresar de los campos de concentración —aporta la señora Molnar—. Todos están llegando a Bratislava. Quizá ella esté allí.

—Si voy a volver a Bratislava, necesito un medio de transporte.

Goldie sonríe.

—Entonces ¿qué haces aquí sentado?

En la ciudad, Lale pregunta a todos los que ve con un caballo, una bicicleta, un coche o un camión, si quieren vendérselo. Pero todos se niegan.

Cuando comienza a desesperarse, un viejo se acerca a él en un pequeño carro tirado por un solo caballo. Lale se planta delante del animal, obligando al hombre a detenerlo.

—Quiero comprarle el caballo y el carro —espeta.

—¿Cuánto pagas?

Lale saca varias gemas de su bolsillo.

—Son auténticas. Y valen mucho dinero.

Después de inspeccionar el tesoro, el anciano dice:

—Con una condición.

—¿Cuál? Cualquier cosa.

—Tienes que llevarme a casa primero.

Poco después, Lale se detiene frente a la casa de su hermana y muestra orgulloso su nuevo medio de transporte.

—¡No tengo nada para darle de comer al caballo! —exclama ella.

Él señala el pasto crecido.

—Tu jardín delantero necesita un corte.

Esa noche, con el caballo atado en el jardín delantero, la señora Molnar y Goldie se ponen a preparar comida para que Lale se la lleve en su viaje. Odia tener que despedirse de ellas tan poco tiempo después de haber regresado, pero ellas no quieren saber nada del tema y lo instan a partir.

—No vuelvas sin Gita —son las últimas palabras que Goldie le dice cuando Lale sube al carro y casi es arrojado al suelo en cuanto el caballo se pone en movimiento.

Mira hacia atrás, a las dos mujeres en la puerta de su hogar familiar, abrazadas la una a la otra sonriendo, saludando con la mano libre.

Durante tres días y noches, Lale y su nuevo compañero viajan por caminos destrozados y ciudades bombardeadas. Vadean arroyos donde los puentes han sido destruidos. Recogen a varias personas en el trayecto para acercarlas a sus destinos. Lale apenas come parte de sus raciones. Siente una profunda pena por su familia dispersa.

Al mismo tiempo, ansía ver a Gita, y eso le da la motivación que necesita para continuar. Debe encontrarla. Se lo prometió.

Cuando finalmente llega a Bratislava, se dirige de inmediato a la estación de ferrocarril.

—¿Es cierto que los supervivientes de los campos de concentración están regresando? —pregunta.

Le dicen que así es y le dan los horarios de los trenes. Sin la menor idea de adónde podría haber ido a parar Gita, sin saber siquiera en qué país está, decide que lo único que puede hacer es esperar la llegada de los trenes.

Piensa en dar con un lugar para quedarse, pero un extraño con un caballo no es una propuesta atractiva como huésped, de modo que duerme en su carro en cualquier espacio vacío que pueda encontrar, durante el tiempo que el animal tarda en pastar o hasta que alguien los echa del lugar. A menudo recuerda a sus amigos gitanos en el campo y las historias que le contaban sobre su modo de vida. Se acerca el final del verano. La lluvia es frecuente, pero eso no lo detiene.

Durante dos semanas, Lale pasa el tiempo en la estación de ferrocarril atento a cada tren que llega. Camina de un lado a otro del andén y se acerca a cada mujer que se apea de un convoy para preguntarle si ha estado en Birkenau.

En las pocas ocasiones en que recibe un sí, pregunta:

—¿Conoce a Gita Furman? Estaba en el bloque veintinueve.

Nadie la conoce.

Un día, el jefe de estación le pregunta si ha registrado a Gita en la Cruz Roja. Allí toman los nombres de los desaparecidos y de aquellos que han regresado, y buscan a sus seres queridos. Sin nada que perder, Lale se dirige al centro de la ciudad, a la dirección que le han dado.

Gita está caminando por la calle principal con dos amigas cuando ve un carro de aspecto raro tirado por un caballo. Un joven va de pie relajado en la parte de atrás.

Ella baja a la calzada.

El tiempo se detiene cuando el caballo se para por su propia voluntad ante la joven mujer.

Lale baja del carro.

Gita da un paso hacia él. Él no se mueve. Ella da otro paso.

—Hola —saluda ella.

Lale cae de rodillas. Gita se vuelve hacia sus dos amigas, que miran asombradas.

—¡¿Es él?! —grita una de ellas.

—Sí —confirma Gita—. Es él.

Claramente, Lale no va a moverse, o no puede hacerlo, de modo que Gita se le acerca. Se arrodilla frente a él y le dice:

—En caso de que no me oyeras cuando salimos de Birkenau, te quiero.

—¿Te casarás conmigo? —pregunta él.

—Sí, nos casaremos.

—¿Me harás el hombre más feliz del mundo?

—Sí.

Lale toma a Gita en brazos y la besa. Una de las amigas de la joven se acerca y se lleva al caballo. Luego, con los brazos de Gita alrededor de la cintura de Lale y la cabeza apoyada en el hombro de él, ambos se alejan para mezclarse con los demás en la calle llena de gente, una pareja joven entre muchas otras en una ciudad devastada por la guerra.

Epílogo

Lale cambió su nombre por el de Sokolov, el apellido ruso de su hermana casada, un apellido mejor aceptado que Eisenberg en la Eslovaquia controlada por los soviéticos. Él y Gita se casaron en octubre de 1945 y establecieron su hogar en Bratislava. Lale comenzó a importar telas finas —lino, seda, algodón— de toda Europa y Asia. Se las vendía a fabricantes desesperados por reconstruir y volver a vestir a su país. Con Checoslovaquia bajo el control de la Unión Soviética, según Lale, el suyo fue el único negocio que no fue nacionalizado de inmediato por los gobernantes comunistas. Él era, después de todo, quien proporcionaba precisamente las telas que los jerarcas del gobierno deseaban para su uso personal.

El negocio creció; se buscó un socio y las ganancias aumentaron. Una vez más, Lale comenzó a usar ropa elegante. Él y Gita cenaban en los mejores restaurantes y pasaban las vacaciones en diferentes complejos turísticos de la Unión Soviética. Eran fervientes partidarios de un movimiento para establecer un estado judío en Israel. Gita, en particular, trabajó en silencio entre bastidores para obtener dinero de los más ricos de la zona y organizarlo todo para poder sacarlo de contrabando del país. Cuando el matrimonio del socio comercial de Lale se rompió, su exesposa informó a las autoridades acerca de las actividades de Lale y Gita. El 20 de abril de 1948, él fue arrestado y acusado de «exportar joyas y otros objetos de valor fuera de Checoslovaquia». La orden de detención continuaba diciendo: «Como resultado, Checoslovaquia habría sufrido pérdidas económicas incalculables y Sokolov habría adquirido con su acción ilegal y de saqueo bienes significativos en dinero o propiedades». Si bien Lale había estado exportando joyas y dinero, no había ningún beneficio económico para él. Había estado regalando dinero.

Dos días después, su negocio fue nacionalizado y él fue condenado a dos años en la prisión de Ilava, un lugar famoso por sus presos políticos y alemanes después de la guerra. Lale y Gita habían tenido la astucia de esconder parte de su fortuna. Con buenos contactos en el gobierno local y el poder judicial, Gita pudo sobornar a los funcionarios para que la ayudaran. Un día Lale recibió en prisión la visita de un sacerdote católico. Después de un rato, el cura pidió a los funcionarios de la cárcel que salieran de la estancia para poder escuchar la confesión de Lale, algo sacrosanto y sólo para sus oídos. Una vez solos, le dijo a Lale que comenzara a actuar como si se estuviera volviendo loco. Si hacía una buena interpretación, deberían llamar a un psiquiatra para que se ocupara de él. Al poco tiempo, Lale estaba siendo atendido por un psiquiatra, quien le dijo que dispondría lo necesario para que se le autorizara un permiso para irse a su casa durante unos días antes de que «cruzara el límite y no pudiera ser recuperado».

Una semana más tarde fue conducido al apartamento donde vivía con Gita. Le dijeron que pasarían a buscarlo al cabo de dos días para que terminara de cumplir su condena. Esa noche, con la ayuda de amigos, ambos salieron por la puerta trasera de su edificio de apartamentos llevando una maleta cada uno con algunas pertenencias y un cuadro del cual Gita no estaba dispuesta a desprenderse. El cuadro mostraba a una gitana. También llevaban una gran cantidad de dinero para entregar a un contacto en Viena que lo enviaría a Israel. Luego se escondieron detrás de una falsa pared en un camión con productos que llevaba de Bratislava a Austria.

En un momento y en un día acordado, caminaron por el andén de la estación de ferrocarril de Viena en busca de un contacto al que jamás habían visto. Lale lo describió como alguien salido de una novela de Le Carré. Murmuraron una contraseña dirigida a varios caballeros solitarios hasta que finalmente dieron con la respuesta adecuada. Lale entregó con discreción al hombre un pequeño maletín con dinero, y este último desapareció de inmediato.

Desde Viena viajaron a París, donde alquilaron un apartamento y durante varios meses disfrutaron de los cafés y los bares de la ciudad, en la que recuperaron su propio yo anterior a la guerra. Ver actuar en un cabaret a Josephine Baker, la brillante cantante y bailarina negra estadounidense, fue un recuerdo que Lale siempre guardaría consigo. Él la describía como dueña de unas «piernas hasta aquí», y se señalaba la cintura.

Sin trabajo disponible para ciudadanos extranjeros, Lale y Gita decidieron abandonar Francia. Querían alejarse de Europa tanto como fuera posible. Así pues, compraron pasaportes falsos y zarparon rumbo a Sídney, donde desembarcaron el 29 de julio de 1949.

En el viaje en barco, se hicieron amigos de una pareja que les hablaron de sus familiares en Melbourne, con quienes tenían la intención de vivir. Eso fue suficiente para convencer a Lale y a Gita de que se establecieran allí ellos también. Una vez más, Lale se introdujo en el comercio de telas. Compró un pequeño almacén y se puso a buscar telas tanto en el país como en el extranjero para venderlas. Gita decidió que ella también quería ser parte del negocio y se inscribió en un curso de diseño. Más adelante, comenzó a diseñar ropa de mujer, lo que dio otra dimensión a su negocio.

El mayor deseo de la pareja era tener un hijo, pero eso no llegaba a concretarse. Finalmente, abandonaron la esperanza, hasta que, para su gran sorpresa y alegría, Gita se quedó embarazada. Su hijo Gary nació en 1961, cuando ella tenía treinta y seis años y Lale, cuarenta y cuatro. Su vida era plena, con un hijo, amigos, un negocio exitoso y vacaciones en la Gold Coast, todo ello sostenido por un amor que ninguna dificultad pudo destruir.

El cuadro de la gitana que Gita llevó consigo desde Eslovaquia todavía está colgado en la casa de Gary.

EPÍLOGO

Estoy en la sala de estar de la casa de un anciano. Todavía no lo conozco bien, pero enseguida he conocido a sus perros, *Tootsie* y *Bam Bam*, uno del tamaño de un poni, el otro más pequeño que mi gato. Afortunadamente, he podido conquistarlos y ahora están dormidos.

Aparto la mirada por un momento. Tengo que decírselo.

—¿Sabe usted que no soy judía?

Ha pasado una hora desde que nos hemos conocido. El anciano en el sillón frente a mí exhala un bufido de impaciencia, pero no de desagrado. Mira hacia otro lado, dobla los dedos. Tiene las piernas cruzadas y el pie libre golpetea con un ritmo silencioso. Sus ojos miran hacia la ventana y el espacio abierto.

—Sí —responde por fin, volviéndose hacia mí con una sonrisa—. Fue por eso por lo que la busqué a usted.

Me relajo un poco. Tal vez estoy en el lugar correcto, después de todo.

—Entonces —continúa, como si estuviera a punto de compartir un chiste—, dígame qué sabe acerca de los judíos.

Me vienen a la mente los candelabros de siete brazos, mientras busco algo que decir.

—¿Conoce a algún judío?

Se me ocurre uno.

—Trabajo con una chica llamada Bella. Es judía, creo.

Espero alguna muestra de desdén, pero en cambio recibo entusiasmo.

—¡Bien! —exclama.

He pasado otra prueba.

Luego viene el primer requisito.

—No incluirá ninguna idea preconcebida acerca de lo que yo le diga. —Hace una pausa, como si estuviera buscando las palabras—. No quiero que ninguna carga personal se agregue a mi historia.

Me muevo incómoda.

—Tal vez haya alguna.

Él se inclina hacia delante, tiembla un poco. Agarra la mesa con una mano.

La mesa es inestable y su pata desigual choca contra el suelo y produce un eco. Los perros se despiertan sorprendidos.

Trago saliva.

—El apellido de soltera de mi madre era Schwartfeger —lo informo—. Su familia era alemana.

Él se relaja.

—Todos venimos de algún lado —dice.

—Sí, pero yo soy una kiwi. La familia de mi madre vive en Nueva Zelanda desde hace más de cien años.

—Inmigrantes.

—Sí.

Él se reclina un poco, ya más relajado.

—¿Con qué rapidez puede escribir? —quiere saber.

Eso me desconcierta un tanto. ¿Qué es lo que me está preguntando en realidad?

—Bueno, depende de lo que esté escribiendo.

—Necesito que trabaje rápido. No tengo mucho tiempo.

Pánico. Deliberadamente, no he traído ninguna grabadora ni material para escribir para este primer encuentro. Había sido convocada para escuchar y considerar la posibilidad de escribir su historia de vida. Por el momento, sólo quería escuchar.

—¿Cuánto tiempo tiene? —le pregunto.

—Sólo un ratito.

Me siento confundida.

—¿Tiene que ir a algún sitio pronto?

—Sí —dice, volviendo a mirar por la ventana abierta—. Tengo que estar con Gita.

Nunca conocí a Gita. Fue su muerte y la necesidad de Lale de unirse a ella lo que lo impulsó a contar su historia. Él quería que quedara registrada para que, según sus palabras, «nunca volviera a suceder».

Después de esa primera reunión, visité a Lale dos o tres veces por semana. La historia tardó tres años en desenredarse. Tuve que ganarme su confianza, y pasó un tiempo antes de que estuviera dispuesto a embarcarse en el profundo autoanálisis que requerían ciertas partes de su historia. Nos hicimos amigos. No, más que amigos; nuestras vidas se entrelazaron cuando él se libró de la carga de culpa que había llevado durante más de cincuenta años, el temor de que él y Gita pudieran ser vistos como colaboradores de los nazis. Parte de la carga de

Lale recayó sobre mí mientras estuve sentada con él junto a la mesa de su cocina, ese hombre entrañable con manos temblorosas y voz oscilante, cuyos ojos todavía se humedecían sesenta años después de experimentar aquellos hechos tan horripilantes de la historia de la humanidad.

Contó su historia poco a poco, a veces despacio, a veces al ritmo de una bala y sin conexiones claras entre los muchos, muchos episodios. Pero no importaba. Fue fascinante estar sentada con él y sus dos perros, y escuchar lo que para algún oído desinteresado podría haber sonado a las divagaciones de un viejo. ¿Era el encantador acento de Europa oriental? ¿El encanto de ese viejo pícaro? ¿Era la historia retorcida que comenzaba a tener sentido para mí? Fue todo eso y más.

Como narradora de la vida de Lale, fue importante para mí identificar de qué manera la memoria y la historia a veces bailan al mismo ritmo y a veces se esfuerzan por separarse, para presentar no una lección de historia como tantas otras, sino una lección única de humanidad. Los recuerdos de Lale eran, en general, notablemente claros y precisos. Coincidían con mi investigación sobre personas, fechas y lugares. ¿Era eso un reaseguro para mí? Conocer a una persona para la que hechos tan terribles como ésos habían sido una realidad vivida los hacía todavía más horrorosos. No hubo separación de la memoria y la historia para ese hermoso anciano..., ambas bailaban al mismo compás.

El tatuador de Auschwitz es una historia de dos personas corrientes que vivieron en un tiempo extraordinario, privadas no sólo de su libertad, sino también de su dignidad, de sus nombres y de sus identidades, y es el relato de Lale acerca de lo que tuvieron que hacer para sobrevivir. Lale vivió su vida según el lema: «Si te despiertas por la mañana, ya es un buen día». La mañana de su funeral, me desperté sabiendo que no era un buen día para mí, pero que lo habría sido para él. Él estaba ahora con Gita.

Información adicional

Lale nació como Ludwig Eisenberg el 28 de octubre de 1916 en Krompachy, Eslovaquia. Fue llevado a Auschwitz el 23 de abril de 1942 y tatuado con el número 32407.

Gita nació como Gisela Fuhrmannova (Furman) el 11 de marzo de 1925 en Vranov nad Topl'ou, Eslovaquia. Fue llevada a Auschwitz el 3 de abril de 1942 y tatuada. El número de Gita era 4562, según lo declarado en su testimonio del Visual Shoah Archive. Lale lo recordaba como 34902, y así apareció fielmente en las ediciones anteriores de este libro.

Los padres de Lale, Jozef y Serena Eisenberg, fueron llevados a Auschwitz el 26 de marzo de 1942 (mientras Lale todavía estaba en Praga). La investigación ha destapado que fueron asesinados nada más llegar allí. Lale nunca se enteró, ya que esto se descubrió después de su muerte.

Lale estuvo encarcelado en la *Strafkompanie* (unidad penal) desde el 16 de junio hasta el 10 de julio de 1944, donde fue torturado por Jakub.

Cuando Gita estaba enferma, la medicina que Lale le dio fue un precursor de la penicilina. En su testimonio usa el nombre de Prontosil, un medicamento antibacteriano de amplio espectro y de tipo no antibiótico. Fue descubierto en 1932 y se utilizó ampliamente a mediados del siglo XX.

La vecina de Gita, la señora Goldstein, sobrevivió y regresó a su casa en Vranov nad Topl'ou.

Cilka fue acusada de ser una colaboradora de los nazis y sentenciada a trabajos forzados, que cumplió en Siberia. Luego regresó a Bratislava. Ella y Gita se encontraron sólo una vez, a mediados de la década de 1970, cuando Gita fue a visitar a sus dos hermanos.

En 1961, Stefan Baretski fue juzgado en Frankfurt y condenado a cadena perpetua por crímenes de guerra. El 21 de junio de 1988 se suicidó en el hospital Konitzky-Sift, en Bad Nauheim, Alemania.

Gita murió el 3 de octubre de 2003.

Lale murió el 31 de octubre de 2006.

Epílogo por Gary Sokolov

Cuando me pidieron que escribiera un epílogo para este libro, la idea me resultó abrumadora. Los recuerdos acudían sin cesar a mi mente desde tantos niveles diferentes que me impedían empezar.

¿Debía hablar sobre la comida, un asunto central para mis padres, y especialmente para mi madre, orgullosa de tener un frigorífico repleto de escalopes de pollo, fiambres y grandes cantidades de tartas y frutas? Recuerdo su desolación cuando en el último año de secundaria comencé una estricta dieta. Un viernes por la noche, ella me sirvió mis tres escalopes habituales, y nunca olvidaré su expresión cuando devolví dos de ellos a la fuente.

«¿Qué ocurre? ¿Ya no te gusta lo que cocino?», preguntó. Le resultaba difícil registrar que yo ya no podía comer la misma cantidad que antes. Para compensar eso, llegó un amigo, que, después de saludarme, fue directo a la nevera. Eso la hizo muy feliz. Nuestra casa siempre estaba lista para recibir invitados.

Tanto mamá como papá se mostraban en todo momento bien dispuestos a brindar su apoyo a todos los pasatiempos y actividades que yo quisiera probar, o que ellos me dieran a conocer: esquí, viajes, equitación, parapente y muchos más. Sentían que a ellos les habían robado la juventud y no querían que yo me privara de nada.

Crecí en medio de una vida familiar llena de amor. La devoción que mis padres sentían el uno por el otro era total e incondicional. Cuando muchos en su círculo de amigos comenzaron a divorciarse, le pregunté a mi madre cómo era que ella y mi padre habían logrado permanecer juntos durante tantos años. Su respuesta fue simple: «Nadie es perfecto. Tu padre me cuidó desde el primer día que nos vimos en Birkenau. Yo sé que él no es perfecto; pero también sé que siempre me pondrá a mí en primer lugar». La casa siempre estaba llena de amor y de afecto, sobre todo hacia mí, y creo que el hecho de ver que seguían acariciándose, tomándose de la mano y besándose después de cincuenta años de matrimonio fue lo que me ayudó a ser un esposo y un padre abiertamente afectuoso y protector.

Mis padres tenían muy claro que yo debía saber por lo que ellos habían pasado. Cuando comenzó la serie documental *El mundo en guerra*, yo tenía trece años y ellos hicieron que cada semana la viera, pero solo. Les resultaba demasiado insoportable verla conmigo. Recuerdo que cuando mostraban imágenes reales de los campos de concentración, yo trataba de encontrar en ellas a mis padres. Esas imágenes quedaron grabadas en mi mente hasta el día de hoy.

A mi padre no le molestaba hablar de sus aventuras en el campo de concentración, pero sólo en ocasión de las fiestas judías, cuando él y otros hombres, sentados alrededor de la mesa, explicaban sus experiencias..., todas ellas muy impresionantes. Mamá, en cambio, no hablaba en absoluto de los detalles. Sólo lo hizo una vez. Fue para contarme que, en el campo de concentración, estando muy enferma, su madre se le apareció en una visión y le dijo: «Te curarás. Ve a una tierra lejana y ten un hijo».

Trataré de dar una idea de cómo aquellos años los afectaron a ambos. Cuando mi padre se vio obligado a cerrar su negocio —yo tenía dieciséis años—, llegué a casa de la escuela justo en el momento en que nuestro automóvil era remolcado y un cartel de SUBASTA estaba siendo colocado frente a la casa. Dentro, mi madre estaba recogiendo todas nuestras pertenencias. Cantaba mientras lo hacía. «Vaya —pensé para mí—, acaban de perderlo todo, ¿y mamá está cantando?» Ella me hizo sentar para explicarme lo que estaba ocurriendo, y le pregunté:

—¿Cómo puedes cantar mientras lo embalas todo?

Con una gran sonrisa en el rostro, me explicó que cuando uno pasa años sin saber si dentro de cinco minutos estarás muerto o no, «no hay muchas cosas con las que no puedas lidiar».

—Mientras estemos vivos y sanos —me dijo—, todo irá bien.

Algunas costumbres se les quedaron fijadas para siempre. Cuando caminábamos por la calle, mamá solía agacharse para arrancar del suelo un trébol de cuatro o cinco hojas, porque cuando estaba en el campo de concentración, si encontraba uno, se lo daba a los soldados alemanes, que creían que traían buena suerte, y recibía una ración extra de sopa y pan. Para papá fue la falta de emoción y el desarrollado instinto de supervivencia lo que permaneció con él, hasta el punto de que ni siquiera cuando falleció su hermana derramó una lágrima. Cuando le pregunté acerca de eso, me dijo que después de ver la muerte en una escala tan gigantesca durante tantos años, y tras perder a sus padres y a su hermano, descubrió que no podía llorar..., es decir, no pudo hasta que mamá falleció. Fue la primera vez que lo vi hacerlo.

Lo que recuerdo, sobre todo, es la calidez que reinaba en mi hogar, un lugar siempre lleno de amor, sonrisas, cariño, comida y el agudo y seco ingenio de mi padre. Fue realmente un ambiente magnífico en el que crecer, y siempre estaré agradecido a mis padres por mostrarme esa forma de vida.

Agradecimientos

Durante doce años, la historia de Lale existió como un guion. Mi visión estuvo siempre pensada para una pantalla, grande o pequeña, daba lo mismo. Ahora existe en forma de novela, y debo dar las gracias y reconocer la importancia de todos los que me acompañaron en este viaje, y también a aquellos que permanecieron a distancia.

A Gary Sokolov, tienes para siempre mi gratitud y mi amor por permitirme entrar en la vida de Lale y apoyarme al cien por cien en mi relato de la increíble historia de tus padres. Nunca dejaste de confiar en que yo llegaría a este punto.

A Glenda Bawden, mi jefa desde hace veintiún años, que hizo la vista gorda cuando yo me escabullía para encontrarme con Lale y otros que me ayudaron a desarrollar el guion. Y a mis colegas, pasados y presentes, en el Departamento de Trabajo Social en el Centro Médico Monash.

A David Redman, a Shana Levine, a Dean Murphy y a Ralph Moser, en Instinct Entertainment, con quienes me encontraba cuando me «escabullía». Gracias por vuestra pasión y vuestro compromiso con este proyecto durante muchos años.

A Lisa Savage y a Fabian Delussu, por sus brillantes condiciones para la investigación al buscar los «datos» que aseguraran que la historia y la memoria bailaban perfectamente al mismo son. Muchas gracias.

Gracias a Film Victoria por su apoyo financiero a la investigación realizada para la versión original del guion cinematográfico de la historia de Lale.

A Lotte Weiss, superviviente, gracias por tu apoyo y por compartir tus recuerdos de Lale y Gita conmigo.

A Shaun Miller, mi abogado. Tú sabes cómo hacer un contrato. Gracias.

A mis patrocinadores de Kickstarter. Muchas gracias por ser los primeros en apoyar la idea de contar esta historia en forma de novela. Su apoyo es muy apreciado. Ellos son: Bella Zefira, Thomas Rice, Liz Attrill, Bruce Williamson, Evan Hammond, David Codron, Natalie Wester, Angela Meyer, Suzie Squire, George Vlamakis, Ahren Morris, Ilana Hornung, Michelle Tweedale, Lydia Regan, Daniel Vanderlinde, Azure-Dea Hammond, Stephanie Chen, Snowgum Films, Kathie Fong Yoneda, Rene Barten, Jared Morris, Gloria Winstone, Simon Altman, Greg Deacon, Steve Morris, Suzie Eisfelder, Tristan Nieto, Yvonne Durbridge, Aaron K., Lizzie Huxley-Jones, Kerry Hughes, Marcy Downes, Jen Sumner, Chany Klein y Chris Key.

Este libro y todo lo que fluye de él no existirían sin la increíble, la maravillosa, la talentosa Angela Meyer, editora de proyectos de Echo en Bonnier Publishing Australia. Estaré siempre en deuda contigo, y, como Lale, siento que tú también estás bajo mi piel todo el tiempo. Abrazaste esta historia con una pasión y un deseo comparables a los míos. Has llorado y reído conmigo a medida que el relato se desarrollaba. Vi en ti a alguien capaz de ponerse en el lugar de Lale y de Gita. Sentiste su dolor, su amor, y me inspiraste a escribir lo mejor que puedo. Darte las gracias no parece suficiente, pero te las doy.

Angela no estaba sola en Echo para hacer que este libro se convirtiera en una realidad. Kay Scarlett y Sandy Cull se ocuparon de su sorprendente diseño de cubierta; Shaun Jury, del diseño del interior. Ned Pennant-Rae y Talya Baker, extraordinarios correctores, y Ana Vucic, encargada de la revisión de las pruebas para presentar el producto final. Quiero expresar también mi reconocimiento por su asistencia editorial adicional a Cath Ferla y a Kate Goldsworthy. Y a Clive Hebard por gestionar las etapas finales del proceso de publicación. Muchas gracias a todos.

Hay un equipo en Londres en Bonnier Zaffre, encabezado por Kate Parkin, gracias a cuya defensa de este libro y su dedicación para hacerlo llegar a tantos rincones del mundo como fuera posible siempre estaré en deuda con ellos. Gracias, Kate. Gracias a Mark Smith y a Ruth Logan. Y a Richard Johnson y a Julian Shaw, de Bonnier Publishing, por ver de inmediato el valor de esta historia.

A mi hermano Ian Williamson y a mi cuñada Peggi Shea, quienes me prestaron su casa en Big Bear, California, durante un mes en mitad del invierno para escribir el primer borrador. Gracias a vosotros y a ese alojamiento, parafraseando a sir Edmund Hillary, pude «derrotar a ese bastardo».

Un agradecimiento especial a mi yerno Evan y a mi cuñada Peggi por el pequeño pero no insignificante papel que cada uno tuvo en mi decisión de convertir mi guion en una novela. ¡Vosotros sabéis lo que hicisteis!

Gracias a mis hermanos John, Bruce y Stuart, que me apoyaron sin reservas y me confirmaron que mamá y papá se habrían sentido muy orgullosos.

A mis queridas amigas Kathie Fong-Yoneda y Pamela Wallace, cuyo amor y apoyo a través de los años para contar esta historia, cualquiera que fuera su formato, agradezco más allá de las palabras.

A mi amigo Harry Blutstein, por tu interés y tus consejos sobre la escritura a lo largo de los años, que espero haber tenido en cuenta y hacer que te sientas orgulloso.

Al Museo del Holocausto de Melbourne, adonde Lale me llevó en varias ocasiones, actuando como mi guía turístico «viviente». Ustedes me abrieron los ojos al mundo en el que Lale y Gita sobrevivieron.

A mis hijos Ahren y Jared, que desnudaron sus corazones y sus mentes para Lale y lo acogieron en nuestra familia con amor y reverencia.

A mi hija Azure-Dea. Lale te conoció cuando tenías dieciocho años, la misma edad que Gita tenía cuando él la conoció. Él me dijo que se enamoró un poco de ti ese primer día. Durante los siguientes tres años, cada vez que lo veía, sus primeras palabras eran: «¿Cómo estás tú y cómo está tu preciosa hija?». Gracias por dejarlo flirtear contigo un poco y por la sonrisa que pusiste en su cara.

A las parejas de mis hijos: gracias, Bronwyn, Rebecca y Evan.

A Steve, mi querido esposo desde hace cuarenta y tantos años. Recuerdo una vez que me preguntaste si deberías estar celoso de Lale, ya que yo pasaba tanto tiempo con él. Sí y no. Tú estabas allí esperándome cuando yo volvía a casa sombría y deprimida después de haber asimilado el horror que Lale me contaba. Tú le abriste nuestro hogar y lo acogiste en nuestra familia con honor y respeto. Sé que continuarás este viaje a mi lado.

Para más fuentes, información, fotografías
y documentos, visitar el sitio web de Heather Morris:
<heathermorris.com.au>.

Noruega
Suecia
Dinamarca
Mar Báltico
Prusia
Prusia del Este
Río Elba
Berlín
Poznań
Río Vístula
Holanda
Hannover
Río Order
Varsovia
Río Rin
Lublin
Gran Reich Alemán
Gobierno General
Bélgica
Frankfurt
Praga
Birkenau
Auschwitz
Núremberg
Bohemia y Moravia
Krompachy
París
Estrasburgo
Río Danubio
Múnich
Viena
Vranov nad Topl'ou
Mauthausen
Saurer-Werke
Bratislava
Saltzburg
Budapest
Francia
Suiza
Hungría
Rumanía
Italia
Yugoslavia
Albania
Europa Continental
1942-1945

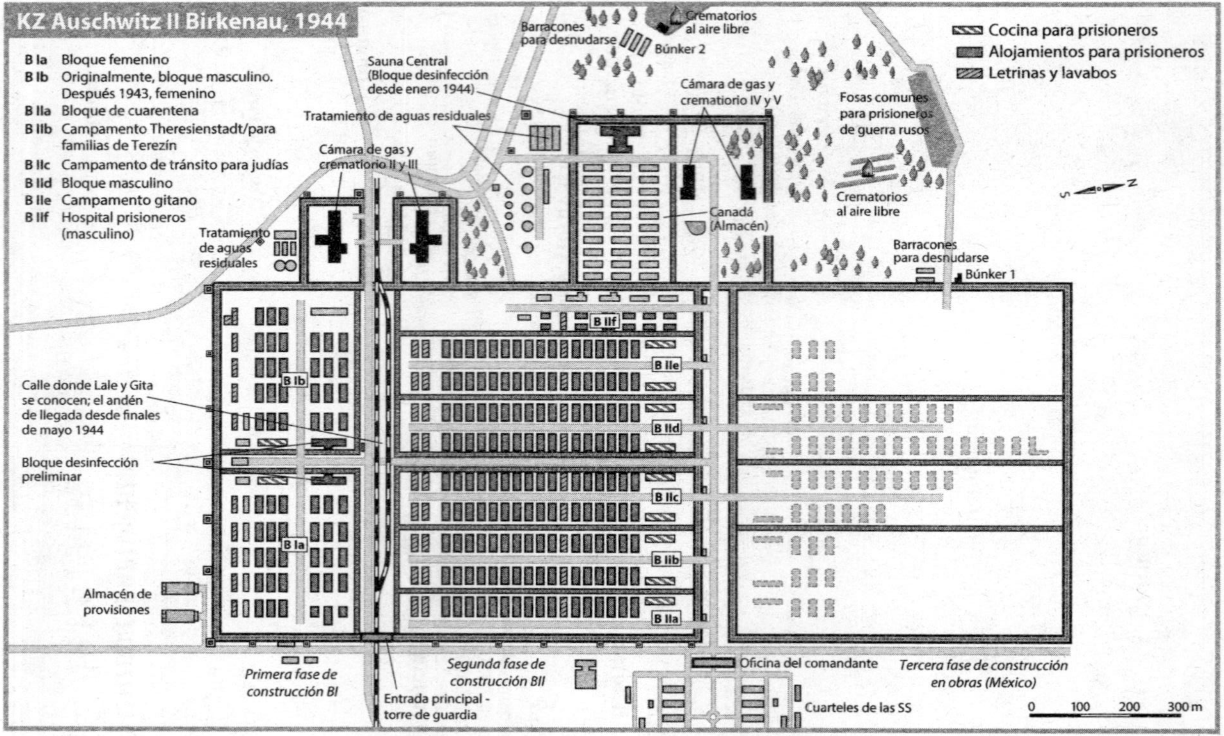

KZ Auschwitz II Birkenau, 1944
B Ia Bloque femenino
B Ib Originalmente, bloque masculino. Después 1943, femenino
B IIa Bloque de cuarentena
B IIb Campamento Theresienstadt/para familias de Terezín
B IIc Campamento de tránsito para judías
B IId Bloque masculino
B IIe Campamento gitano
B IIf Hospital prisioneros (masculino)
Cocina para prisioneros
Alojamientos para prisioneros
Letrinas y lavabos
Barracones para desnudarse
Búnker 2
Crematorios al aire libre
Sauna Central (Bloque desinfección desde enero 1944)
Tratamiento de aguas residuales
Cámara de gas y crematiorio II y III
Cámara de gas y crematiorio IV y V
Fosas comunes para prisioneros de guerra rusos
Crematorios al aire libre
S
N
Canadá (Almacén)
Tratamiento de aguas residuales
Barracones para desnudarse
Búnker 1
B IIf
B IIe
B IId
B IIc
B IIb
B IIa
B Ib
B Ia
Calle donde Lale y Gita se conocen; el andén de llegada desde finales de mayo 1944
Bloque desinfección preliminar
Almacén de provisiones
Primera fase de construcción BI
Entrada principal - torre de guardia
Segunda fase de construcción BII
Oficina del comandante
Tercera fase de construcción en obras (México)
Cuarteles de las SS
0 100 200 300 m

Otro título de la autora en Booket: